엄마의 평등 문화 세대

이건숙 문화칼럼집 21

이건숙 문학전집 21

■

엄마의 꿈은 힘이 세다

영아교육 지혜 수상록

이건숙

문학나무

영아교육 부모교육의 꿈지혜서

현대 가정들은 위기에 서 있다. 이혼이 급증하고 부부 간의 윤리가 무너져서 어디를 둘러봐도 거대한 물결 속에 서 허덕이고 있다. 외부모 밑에서 자라는 아이들이 많아 지면서 이혼은 자연스럽게 받아들여지고, 결혼하고 이혼 하는 것을 대수롭지 않게 보는 사회가 되었다. 드라마도 이런 상황을 부추기는 꼴이 되어서 내용이 거의가 이혼이 나 삼각관계를 다루든지 불륜을 다루고 있다.

현대의 보루라고 볼 수 있는 크리스천 가정도 예외는 아니다. 세속의 물결로 인해서 가정이 무너져내려 울부짖 는 성도들을 보면서 현대 목회도 그 패턴이 바뀌고 있다. 필자도 20년이 넘는 목회생활 중에서 가장 주력했던 파 트가 바로 가정사역의 일환으로 영아교육 중에서 부모교 육이었다. 이미 깨어진 가정을 바로 세우기는 너무나 힘 겨웠고 어려웠다. 그 예방책으로 등장한 것이 바로 영아부의 엄마, 아빠교육이었다.

이 책은 바로 그런 배경에서 씌어진 것이다. '예비신랑 신부반'을 만들어서 결혼을 준비시키는 것도 중요하지만 아기를 낳아서 한 달만에 교회에 나오면 그날부터 매주 영아부를 나오면서 부모가 교육을 받게 했다.

이 책의 내용은 그간 매주 강의한 것 중에서 뽑은 것과 『엄마 난 하나님의 선물이에요』라는 제목으로 20년 전에 출판한 글 중에서 뽑아낸 것들이다. 그리고 편집 체제를 젊은 시각에 걸맞도록 성서 인용과 생의 교훈 및 명사 명언을 곁들였다.

교육은 금방 열매를 맺는 것이 아니고 긴 세월을 요하는 일이다. 20년이 넘어서야 영아교육을 받은 아이들이 대학에 가게 되고 그 결과를 부모들을 통해 들으면서 내 자신도 깜짝 놀랄 적이 많았다. 특히 두 아이를 기른 부모들 중에서 영아교육을 받은 아이가 그런 기회를 놓친 아이에 비해 신앙이나 생활면에서 월등히 뛰어난다는 결과를 들으면서 기쁨을 누를 수가 없었다.

목회라는 길고 긴 터널을 통과하고 난 뒤에 이제 목회 일선에서 물러나서 뒤를 돌아보니 뿌듯함을 금할 수가 없다. 20여년 간 고심하면서 기도했던 강의 내용들이 많은 부모들과 주일학교 교사들 그리고 목사님과 사모님들에게 도움을 주리라 믿는다. 특히 영아부 교사들에게는 좋은 지침서가 될 것이다.

현대 교육이론과는 관계없이 성경을 중심으로 강의한 것이 특징이라고 말할 수 있어 크리스천이 아니라도 자녀교육에 관심이 있는 아가를 가진 부모들에게도 꿈을 이뤄드리는 지혜서가 되리라고 믿는다. 진리는 언제나 불변하고 영원하기 때문이다.

이 지혜의 책을 쓰게 하신 하나님께 모든 영광을 올려드린다.

2007년 7월 17일 단행본 작가의 말을 전집에 고쳐 쓰다
2023년 10월
신촌 서재에서
이건숙

차례

제4부

행복의 꿈

엄마의 꿈은 힘이 세다

나에게 가장 고귀한 사랑의 믿음을 주십시오. 이것이 나의 간절한 기도입니다. 죽음으로써 산다는 믿음, 져줌으로써 이긴다는 믿음, 연약해 보이는 아름다움 속에 강한 힘이 감추어져 있다는 믿음, 해를 안고도 원수 갚기를 싫어하여 겪는 고통의 존엄한 가치에 대한 믿음을 주십시오.
— M.K. 간디

돈의 몸값

제1부

1
아가의 뇌는 하얀 종이다

인간은 혼자 살 수 없고 혼자 교육을 받을 수도 없다.

인간은 인간과 함께 살아야 하고 양육되어져야 한다.

하나님이 부모에게 맡겨 주신 아가는 부모님의 손에서 양
육되어야 하고 사랑을 받아야 하며 창조주인 하나님을 알
게 하는 교육을 최초의 선생인 부모 밑에서 받게 되는 것

이다. 그래야 사회에 나가서 인간다운 마음을 소유하게 되며 정과 사랑을 가지고 공동 이익을 위한 구실을 하게 되고 하나님의 사람으로 한몫을 하게 되는 것이다.

아가가 태어나서 어떤 처지에 있었느냐 하는 것이 그 아가의 일생을 결정하게 된다. 출생 후 소리, 빛, 냄새, 만지고 느끼는 것 등등 외부로부터의 자극을 통해 아가는 자라게 된다. 그러니까 아가의 두뇌는 처음에 백지로 태어나서 세상을 살아가며 이뤄지는 셈이다.

태어난 아가의 뇌세포는 대략 140억 개로, 성인이 되어도 증가하지 않는다. 이 세포들은 모두 독립해서 떨어져 있다가 외부의 자극으로 인해 수상돌기가 뻗어나와 다른 세포와 연결되어지며 뇌세포의 얽힌 정도에 따라 머리가 좋다, 나쁘다 말하게 된다.

이런 수상돌기는 태어날 때는 하나도 없다가 보고 듣고 느끼면서 점점 늘어나는데 뇌세포의 배선은 3살 이전에 70퍼센트가 이루어진다고 하니 놀라운 일이다. 배선이 증가함에 따라 뇌의 무게가 무거워진다고 한다. 생후 6개월이 되면 태어났을 때의 2배가 되고 3살이면 어른 뇌 무게의 80퍼센트에 이른다고 한다.

요즘 흔한 컴퓨터로 설명하자면 3살까지 하드 웨어와 소프트 웨어가 자리를 잡고 3살 이후는 소프트 웨어로 기계의 사용 방식을 가르치는 시기가 되는 셈이다. 다시 말해서 외부로부터 자극을 받아 기억해버리는 기본적 정보

처리의 구조는 3살까지 형성된다는 뜻이다. 사고, 정서, 창조, 의지 등등을 어떻게 사용할 것인가는 이후에 육성되는 것이기에 3살까지 만들어놓은 기계의 몸이 나쁘면 소프트 웨어를 아무리 잘 짜서 훈련해도 소용이 없게 된다.

뇌세포의 배선 공사는 17~18살에 끝이 나고, 성인이 되면 하루에 10만 개씩 뇌세포가 없어지게 된다. 그래서 90살이 되면 20퍼센트가 없어진다고 한다.

현대의 과학이 증명하는 바로는 아가의 일생을 좌우하는 두뇌의 형성기나 습관의 형성기, 그리고 인생관이나 가치관 등이 주로 형성되는 시기가 3세 전이라니 얼마나 놀라운 일인가. 우리 격언 '세 살 버릇 여든까지'라는 말이 있는데 조상들의 경험에서 나온 명언이라고 생각한다.

3살까지의 교육이 중요한 것은 다음과 같은 실화를 통해서도 실증된다.

미국에서 태어난 웹스터는 어려서 아버지의 놀라운 교육계획으로 인해 웹스터 사전을 만든 장본인이 된다. 그 교육이란 갓 태어난 아가 앞에서 온 가족이 각각 다른 언어를 사용하게 한 것이다. 아버지는 영어, 어머니는 프랑스어, 할아버지는 독일어, 하인은 외국인을 고용해서 그 나라 말을 사용케 했다. 아가는 자라면서 한 사람, 한 사람이 각기 다른 말을 쓰고 있는 것으로 믿고 그대로 익혀 4개 국어를 한꺼번에 유아기에 할 수 있었다.

웹스터는 자라서 깜짝 놀랐다고 한다. 사람들이 모두 아버지가 사용하는 영어만 사용하고 있었기 때문이다.

말을 배우기 시작하는 아가에게 한 가지 언어만이 아니라 다국어를 가르칠 수 있다는 좋은 실례가 된다. 이건 머리가 굳어버린 중학생이나 고등학생, 심지어는 초등학생에게서 기대하는 어려운 부분이다.

또 다른 실화는 인도의 캘커타 근교 이리 동굴에서 자란 8살과 2살 정도의 여자 아이의 예이다.

인도에선 여자를 나면 내다 버리는 사람들이 있었다. 그 이유는 먹고 살 수 없다는 이유도 있으나 여자는 시집을 보낼 적에 지참금을 가지고 가야 하기에 가난한 부모는 아예 처음부터 포기해버린다고 한다. 이 여자 아이들도 그런 케이스에 속한다.

인도에 선교사로 가 있던 싱그 목사가 이 아이들을 발견했는데 놀랍게도 이리에게 양육받은 탓인지 이리의 감각을 가지고 사람이면서 이리 행세를 하고 있었다. 네 발로 걷고 밤눈이 밝고 코는 예민하고 개처럼 네 발로 달리고 썩은 고기와 산 닭을 좋아했다고 한다. 소리가 들리면 귀를 세워 긴장하고 화가 나면 코를 벌름거리며 개처럼 으르렁대기도 했다. 낮에는 어둔 방에 웅크리고 앉아 있다가 밤이 되면 길게 짖어대며 돌아다니기를 좋아했다.

8살의 여아는 인간사회로 돌아와서 17살에 죽을 때까지 밤에 세 번씩 길게 짖던 버릇을 지니고 있었다고 한다.

이미 굳어진 그녀의 지능은 인간사회로 돌아와 9년을 가르쳤는데도 3살 반 정도에 그쳤으며 45개 낱말밖에 말하지 못했다니 야행아의 기구한 운명은 이리에게 길리워졌기에 시작된 것이다. 2살의 여아는 일 년 후에 죽었는데 '뿌우'라는 소리를 내게 하는 데 2개월이 걸렸고, 큰 아이는 같은 소리를 내는 데 2년이 걸렸다고 한다.

여기서 얻어진 결론은 3살까지의 교육이 얼마나 중요한가 하는 점이다. 아가의 장래는 부모의 손에 달렸으며 그 시기의 신앙교육이 일생을 좌우한다는 말도 된다.

지금까지 교회교육은 유치부에서 시작을 했다. 그러나 그땐 이미 늦은 시기이다. 이미 아가의 두뇌는 3살 전에 70퍼센트가 형성되는데 그 후에 하는 교육은 영아교육의 효과에 비교해서 조금밖에 거둘 수 없기 때문이다.

여기서 영아부 교육의 중요성이 나타나게 된다. 입양해서 길러도 3살 전에 데려다 기르면 양부모의 뜻에 맞게 그 집의 풍습대로 길러내지만 3살이 넘은 아이는 데려다 기를 적에 굉장히 애를 먹는다는 말들을 한다. 이미 3살 전에 굳어버린 줄기를 다시 교정해 주기 어렵다는 뜻이다. 3살 전 교육의 중요성을 입증해 주는 좋은 예가 된다.

어리다고 집에 버려두고 주일에 어른들만 교회에 나와 있는 동안 아가는 포기된 상태에서 인격적으로 무시당한 채 팽개쳐져 있는 것이다. 두 다리에 힘이 없어 걸어오지 못하는 아가를 부모가 막고 서서 성수주일을 못하게 하는 것이며 하나님을 어려서부터 알아야 할 권리를 부모가 박탈해버리는 격이다. 더구나 성경을 배워야 할 3세 전에 그저 가두어 놓고 인형처럼 보호만 해서 가장 중요한 신앙교육의 시기를 모두가 놓쳐버리고 있다.

디모데는 어려서부터 성경을 알았다고 했다. 외할머니와 어머니의 신앙을 이어받았다고도 했다. 더구나 구원에 이르는 지혜를 어려서 배운 성경을 통해서 터득했으며 교육에 가장 유익한 성경을 통해 귀한 하나님의 종으로 컸던 것이다. 바울이 디모데를 아들처럼 사랑해서 「디모데전서」와 「디모데후서」를 쓴 걸 봐도 그의 신앙이 대단했음을 짐작할 수 있다. 결국 삼대를 이어온 디모데의 신앙은 할머니와 어머니의 무릎에서 배운 것이니 아가 시절에 닦는 신앙훈련이 반석처럼 대단함을 시사해 주고 있다.

기저귀를 찼을 때, 그리고 이제 마악 아장아장 걸음마를 하며 저지레를 할 때, 또 무릎에서 재롱을 떠는 나이가 주일학교 교육 중에서 가장 중요한 시기이기에 영아교육의 중요성은 강조되어야 한다.

[생의 교훈 : 명사 · 명언] 나무에 가위질을 하는 것은 나무를 사랑하기 때문이다. 부모에게 야단을 맞지 않고 자란 아이는 똑똑한 사람이 될 수 없다. 겨울의 추위가 심할수록 오는 봄의 나뭇잎은 한층 푸르다. 사람도 역경에 단련되지 않고서는 큰 인물이 될 수 없다. ― B. 프랭클린 | 평생 자유를 사랑한 그는 전형적인 미국인 사고의 규범이 되었다.

［믿음의 꿈］

너는 마음을 다하고 성품을 다하고 힘을 다하여 네 하나님 여호와를 사랑하라.
오늘날 내가 네게 명하는 이 말씀을 너는 마음에 새기고 네 자녀에게 부지런히
가르치며 집에 앉았을 때에든지 길에 행할 때에든지 누웠을 때에든지 일어날 때
에든지 이 말씀을 강론할 것이며 너는 또 그것을 네 손목에 매어 기호를 삼으며
네 미간에 붙여 표를 삼고 또 네 집 문설주와 바깥문에 기록할 지니라.

— 신명기 6:5-9

2
하나님을 사랑하는 법을 가르치세요

자식을 학교에 보내놓고 모든 교육은 학교에서 책임지
고 해주리라 믿는 부모들이 많이 있다. 마찬가지로 자식
을 주일학교에 보내놓고 모든 신앙교육은 반사들이 전부
책임지고 해주리라 믿는 가정도 상당히 많다.

학교와 교회에 자식을 맡겨놓고 부모가 할 일은 배부르

게 먹이고 잘 입히고 책을 재깍재깍 사주면 된다고 저들은 쉽게 결론을 내려놓고 있다. 그래서 대부분의 부모는 몸이 으깨져라 새벽부터 밤까지 오로지 자식을 위해 쓸 돈을 벌기에 급급하다. 새벽에 나가 별을 보고 들어오며 이 모든 일이 자식을 위한 일이라고 자부하고 기쁘게 살아가는 부모들이 많다는 뜻이다.

이렇게 하는 것이 자식을 위한 부모의 도리요, 희생이라고 생각하고 깊고 깊은 기쁨에 빠져서 고생에다 지나친 의미를 부여하고는 스스로 돈 버는 기계로 전락해버린다. 부모는 돈에 빠져 정신이 없고 아이들은 학교나 교회에서 돌아와 텔레비전이나 비디오 앞에 앉아 시간을 보낸다. 그래서 매스 미디어가 저들에겐 부모보다 더 친근하다. 그것과 함께 시간을 많이 보내기에 부모의 이상적인 상보다 바로 이 매스 미디어가 아이들의 내면 세계에 깊숙이 들어와 앉아 있다. 시간이 흐름에 따라 서서히 현실과의 동떨어진 가상의 세계에 빠져든 아이들은 고독을 일삼다가 문제를 일으키기도 한다.

부모들이 현실과 맞서 강한 바람을 몸으로 마음으로 막아주고 있는 사이에 아이들은 엉뚱한 방향으로 자라나고 있다.

부모라는 거대한 방파제 뒤에 숨어 앉아 저들은 무풍지대에서 온실의 꽃처럼 생기를 잃어 가고 있다. 쉽게 생각하고 자기 중심적으로 이해하기를 즐겨서 더불어 살아가는 법도 모르고 고집을 부리기 일쑤다. 책 읽는 것을 싫어하는 아이들이 늘어나면서 성경을 읽는 것조차 우습게 여긴다. 버튼만 누르면 시원하게 펼쳐지는 칼라 텔레비전에 빠져들어 저들은 매사를 가볍게 처리할 뿐 깊은 사고하기를 꺼려한다.

그래서 현대 문명은 이들 젊은이들 때문에 가벼운 것을 지향하는 문화로 바뀌어 가고 있다. 온 세계가 가볍고 날씬한 것에 매력을 가져 상품도 작고 가벼운 것이 잘 팔린다고 한다. 쓰고 버릴 일회용이 더 인기가 있다. 아이들의 기질도 가벼워져 가고 있으며 심성도 무거운 것을 싫어한다. 심지어 저들은 생각을 깊이 하는 것조차 부담을 느껴가고 있다.

채식을 하며 중노동을 하고 살았던 부모들의 울퉁불퉁한 근육질을 저들은 이해하지 못한다. 땀을 흘릴 일이 없고 얼굴에 핏기가 없는 유유빛 피부를 가진 요즘의 아이들은 생각도 외모도 모두 유연하고 나약하다.

어느 가정에선 서른 살이 넘은 자식을 아직도 아가로 생각하고 열심히 돈을 물어다 던져주느라고 정신 없는 부모도 있다. 나중엔 건달이 되어서 아무 짝에도 쓸데없는 자식이 되어 영원한 기생충으로 부모에게 붙어 살아가는 자식도 있다. 돈이 자식을 망친 것이다.

「신명기」에선 자식을 이렇게 학교와 교회에 맡기고 부

모는 돈만 벌라고 가르치고 있지 않다. 아이들에게 주입 시켜야 할 밑동이 되는 교육지침은 자식의 외모만을 치장해 줄 음식과 돈이 아니라고 강하게 일깨워 주고 있다. 오직 한 분이신 여호와 하나님을 마음을 다하고 성품을 다하고 힘을 다해 사랑하는 법을 철저하게 가르칠 것을 명령하고 있다. 그것도 생각나면 어쩌다 툭툭 가르치라고 하지 않았다. 아주 상세하게 조목조목 가르칠 교육방법을 제시하고 있다.

1. 집에 앉았을 때 가르치라
2. 길을 갈 때도 가르치라
3. 누웠을 때도 가르치라
4. 일어날 때도 가르치라
5. 손목에 매어 기호로 삼아라
6. 미간眉間에 붙여 표를 삼아라
7. 집 문설주와 바깥문에 기록하라

자식을 매스 미디어에 내맡기거나 교육기간에 보내놓고 방관하란 말은 단 한마디도 없다. 부모가 온갖 방법을 다 동원해서 앉으나 서나 누우나 길을 가나 이마에 붙이고 손목에 매주고 문설주와 출입문에 붙여가며 이 말씀을 가르칠 것을 명령하고 있다.

지금도 늦지 않았으니 오늘부터라도 자식의 손목에, 화장실에, 거실 벽에 하나님을 사랑하는 법을 써붙여 놓고 외우게 해야 한다. 밥상에서도 심지어 잠들 때라도 이 말씀을 강론해야 한다는 것이다. 이 길만이 인본주의의 물결에 빠져 나약해져가고 있는 우리 크리스천 가정의 아이들을 구해 줄 유일한 방법이 될 것이기 때문이다.

쉐마 교육은 삼천여 년 전이나 지금이나 아직도 하나님이 원하시는 교육방법이다.

한국 엄마들의 치맛바람은 널리 알려진 이야기다. 하나님을 모르는 엄마들이 자신이 생각해 낸 온갖 방법을 동원해서 치맛자락을 나리며 돌아다니는 동안 하나님을 믿는 엄마들에겐 이런 소문이 났으면 좋겠다.

"자식에게 성경을 귀 아프게 들려주는 세상에서 제일 극성스러운 엄마."

"할렐루야 엄마."

"성경을 가르치는 엄마들의 치맛바람."

"성격 과외하기에 극성인 엄마."

글쎄, 더 좋은 표어들을 엄마들이 계속 만들어내면 좋겠다.

[[생의 교훈 : 명사 · 명언]] 인간은 패배했을 때 끝나는 것이 아니라, 포기했을 때 끝나는 것이다. — **닉슨** | 다민족 국가 미국 대통령의 인간 읽기는 불굴의 정신 읽기다.

3
부모는 자녀를 천재로 키우고 싶다

젊은 엄마들이 아가를 안고 마치 자신의 소유인 것처럼 얼르며 들떠 있는 것을 보면 섬뜩한 느낌이 든다. 요즘은 만혼이라 삼십을 넘긴 나이든 엄마들을 흔히 볼 수 있다. 어떻게 저들이 아가를 길러낼 수 있을까 하는 걱정이 앞선다. 젊음은 죽음을 생각하는 나이가 아니기에 교만이 가득차고 인생에 자신이 넘치는 나이이기 때문이다.

그런 점에서 어머니교실에 들어와 아이를 어떻게 기를 것인가 고민해 보고 그 방법을 탐구해 보는 기회를 갖는 것이 아이를 위해서, 또 교육하는 부모를 위해서 상당히 유익하리라 생각된다.

우리의 모든 삶이 여호와를 의지하는 가운데 이루어지고 있음을 나이 들어갈수록 절감하게 된다. 이건 자녀들이 부모 품을 떠나고 나서야 깨닫게 되는 진리이다.

부모면 누구나 자녀를 천재로 키우고 싶어한다. 성적이 우수하기를 원하며 학교에 가면 일, 이등을 하리란 기대감도 갖는다. 젖을 물리고 앉아서 이 자식만은 어미를 기쁘게 해줄 것인데, 그 첫째가 일류대학을 들어가 줄 것이란 확신에 차 있기도 한다. 그래서 잘 먹이고 다른 집 애들보다 더 기차게 입히고 천재교육을 시킨다며 책을 질로 사들인다.

무엇이나 자녀 중심으로 결정하여 부모의 삶이 자녀들 위주로 방향이 잡혀지는 것이 통례다. 조기교육의 중요성을 터득한 부모들은 몬테소리에 신경을 곤두세우기도 하고 피아노학원이다, 영어학원이다, 논술학원 등등 머리를 좋게 하는 곳이라면 물불을 가리지 않고 보내고 있다.

부모가 본이 되라니까 최선을 다해서 자녀들에게 좋은 삶을 보여주려고 힘이 들어도 시간을 쪼개서 가족여행을 가기도 한다. 그리고 아이와 달음박질을 해가며 밥을 들고 쫓아다닌다. 심지어는 한두 시간씩 매달려 먹이기도 한다. 건강해야 공부도 잘 한다는 강박관념에 밥 한 숟가락이 마치 아이큐를 높이는 약인 것처럼 결사적이다. 하긴 고3이 되면 체력싸움이라고 하지 않던가.

이렇게 자식을 모자람이 없이 잘 길러냈는데 이상하게 비뚤어진 자식을 가진 부모들을 만나게 된다. 자녀가 잘 못되는 것은 흔히 부모에게 결함이 있어 이런 결과가 나왔다고 하나, 부모를 나무랄 데가 없는데도 나쁜 자녀가 나오는 경우가 있다. 남들이 보기에도 기막히게 완벽한 교육을 했는데 이상한 아이로 자란 것이다. 재산도 있고 신상도 좋고 자식도 끔찍이 잘 키웠으며, 부모들의 지적 수준도 상당히 높아 거기서 자란 아이들은 백 퍼센트 좋은 아이로 커야 하는데 엉뚱하게 돌연변이가 나온 것이다.

반대로 가정이 너무 가난하고 환경이 나쁜데다 부모도 너무 무식해서 거기서 어떻게 자식이 자랄까 걱정되는 집안이 있다. 그런 집안에서 뜻하지 않게 훌륭한 자식이 나오면 '개천에서 용이 났다'고 수군대기도 한다. 예절을 가르칠 시간도 없이 밥벌이 하러 뛰어나가는 부모, 먹을 것이 충분치 않아 늘 헐떡이는 집안, 공부방도 없이 한방에서 식구가 뒹구는 조악한 환경, 예능교육은 물론 정서교육의 '교'자도 모르는 집안에서 기똥차게 멋진 자식을 길러내는 경우도 많다.

결론적으로 부모의 생활이 모범적인데도 자녀들은 엉망인 경우, 부모의 생활이 개똥 같은데도 자식들이 잘 되는 경우가 있다는 결과도 한결같지 않다는 뜻이다. 최선을 다한 부모에게 좋은 자식이 있고 몹쓸 부모에게 나쁜 자녀가 나와야 공평한 법인데 결과는 그게 아니다.

바로 여기에 부모가 깨달아야 할 진리가 숨어 있다. 성경은 우리에게 놀라운 진리와 비밀을 일러준다. 즉 우리가 아무리 수고해서 집을 지어도 여호와께서 집을 세우지 아니하시면 세우는 자의 수고가 헛되다는 점이다. 밤새워 성을 지킨 파수꾼도 하나님께서 지켜주시지 아니하면 그것도 허사라고 했으니 우리가 아무리 수고해서 자식을 기른들 그게 어디 부모의 뜻대로 되는 것인가. 심지어 일찍 일어나고 늦게 누우며 수고의 떡을 먹는 것도 여호와께서 지켜주시지 아니하면 그것도 헛되다고 했다.

학교 교육도 완벽하고 집안의 가르침도 훌륭한데 고약한 범죄자나 문제아가 나오는 것은 교육의 완성은 하나님 손에 있기 때문이다. 인간의 노력과 정성과 지혜로는 이해할 수 없는 교육 영역이 바로 하나님의 손에 쥐어져 있는 셈이다. 예수님의 훌륭한 가르침을 받은 열두 제자 가운데 가룟 유다가 끼어 있는 걸 봐도 인간의 두뇌로는 이해할 수 없는 영역을 하나님이 맡고 있으니 어찌 놀라운 일이 아닌가.

그러므로 자식이란 부모가 잘 키워서 잘 자라는 것이 아니다. 또 부모의 역량에 따라 멋진 자녀로 크는 것도 아니다. 사회, 인간관계, 하나님과의 관계, 또 끝이 없는 사탄의 유혹 등등 우리의 아이들은 항상 잘못될 수 있는 가능성을 지니고 있다.

여기서 자녀교육은 부모의 노력으로 되어지는 것이 아니란 점을 깊이 깨달아야 한다. 마지막 결재는 하나님이 하시고 자식도 결국 하나님의 손에 달려 있으니 우리가 할 수 있는 것은 최선을 다하고 나머지는 하나님께 맡길 수밖에 없다.

자식을 하나님이 주신 기업이라고 성경은 말했는데 그렇게 적절할 수가 없다. 우리의 기업이 아니고 하나님의 기업이니 우린 그저 최선을 다하고 하나님께서 하시는 일을 지켜보고 기도할 수밖에 없다. 아이에게 고난을 주시는 것도 하나님의 기업을 이어가려는 하나님의 뜻이요, 재앙을 주시는 것도 그 아이를 장차 크게 쓰시려는 소망 중의 계획이니 어찌 부모가 하나님의 크나큰 기업의 뜻을 알 수가 있겠는가.

자식을 기르며 반드시 깨달아야 할 부분이 바로 영안을 뜨고 하나님의 원대한 계획에 참여하는 것이다. 인내하며 기도하고 자식을 온전히 하나님께 맡길 때 부모에게도 하늘나라의 평안이 임하고 자식에게도 그 평안이 전해지는 것이다. 교육의 완성은 하나님 손에 있으니 부모는 최선을 다해 자식을 기르며 기도할 수밖에 없지 아니한가.

[[생의 교훈 : 명사·명언]] 당신에게는 이 땅 위에서 해야 할 한 가지 사업이 있소. 이는 영혼을 구하는 것이오. — **요한 웨슬리** | 그는 산업혁명보다 위대한 영혼구원 신앙운동을 전개하였다.

나의 법을 잊어버리지 말고 네 마음으로 나의 명령을 지키라 그리하면 그것이 너로
장수하여 많은 해를 누리게 하며 평강을 더하게 하리라
— 잠언 3:1~2

4
20년 뒤 아가와 엄마는 어떤 모습일까

우리 교회 유치원에서는 해마다 한 번씩 원아들이 일
년간 만든 것들을 전시해 놓고 어른들을 초청하는 행사가
있다. 요구르트 병이나 컵라면, 일회용 컵, 은박 접시, 요
즘 지천인 깡통 등의 폐물을 이용해서 감탄할 만큼 앙증
맞은 작품들을 내놓아 모두를 흐뭇하게 만든다.

이때 사람들이 제일 많이 몰리는 코너가 있다. 그곳에선 까르르 웃음이 터지기도 하고 손뼉을 치며 박장대소하는 엄마, 아빠들이 많아 점점 더 많은 사람들이 호기심을 가지고 모여들어 교통정리가 필요할 만큼 혼잡한 지경이다. 무엇이 있길래 저러나 싶어 얼마나 기다려 그들 속에선 나도 너무나 재미있어 호호하하 웃어댔다.

내용인즉 다섯, 여섯 살 원아들의 얼굴 사진만을 오려서 성인의 옷을 입혀 놓은 그림이 붙어 있었다. 월간잡지에 실린 최신 유행의 옷들을 오려다가 찍어 맞춰 놓은 모습이었다. 얼굴은 자녀의 어린 얼굴인데 옷은 어른의 옷을 입힌 게 어색하지 않게 잘 어울리고, 또 부모들은 먼 훗날 자신의 자녀들이 성장한 모습을 그려볼 수 있기에 그렇게 웃어대는 것이다.

품안의 자식으로 여겼던 아들이 넥타이를 맨 아빠의 옷을 입고 있거나 어린 딸이 화려한 투피스를 입고 있는 처녀로 둔갑해 보일 적에 부모들은 나름대로 여러 가지 생각을 하게 되는 모양이다. 그래서 웃은 뒤에 모두 조용히 물러서서 무엇인가를 깊이 생각하는 것처럼 보이기도 했다.

자식은 영원히 품안에 머물러 있지 않는다. 사랑할 때가 있고 미워할 때가 있듯이, 또 전쟁할 때가 있고 평화로울 때가 있듯이 엄마품에 머물 때가 있고 떠날 때가 있는 법이다. 너무나 평범한 진리이건만 부모가 되면 그걸 깜

빡 잊어버리게 된다. 꼬물거리며 젖을 빨고 대소변을 못 가리며, 먹여 주어야 겨우 먹는 아가들이 절대로 부모의 곁을 떠날 리 없고 항상 그 자리에 있으리란 착각에 부모들이 빠지게 된다.

아가가 너무 사랑스러워 영원히 품안에 남아 있으리라 생각하고 소홀히 교육하고 있는 엄마들과 시중을 너무 많이 들어 주어서 지쳐버린 엄마들, 날마다 아가들과 악다구니 끓듯이 싸우며 욕을 하는 엄마들이 이 글을 읽기 바란다.

어떤 엄마는 연년생으로 아이를 셋 낳고 변해버렸다. 그것도 아들을 셋이나 낳았는데 행복한 것이 아니라 완전히 그로키 상태였다. 말할 수 없이 착하던 여자가 어찌나 극악스럽고 입이 걸직하게 되었는지 거침없이 욕지거리를 해댔다. 자고 깨면 부수고, 떠들고, 울고, 싸우고 아들 셋 속에서 그녀가 알고 있는 악을 전부 쏟아놓고 야단이었다. 그래도 직성이 풀리지 않아 씨근덕거리며 약이 올라 더 퍼부을 욕지거리가 없나 새로운 욕을 찾고 있는 중이었다. 그리고 이런 푸념을 늘어놓고 있었다.

"아이구! 지겨워. 내가 언제 이 곤혹스러운 자리에서 빠져나가지. 내가 어쩌다가 이 지경이 되었는지 모르겠어. 미장원엘 갈 수가 있나 그 좋아하는 연극이나 음악회에 참석할 수가 있나. 더구나 은혜스러운 설교를 마음놓고 들을 수가 없어 영혼도 죽고 있어. 유아실에서 아이들과 씨름하며 예배를 보고나면 설교말씀을 들었는지 어쨌는지 얼얼하고 진이 빠져 쓰러질 것 같다니까."

어느 운동선수가 하루 동안 두 살짜리 아들이 하는 대로 흉내를 내보기로 했다. 아침에 눈을 뜨자마자 아들의 동작을 따라 그대로 움직이기 시작한 것이다. 하루종일 아들은 잠시도 쉬지 않고 뽀스락댔다. 그 활동량이 얼마나 많았는지 해가 지자 건강한 씨름선수인 아빠는 지쳐서 쓰러져버렸는데 아들은 더 새록새록 힘을 내며 움직이더라나. 밤새 아빠는 끙끙 앓고 일어나지도 못하는데 아들은 건강하게 일어나서 솟구치는 힘을 가지고 또 뽀스락거리는 걸 보고 어째서 아내가 저녁이면 그렇게 지쳐 있는가를 깨닫게 되었다고 한다. 그런 아들을 연년생으로 셋을 둔 젊은 엄마의 입이 왜 그렇게 걸직하게 되었는지 이해가 갈 만도 하다.

이렇게 힘이 들고 짜증이 나서 견딜 수 없는 엄마들은 자꾸 궁시렁대며 화를 내지 말고 잠시 멈춰서서 창 밖을 내다보기 바란다. 그리고 아가의 얼굴에 20대 청년의 멋진 옷을 입혀보기 바란다. 그러면 힘든 자신의 처지를 잊고 웃음이 나올 것이다. 그리고 20년 뒤 엄마인 나는 어떤 여자로 변해 있을까를 상상해 보기 바란다.

어머니 교실에서 '20년 뒤의 나'란 제목으로 발표회를 가졌더니 너무나 갑자기 던진 질문이어서 그런지 별로 신나는 상상물을 건져올리지 못했다. 그러나 집에 돌아가 곰곰이 생각해 본 결과 아주 재미있는 계획을 세워볼 수 있었다나, 그녀들의 신나는 20년 뒤의 설계를 한번 들어보자.

1. 도심지를 하루종일 걸어보겠다. 시장에 퍼질러앉아 순대도 사먹고 음식백화점엘 들러 싸구려 음식맛을 보며 기웃거릴 것이다(아마 이 엄마는 먹보인 모양이다. 시장보러 가서도 혹시나 두고 온 아이가 다칠까봐 기겁해서 집으로 줄달음치는 엄마임에 틀림없다).

2. 친구들과 어울려 설악산 등산을 할 것이다. 강릉의 호텔에서 밤새워 잡담을 하고 횟집에 들러 배가 터지게 싱싱한 회를 먹고 바닷가를 거닐 것이다(이 엄마는 처녀시절에 무척 여행을 즐겼고 친구들과 잘 어울렸던 모양이다. 하긴 엄마가 되면 이런 모든 재미도 버리고 오직 아이들에게 몸과 마음과 시간을 바쳐야 하니 이런 소원이 나옴직도 하다).

3. 느긋하게 시간을 끌며 목욕하고 미장원엘 들러 예쁜 스타일로 머리를 하고 남편과 팔장끼고 극장엘 갈 것이다(하긴 아가를 놔두고 이렇게 느긋하게 나다닐 수는 없을 테니 이런 계획도 세워볼 만하다. 그러나 날마다 이러고 살 수는 없을 것이다. 어쩌다 하루지).

4. 내 아이만 기르고 내 집안 일만을 하니 어쩐지 미안

한 생각이 든다. 20년 뒤엔 아이들이 커서 제 일을 할 터이니 이땐 고아원이나 양로원에 다니며 봉사를 하겠다(참 좋은 생각이나, 아이를 길러낸 엄마들이 이런 일에 뛰어드는 경우는 아주 희귀하니 그저 꿈일 가능성이 많다).

5. 남편과 함께 일본이나 대만, 아니면 태국으로 여행을 갈 것이다(해외여행 바람이 불어 이런 꿈을 가지지만 그땐 누가 아는가. 달나라까지 가게 될지. 아니면 예수님이 재림하셔서 신천 신지에 있을지).

6. 백화점이나 청계천 상가의 옷가게를 마음 놓고 헤매며 옷을 사 입어보고 싶다. 애들하고 날마다 씨름하느라고 옷다운 옷을 맵시있게 입기 힘들었다. 아이들을 다 키운 20년 뒤에는 옷에 신경을 듬뿍 쏟겠다(굉장히 옷을 잘 입던 엄마였나 보다. 하긴 애를 낳아 기르는 엄마치고 멋쟁이로 치장할 겨를이 있다면 엄마다운 엄마가 아닐 것이다).

7. 교회 성가대에 앉고 반사를 할 것이며 특히 철야기도회를 꼭 참석할 것이다. 부흥집회도 열심히 참석할 예정이다(아가를 기르며 제일 답답한 것이 교회 행사에 마음 놓고 참석할 수 없다는 사실이고 보면 지당한 소원이다).

아가들이 다 자라 둥지를 떠난 20년 뒤의 자신의 모습에서 기껏 건져올린 것들이 이정도였다. 얼마나 맥빠지는 일들인가! 먼 훗날 아가가 곁을 떠나고 없다고 생각하니 허전해지고 지금의 행복이 대단한 것임을 실감케 하는 상상이 되리라 여겨진다.

천하에 범사가 기한이 있고 모든 목적을 이룰 때가 있다는 「전도서」 기자의 말처럼 엄마의 처한 현상황은 가장 중요한 때인 걸 어쩌겠는가. 아가에게 하나님의 말씀을 심을 때인 지금을 귀히 받들어 잘 선용하는 지계가 있어야 하지 않겠는가.

20년 뒤를 생각해 보면서 지금 당장 아이들 앞에서 짜증을 내고 방황하지 말고 촌음을 아껴 아가들을 하나님의 말씀으로 교육하는 지혜 있는 엄마, 아빠가 되기를 바란다.

[[생의 교훈 : 명사·명언]] 역경은 진리로 들어가는 첫번째 관문이다. ― 바이런ㅣ영국 낭만파 천재 시인. 그의 비통한 서정, 습속에 대한 반골, 날카로운 풍자, 근대적인 내적 고뇌, 다채로운 서간 등은 전 유럽을 풍미했다.

[믿음의 꿈]

예수께서 그 아버지에게 물으시되 언제부터 이렇게 되었느냐 하시니 이르되

어릴 때부터니이다

— 마가복음 9:21

5
아빠는 아가의 기둥이다

요즘 아빠들은 가정에 충실할 수가 없다. 여우 같은 아내와 토끼 같은 자식들을 벌어 먹이느라고 직장에 나가 밤늦게 돌아오기 때문이다. 그래서 아빠들에게 가정은 하숙집으로 전락하게 되었다. 그러니 아빠가 가정의 리더가 되지 못하고 엄마가 주도권을 잡아 엄마 지배형 가정이

늘어나고 있다.

어쩌다 아이들과 얼굴을 대하는 아빠는 아이를 꾸짖지를 못한다. 마땅히 꾸짖어야 될 일인데도 그러지 못하고 아이들 응석을 모조리 받아준다. 그 이유는 어쩌다 만나는데 야단을 쳤다가는 그나마 아이와 연결된 줄이 끊어질까봐 두려워하기 때문이다. 그래서 현대 가정은 엄마가 매를 들고 아빠는 아이 편을 들며 안아주고 달래주며 비위를 맞추고 있다.

어느 집을 가나 아이들에게 누가 더 좋으냐고 물으면 아빠라고 말하는데, 그건 분명히 아내 지배형 가정이다. 그러나 아빠들이 알아야 할 일은 아이들이 중학교 갈 즈음이면 이런 나약한 아빠를 경멸하게 된다는 점이다. 아이들이 바라는 이상적인 아빠의 상은 아이들을 이해해 주면서도 엄격하게 교훈하며 비전을 줄 수 있는 믿음직스러운 아빠를 원하기 때문이다.

엄마에게도 아빠가 집안의 기둥이 되어주는 것이 훨씬 가정을 지키기 쉽다. 아가를 출산할 적에도 남편이 옆에 있으면 분만 시간이 단축되고 출혈 등의 사고가 적으며 아가의 가사假死 상태의 빈도도 낮다고 하니 아빠의 위치란 이렇게 엄마나 아가에게 절대적인 기둥이 된다.

정보사회의 물결은 남자들에게 많은 스트레스를 주기에 가정을 뒷전에 놓게 된다. 직장에 매달려 녹초가 되어서 잠을 자러 집에 돌아온 아빠들이 가정에 대하여 갖는 태도는 여러 가지로 나타난다.

집에 와서 아내에게 지나치게 관대하고 아이들에게 호랑이가 되는 아빠가 있다. 반면에 어떤 아빠는 아이를 과보호해서 일일이 참견하기에 부부가 늘 싸우는 집도 있다. 또한 가정이나 자녀를 몽땅 아내에게 맡기고 아예 나몰라라 하는 무관심형 아빠도 있다. 이런 아빠들의 공통점은 지나치게 이기주의라 가정을 냉랭하게 만든다.

사실 '좋은 아가를 만드는 일은 엄마가 하고 좋은 엄마를 만드는 이는 아빠'라는 말이 있다. 아빠의 권위가 땅에 떨어진 오늘날 좋은 격언이 되리라 본다.

아빠는 가정에서 기둥이 되어 실제적인 지도자가 되어야 하고 아내나 아가들을 모두 이해하고 저들이 처한 상황을 알아야 하며 개별적인 접촉을 갖도록 노력해야 한다. 아빠란 가정에서 경제적인 책임만을 진다고 해서 모든 의무가 끝나는 것이 아니고 정신적 리더가 되어야 한다는 뜻이다.

「마가복음」 9장 14~25절의 말씀은 가정적인 아빠가 병든 아들을 안고 절규하는 장면을 아름답게 그리고 있다. 언제 읽어도 상당히 아름다운 한 폭의 그림을 우리의 가슴에 새겨준다.

여러분들도 이 부분을 읽어가며 한번 그 장면을 상상해보라.

벙어리요, 귀머거리인 아들을 둔 아빠가 어떤 얼굴을

하고 있었겠는가를, 그 아들은 어릴 적부터 귀신들려 불과 물에 자주 던져졌기에 부모의 마음을 늘 조마조마하게 하였다. 귀신이 어디서나 아이를 잡으면 거꾸러져 거품을 흘리며 이를 갈고 파리하여진다고도 했다. 짐작하건대 간질병과 비슷한 병이었던 모양이다.

제자들이 고치려고 했으나 저희가 능히 하지 못했기에 아빠가 직접 예수님께 안고 온 것이다. 여기에서 우리에게 주는 교훈이 대단히 큰 것을 놓쳐서는 안된다. 아이를 예수님께 데려오는 일은 부모가 해야 한다는 점이다.

비가 오니까 아이는 교회에 가지 말고 집에 있거라, 감기 들었는데, 열이 있어, 밥을 잘 먹지 않아, 몸이 약해 보여…… 등등 수많은 이유를 달며 부모들은 아이가 교회에 가는 것을 막고 있다. 아이들은 교회에 갈 권리가 있는데 부모가 게을러서 또 믿음이 약해서 하나님과 만날 길을 막고 있는 것이다. 이 얼마나 무서운 죄를 짓고 있는 것인가!

벙어리귀신 들린 아들을 데리고 예수님을 찾아온 아빠의 태도도 상당히 우리의 흥미를 끈다.

"당신의 제자들이 이 애를 고치지 못합니다. 무엇이나 하실 수 있거든 우리를 불쌍히 여기사 도와주옵소서."

이때 아빠의 심정은 전적으로 예수님께 의지하는 믿음이 없었다. 반신반의하는 태도였고 상당히 미지근한 태도였다. 이때 예수님의 응답은 너무나 강렬하고 속 시원한 길을 우리에게 제시해 주고 있다.

"할 수 있거든이 무슨 말이냐. 믿는 자에게는 능치 못할 일이 없느니라. 이 믿음이 적은 불쌍한 아빠야."

그때 아이의 아빠가 소리를 질렀다. 아마 눈물을 흘리며 예수님의 발 앞에 엎드려 빌었을 것이다.

"내가 믿나이다. 나의 믿음 없는 것을 도와주소서."

아이는 곧 경련을 일으키며 혼절했으나 아빠의 믿음으로 귀신에게서 놓임을 받았다.

나는 이 말씀을 읽으며 왜 엄마가 아들을 안고 예수님과 제자들을 따라다니지 않고 아빠가 나섰을까 생각한 적이 많다. 엄마의 사랑이 동서고금을 통해 언제나 강렬하기 때문이다. 보나마나 그 당시에 셀 수 없이 많은 엄마들이 병든 아가를 안고 예수님을 따랐으리라고 본다. 그러나 벙어리귀신들린 아들을 둔 아빠가 가장 적극적이고 사랑이 넘쳤기에 제자들과 예수님을 만날 수 있지 않았겠는가.

아가를 기를 때 엄마뿐만 아니라 아빠까지 합세할 적에 불치병일지라도 고칠 수 있으며 아가를 예수님 앞으로 데려올 의무가 부모 쌍방에 다 있다는 강한 뜻이 담긴 말씀임에 틀림없다.

끝으로 제자들이 벙어리귀신을 쫓아내지 못한 이유를 예수님께 물었을 적에 기도 외에 다른 것으로는 이런 병마가 나갈 수 없다고 했다. 이 얼마나 귀한 가르침인가.

아가가 아플 적에, 감당키 어려운 병에 걸렸을 적에 엄마나 아빠가 먼저 간절히 기도할 것을 본문은 우리에게 가르쳐주고 있다.

아가는 하나님이 우리에게 맡겨주신 선물이다. 이들이 육체적으로 어리고 약할 적에 하나님이 계신 성전으로 데려올 의무가 부모에게 있으며 또 저들을 위해 기도해 줄 의무가 부모에게 있다.

아무리 시대가 바뀌어도 아빠의 역할은 변함이 없는 것이다. 벙어리귀신들린 아들을 안고 예수님 발 앞에 엎드려 "내가 믿나이다. 나의 믿음 없는 것을 도와주소서."라고 절규하는 아빠가 있는 가정에서 자라는 아가들은 무서운 악의 물결 속에서도 반드시 굳게 서는 장한 아이들로 클 것이다.

아빠의 권위가 땅에 떨어진 시대에 우리 크리스천 가정에선 하나님이 주신 아가들을 위해 눈물을 흘리며 기도하는 아빠들이 많아져야 하리라.

[생의 교훈 : 명사 · 명언] 사랑이 적은 자는 기도할 것이 없다. 그러나 사랑이 많은 자는 기도할 것이 많은 법이다. ― 성 어거스틴 | 카톨릭 성자로서 예수의 무한한 사랑법을 가르쳤다.

내가 그의 집을 영원토록 심판하겠다고 그에게 말한 것은 그가 아는 죄악 때문이
니 이는 그가 자기의 아들들이 저주를 자청하되 금하지 아니하였음이라

— 사무엘상 3:13

6
하나님이 명한 부모의 길이 있다

가정사역에서 가장 중요한 부분은 뭐니뭐니해도 자녀
교육이다.

부모가 아무리 진실한 믿음을 가졌고 만인에게 존경을
받아도 자녀를 잘못 양육하였을 적엔 모든 것이 물거품이
되기 때문이다. 부모란 자식을 품안에 가졌을 적에 잘 길

들이고 하나님의 훈계로 양육해야지 일단 품을 벗어나서 제 발로 걸어다니고 제 주장을 펼 적엔, 아무리 야단을 치고 몸부림쳐도 휘어진 가지를 곧게 하기 어려운 것처럼 불가능한 법이다.

목욕을 가 보면 어머니들이 세살 미만의 자녀들을 데리고 들어와 소란을 떤다. 재미있는 사실은 벌거벗고 날뛰는 에덴동산 같은 목욕탕에 와서야 저들의 교육현황이 낱낱이 드러난다는 점이다.

부모에게 순종하고 자신의 할 일을 찾아서 하도록 길들여진 아이는 얼마나 조용한지! 이런 아이들은 물을 즐기며 잘 놀아서 엄마도 그 곁에서 힘들이지 않고 목욕을 할 수 있고, 함께 있는 다른 손님들도 조용하게 몸을 씻을 수가 있다.

그러나 자식이 하자는 대로 자식중심으로 기른 엄마가 아이를 데리고 들어오면, 이건 목욕탕이 아예 아수라장으로 변한다. 온통 울부짖고 고집을 부리고 생난리를 쳐서 엄마도 목욕을 못하고 절절맨다. 아이의 고집에 휘말려서 꼼짝 못하고 아이를 끌어안고 땀을 흘리는 것이 보통이다. 아이는 아이대로 신경질을 내기에 공중목욕탕 안이 시끌시끌해서 곁의 사람들까지 머리가 아프게 마련이다.

물론 아이에 따라 물을 싫어하는 아이도 있겠으나 어머니의 자상하고 엄격한 교육상이 공중목욕탕에 오면 잘 드러난다. 자식에게 휘말려서 '어야어야' 하고 키우는 어머니는 자식의 종이요, 도구이지 이미 어머니로서의 자격을 상실한 모습을 목욕탕 안에서 공개하기에 모두를 슬프게 만든다.

일단 부모를 조정하는 법을 터득한 자녀는 커서도 고집을 부리고 순종하지 않을 것이며 이기주의로 나가 일생 부모를 슬프게 할 것이 너무나 자명한 일이 아니겠는가.

품에 있을 적에 가르치지 못한 아이를 머리가 커진 다음에 어떻게 다룰 수가 있겠는가. 먼 훗날 백발 머리가 된 부모는 슬픈 얼굴을 하고 멀거니 앉아 속만 끓일 것이 분명한데 그런 모습을 한번 상상해 보자. 얼마나 끔찍한 일인가!

내가 잘 아는 분은 딸만 내리 넷을 낳다가 다섯 번째로 소원하던 아들을 낳았다. 너무나 귀하게 얻은 아들이라 품에 안고 아들이 하자는 대로 몽땅 따라 했다. 심지어는 도둑질을 해도 귀여워서 나무라지 못했고 남을 때리고 와도 "어이쿠 내 새끼야" 하며 그저 감싸안기만 했다. 아이는 기고만장해서 자신이 옳다고 생각하는 것을 무엇이나 용감하게 저질렀고 나중에는 부모까지 구타했다. 있는 재산을 모두 술과 여자놀음으로 탕진하고, 부모의 말년엔 기력이 쇠약한 어머니가 백발을 날리며 가정부노릇으로 번 돈까지 뜯어다가 술을 마시면서도 눈꼽만큼의 죄의식을 느끼지 못하는 걸 보았다.

품안에 있을 적에 마땅히 가르쳐야 할 것을 가르치지

못했기에 그런 꼴을 당한 것이다.

「사무엘서」에 나오는 엘리 가정의 비극도 제사장이면서도 자식을 잘못 키워서 대물림을 하여 망한 가정의 본보기이다. 엘리 제사장은 성격이 상당히 물러터진, 사사시대 말기의 대제사장이었다. 홉니와 비느하스란 두 아들이 제사드릴 고기를 먼저 탈취해서 먹기도 하고 회막문에서 수종드는 여인과 동침을 해서 백성들 사이에 악한 소문이 자자했었다.

제사장직이란 세습제인데 엘리의 뒤를 이어 제사장이 될 아들들이 이 꼴이니 어찌 하나님이 저들을 벌하시지 않겠는가. 결국 블레셋에게 법궤도 빼앗기고 두 아들이 전쟁터에서 죽었다는 비보를 듣고 아흔여덟 살의 나이에 엘리는 의자에서 넘어져 목이 부러져 죽었고, 며느리는 시아버지와 남편이 죽었다는 소식을 듣고 아이를 낳다가 죽었다.

하나님이 사물엘과 엘리 제사장을 통해 예언했듯이 그 가정은 솔로몬 때 아비아달을 최후로 제사장직에서 물러났으니 엘리 제사장같이 훌륭한 분도 자신이 낳은 아들들을 잘못 교육한 결과로 한 가정을 파탄으로 이끌고 말았다.

엘리 제사장은 사물엘을 맡아 기르는 데는 성공했으나 자신의 아들들인 홉니와 비느하스는 왜 그렇게 길렀을까? 이런 물음은 자녀를 기르는 부모들이면 누구나 한번

쯤 가져봐야 할 의문이다.

한나는 사무엘이 젖을 떼자 곧바로 어린 걸 엘리에게 맡겼다고 성경이 말하고 있다. 히브리인의 아이는 보통 두 살에 젖을 뗐다고 한다. 그러니 사무엘의 어머니 한나의 신앙훈련은 느긋하게 잡아도 삼 년일 것이며 이때의 교육이 주효한 것을 누구나 시인할 것이다. 젖을 물리고 있을 적에 넣어준 믿음이 엘리 제사장 밑에 와서도 흔들리지 않고 일생을 지배한 것이다.

엘리 제사장의 자녀교육의 문제점을 한번 생각해 보자.

첫째, 엘리 제사장은 아들들을 하나님보다 더 소중히 여겼다는 점이다(삼상 2:29). 이 말씀은 우리 어머니들에게도 적용되는 귀한 경고다. 하나만 낳아 기르기에 모든 엄마들은 아이를 머리에 이고 살고 있다.

잘못 꾸중했다가는 정신적으로 이상이 올까봐 전전긍긍하고 하나님보다 자식을 더 사랑해서 가장 좋은 것으로 자식을 섬기고 있다. 가장 귀한 것으로 하나님을 섬기는 것이 아니라 자식을 섬기는 것이 우선이고 하나님을 나중에 두니 어찌 자식이 옳게 크겠는가. 마땅히 행할 길을 아이에게 가르쳐야 늙어서도 그것을 떠나지 않는다고 했는데, 엘리 제사장처럼 요즘 부모들은 자식을 너무나 사랑해서 자식이 우상이 되어 있다.

두 번째, 엘리 제사장은 아들들이 저주를 자청하되 금

하지 아니하였다는 점이다. 물론 타이르기를 했다. "너희가 어찌하여 이런 일을 하느냐 내가 너희의 악행을 이 모든 백성에게서 듣노라"(삼상 2:23).

또 이런 말로 홉니와 비느하스를 달래기도 했다. "사람이 사람에게 범죄하면 하나님이 판결하시려니와 사람이 여호와께 범죄하면 누가 위하여 간구하겠느냐"(삼상 2:25).

이렇게 말해도 아들들은 그 아비의 말을 듣지 않았다고 성경엔 기록되어 있다. 여기서 엿보이는 것은 엘리 제사장의 유약함이다. 세 살 미만이었을 적에 이미 잘 길들여진 아이였었다면 이런 자상한 타이름이 먹혀들어 갔겠지만 이미 난폭해져서 자기 마음대로 들떠 행하고 돌아다니던 아들들은 아버지의 말에 순종하지 않았을 것이 뻔하다.

그러기에 성경은 "너희 부모를 주 안에서 순종하라 이것이 옳으니라 네 아버지와 어머니를 공경하라 이것이 약속있는 첫 계명이니 이는 네가 잘 되고 땅에서 장수하리라"고 「에베소서」6장에서 일러주고 있다. 품안에 있을 적에 부모에게 순종하도록 길들여지지 않은 홉니와 비니하스는 땅에서 장수하는 복을 잃었기에 그 집안엔 노인이 하나도 없게 되었다(삼상 2:31).

홉니와 비느하스 그리고 엘리 제사장의 아내를 우리는 잊어서는 안된다. 젖을 물리고 집중적으로 훈련시키는 사람은 엄마이기 때문이다. 엘리 제사장은 아내 때문에 고통을 당했다고 말할 수 있다.

우리는 자주 이런 말을 한다.

"자식도 품안에 자식이지 일단 부모 곁을 떠나면 제멋대로 하는데 어쩌겠는가."

하긴 자식을 기르면 겸손해진다고 한다. 언제 내 자식이 그런 일을 저지를지 모르기에 마음을 졸이며 기도하게 되니까 말이다.

그렇다면 하나님이 부모에게 주신 사명은 어떤 것일까? 어려서는 특히 세 살 이전에 힘껏 하나님의 훈계로 교육시키는 것이 가장 중요한 것이다. 그러고 나서 품을 떠나면 그 자식을 위해 무릎이 아프도록 기도하는 것이 하나님께서 명한 부모의 길이 아니겠는가.

[[생의 교훈 : 명사 · 명언]] 행복은 무지개가 아니다. 행복을 추구하면 그것은 자취를 감춘다. 그것을 발견하는 자에게만 존재하는 것이다. — 박목월 | 행복은 항상 우리 곁에 있다. 그의 시는 그것을 발견하게 한다.

당신들이 나를 이곳에 팔았으므로 근심하지 마소서 한탄하지 마소서 하나님이
생명을 구원하시려고 나를 당신들보다 먼저 보내셨나이다

— 창세기 45:5

7

꿈은 평화를 창조하는 지혜를 낳는다

요셉은 야곱의 열두 아들 중 열한 번째 아들이다. 어머
니는 라헬인데 동복 형제로 동생 벤자민이 있다. 야곱이
열두 자녀 중에서도 유독 요셉만을 편애한 이유는 이미
자신의 어머니 리브가로부터 받은 영향도 있겠으나 요셉
은 다른 아이들보다 모든 면에서 사랑을 받게 행동했던

것이 아닌가 싶다. 아무튼 아버지의 지나친 편애 때문에 요셉은 형들의 미움을 받아 애굽의 노예 상인에게 팔려가게 된다.

따지고 보면 요셉의 가정은 어머니가 넷이었다. 한 어머니에게서 열두 아들이 태어난 것이 아니라 네 여자에게서 얻어진 아들들이었기에 처음부터 질투와 시기, 그리고 서로 사랑하지 못할 여건을 충분히 가진 환경 속에서 요셉은 태어났다.

요셉이 평범하게 형들 속에 묻혀 살았으면 좋았으련만 야곱이 가장 사랑했던 라헬에게서 늦게 얻은 아들이라 너무 귀여워했고 더구나 어린 나이에 어머니를 잃었기에 아버지의 사랑이 더욱 쏠렸다. 아버지 야곱이 특정한 한 아들에 대한 사랑을 억제하지 못하고 눈에 띄게 채색옷을 입혔던 점도 형제들간에 화목을 깨는 역할을 했다.

구약엔 다니엘, 엘리야, 요나, 모세, 요셉 등 아가들에게 들려 줄 재미있는 인물들이 많이 있다. 그중에서 가장 재미있게 여러 번 반복해서 들려주어도 흥미로워하고 또 아가의 일생에 가장 큰 획을 그어 주는 인물은 요셉이 아닌가 한다.

그 이유를 자식을 품에 안은 부모된 입장에서 살펴보기로 하자. 과연 어떤 점이 아가들의 일생에 큰 영향을 주는 것일까.

그 첫번째가 요셉은 꿈꾸는 자였다는 점이다.

"우리가 밭에서 곡식을 묶더니 내 단은 일어서고 당신들의 단은 내 단을 둘러서서 절하더이다"(창 37:7).

이런 꿈은 형들이 요셉에게 절을 하고 저들의 왕이 되겠다는 꿈이라고 해서 더욱 형제들의 미움을 샀다.

"내가 또 꿈을 꾼즉 해와 달과 열한 별이 내게 절하더이다"(창 37:9).

심지어 아버지인 야곱까지 "나와 네 모와 네 형제들이 참으로 가서 땅에 엎드려 네게 절하겠느냐"라며 꾸중을 했다. 형들과 아버지에게 야단을 받고 미움을 받으면서도 요셉은 원대한 꿈을 가진 소년이었다. 이 점이 요셉을 위대하게 만든 요인이다.

그렇다면 아가에게 어려서부터 원대한 꿈을 꾸게 하는 비밀은 과연 무엇일까? 동물과 인간의 다른 점은 사람만이 비전을 가질 수 있다는 점이다. 꿈도 그릇처럼 커야 많은 걸 담을 수 있다. 꿈을 듬뿍 담을 수 있는 마음밭을 아가들에게 안겨 주도록 노력하는 부모가 되어야 하지 않을까.

두 번째 생각해 볼 것은, 형들이 그를 애굽의 노예로 팔았건만 불평하기에 앞서 성실한 삶을 살았다는 점이다. 세상의 상식으로 말하자면 형들을 증오하고 낙망해서 주저앉아버려야 맞아들어가는 이야기가 된다. 그러나 그는 서글프게도 남의 나라에 노예로 팔려갔지만 주인까지도 인정하는 성실한 청년으로 살아갔다.

심지어 성적인 시험이나 물질의 시험에 패스를 해서 나중에 총리까지 올라가게 된다. 이때도 감옥에 들어가는 불운이 있었으나 그는 어느 환경에서도 적응하며 성실하게 살아서 주위 사람들에게 인정을 받았으며 여전히 꿈이 많은 청년이었다. 그렇게 성공적인 삶을 살 수 있었던 이유는 여호와까지 그와 함께 하시고 그에게 인자를 더하셨기 때문이라고 성경은 기록하고 있다.

아가를 품에 안고 엄마가 가져야 할 꿈은 아가가 하나님을 모시고 일생 살도록 길러야 한다는 점이다. 어떤 역경에 처해도 잘 적응하는 자식을 길러야겠다는 꿈을 가져야 하는 것이다. 너무 사랑하면 나약한 아이로 커서 나중에 겁쟁이가 될 것이고 지나치게 방임하면 방종하고 교만한 어른으로 클 것이다. 부요하거나 가난하거나 어떤 환경에도 적응할 수 있는 사람으로 자식을 길러야겠다는 비전은 상당한 노력과 기도를 요하는 꿈임에 틀림없다.

세 번째로 생각해 볼 점은, 미움을 사랑으로까지 승화시킨 요셉의 위대한 영적인 싸움이다.

"요셉이 아우를 인하여 마음이 타는 듯하므로 급히 울 곳을 찾아 안방으로 들어가서 울고 얼굴을 씻고 나와서 그 정을 억제하고 음식을 차리라 하매."

"요셉이 시종하는 자들 앞에서 그 정을 억제하지 못하여 소리질러 모든 사람을 자기에게서 물러가라 하고 그 형제에게 자기를 알리니 때에 그와 함께한 자가 없었더

라. 요셉이 방성대곡하니 애굽 사람에게 들리며 바로의 궁중에 들리더라."

보통사람들 같으면 자기를 팔아버린 형들을 놓고 소리 내서 웃어가며 재미있어 하고 저주를 했으련만 그는 미움을 사랑으로 승화시켰다. 총리의 자리에 있으면서도 앙앙 울어대는 눈물 많은 사나이를 놓고 엄마들은 내 자식도 이렇게 자라서 형제들과 사랑을 나누기를 바랄 것이다.

이런 사랑 승화의 비결을 그는 과연 어디서 얻어 냈을 까. 아무리 봐도 인간적인 방법이 아니다. 하나님이 그에게 그런 놀라운 지혜와 마음을 허락하셨다는 점에 엄마들은 감탄해야 된다.

"하나님이 생명을 구원하시려고 나를 당신들 앞서 보내셨나이다."

이 구절을 읽으면 누구나 가슴이 뭉클해서 눈물이 고여 올 것이다. 노예로 팔아버렸던 동생이 총리가 되어서 저들 앞에 나타났을 때 형들은 얼마나 마음을 졸이며 부끄러워했겠는가. 형들은 약자요, 초라한 위치였다. 이런 상황을 재빨리 알아채고 요셉이 저들을 위로해서 한 이 말은 상대방을 존귀히 여기고 자신을 낮춘 겸손이요, 동시에 평화를 창조한 지혜요, 사랑의 극치를 이루고 있다.

이렇게 말할 수 있는 사랑 승화의 근원은 하나님 외에 누가 있겠는가. 요셉의 넓은 마음과 큰 안목, 그리고 멀리 볼 수 있는 영안은 창조주인 하나님을 의지해서 얻어낸 기막힌 선물이 아니겠는가.

정보시대는 스피드의 시대이고 조급한 시대이고 인내가 없는 아가들을 길러내는 시대이다. 또 꿈이 없이 화려한 색깔만 따라 살아가는 불나방 같은 자녀들을 길러내는 시대이기도 하다.

이런 세속화의 물결에서 아가를 구해 낼 길은 크리스천 엄마들만이 할 수 있는 유일한 역할이다. 먼저 아가들에게 큰 비전을 안겨주자. 그리고 넉넉한 마음으로 먼 훗날까지 내다볼 수 있는 성실하고 믿음이 강한 자식으로 이런 시대에 길러낸다면 하나님은 얼마나 기뻐하실 것이며 부모의 기쁨은 또한 얼마나 크겠는가.

'요셉의 성품을 닮은 아가'라는 표어를 내건다면 과연 얼마나 많은 부모들이 호응할까 의심스럽다. 그만큼 이 시대는 눈에 확 띄는 표적을 구하고 참지 못하는 조급한 엄마들의 시대이기 때문이다.

[생의 교훈 : 명사 · 명언] 내가 영원을 갈망함은 내가 영원한 생명을 가진 증거다. — **V. 위고** | 인간의 영혼을 영원한 생명으로 본 그는 불후의 명작 『노트르담의 꼽추』를 남겼다.

8
자녀는 영원한 신비의 비밀이다

신앙생활이란 교회에서 예배를 드리고 성경을 배우므로 끝이 난다고 생각하는 크리스천들이 많이 있다. 그래서 자기 혼자만 열심히 교회에 나오며 목에 힘을 주고 하나님 앞에서 가장 바른 믿음을 가지고 있다고 자부하기도한다. 특히 새벽기도회에 열심을 내는 사람들은 완벽한 신앙생활을 하고 있다고 내심 만족한 웃음을 삼키기도 한다.

그러나 진정한 신앙생활은 가정에서 이루어져서 그것이 교회와 연결되어져야 한다. 가정에서는 엉망으로 생활하고 교회에 나와서 아무리 경건한 척해도 그 얼굴엔 항상 수심이 깔리고 이중적인 성품이 자꾸 나와서 교회에서도 말썽을 부리게 된다. 교회에서 설교를 듣고 성경을 배우고 하나님 앞에서 다짐한 것을 가정에 돌아가 제일 먼저 생활에 옮기고 뿌리를 내려야 교회의 기능이 이루어지는 것이다.

유태인들이 2천년 동안이나 조국이 없어도 선민으로서의 신앙과 민족성을 지킬 수 있었던 비밀은 바로 안식일 만찬이다. 알기 쉽게 풀이하면 가정예배를 금요일마다 드렸다는 말이다. 남의 나라에 끼어 살며 받은 서러움과 가슴 아픔을 식탁을 제단 삼아 예배를 드리고 위로부터 내려오는 위로를 받았던 것이다. 더구나 식탁가에 둘러앉아 떡을 떼며 나눈 기쁨은 결코 혼자가 아니라는 공동체 의식을 저들에게 심어주었고 조국이 없어도 명맥을 잇게 한 원동력이 된 셈이다.

세계 각국에 흩어져서 디아스포라가 된 저들은 지금도 어김없이 금요일 해가 지면 모두 식탁에 모인다. 촛불이 켜진 뒤 아버지가 성경을 들고서 경건하게 선창하면 가족들이 화답한다. 어린애 팔뚝만한 빵을 아버지가 손으로 뚝뚝 떼어서 가족들에게 나누어주고 한 유리잔에 든 포도주를 가족들이 돌아가며 마신다.

예배가 끝이 난 뒤 생활 주변의 이야기와 저들이 갖고 있는 고민, 그리고 읽었던 책, 정치, 경제에 이르기까지 다양한 폭을 가지고 자정이 지나도록 격렬한 토론을 벌인다. 나이 어린 자녀는 턱을 괴고 앉아 듣고 성숙한 자녀는 끼어들어 함께 논쟁을 한다. 금요일 저녁 안식일 만찬 식탁가에서 저들은 사고력을 기르고 하나님의 놀라운 사랑과 사역을 배우게 되는 셈이다. 이것이 유태인들을 오늘의 위치까지 올려놓은 신비한 비밀이다.

금요일에 단 한번 모여 드리는 안식일 만찬이 이렇게 놀라운 효과를 가져왔다면 매일 온 가족이 둘러앉아 드리는 가정예배의 결과는 어떠한 것일까 상상해 보라. 일주일에 어김없이 단 한번 식탁가에서 쌓은 제단이 유태인 자녀들을 세계적인 학자, 정치가, 은행가, 작가, 재계의 중진들로 키워서 현재의 미국을 이끌고 있다면 우리가 매일 가정에서 쌓는 제단은 그보다 일곱배의 힘을 낼 것이 틀림없다.

그럼 가정예배는 어떻게 볼 것인가?

유태인들은 성경 이외에 촛불이 필요했다지만 우리에겐 산이나 들이나 초막이나 궁궐이나 어디서나 성경과 찬송가를 가지면 그것으로 예배를 볼 수가 있다. 어디서나 둘러앉아 먼저 찬송을 부르고 성경 한 장을 한 절씩 돌아가며 읽는다. 첫날은 아빠가 인도하고 그 다음날은 엄마가 인도하고 초등학교만 다녀도 그 다음날은 아이가 인도하는 식으로 예배를 끌고가면 된다.

성경을 읽은 뒤가 중요하다. 교회에서 하는 식의 설교를 하지 않더라도 그날 생활에서 일어났던 일과 회개, 적용 등 다양하게 대화를 할 수가 있다. 이때 아이가 학교에서 받는 고통이 표현되고 문제거리가 나오고 부모에게 바라는 바도 나오고 또 부모가 자식에게 원하는 교육원리도 나올 것이다. 자식은 이런 기회를 통해서 부모가 뜻하는 바를 감지하게 된다. 무엇보다 중요한 것은 이런 가정예배를 통해서 이 사회에서 혼자가 아니고 가족이란 단위로 뭉쳐진 공동체 의식을 갖게 된다는 점이다.

말씀을 듣고 회개와 생활의 적용과 소원을 서로 토론한 뒤에 결단의 기도를 해야 한다. 이땐 혼자서 하는 기도가 아니라 차례차례 돌아가며 기도하는 것이 효과적이다. 아버지와 어머니의 기도를 들으며 자녀들은 부모의 강한 사랑(하나님과 이웃과 자식들에 대한 구체적인 사랑)을 알게 되어 감격하고 또 자신들도 부모를 흉내내며 기도를 해서 하나님의 사람으로 커가는 것이다.

사실 자식을 길러보면 깜짝깜짝 놀랄 일들이 많이 발생한다. 갓난아이에게서도 놀라운 영혼이 감추어져 있음을 보게 되고 무서운 악령의 역사가 일어나는 걸 경험하기도 한다. 자식은 영원한 신비속에 커서 하나님의 놀라운 역사 가운데서 일생을 살아가는 존재이다. 때로는 자식들이 천재로 나타나서 부모를 즐겁게 해주기도 하고 때로는 병신으로 둔갑해서 부모의 가슴에 멍울을 안겨주기도 한다. 평범한 범인으로 살아가기도 하고 창피하게 범죄자로 낙인찍혀 사회에서 버림받기도 한다. 자식이란 부모의 뜻대로 되어지는 것이 아니고 하나님의 줄에 끌려가는 독립된 인격체이기 때문이다.

품안에 자식을 안고 있을 적엔 누구나 자식에 대하여 거대한 꿈을 꾼다. 그러나 자라며 하나님이 주시는 여러 모습으로 아이는 변해간다. 그래서 성경에선 "여호와를 경외하는 것이 지식의 근본"이란 말씀을 하셨다. 아이의 일생을 통해 가장 중요한 결정을 해야 할 적에 지식의 근본이요, 전지전능하신 창조주의 뜻을 따라 옳게 걸어야 하는데 그것이 하루아침에 되어지는 것이 아니다. 매일 식탁가에서나 안방에서, 또 거실에서 쌓은 가정제단 훈련을 통해 습득되어지는 것이다. 영혼의 갈 길을 밝히 알고 있는 자녀는 아무리 어려운 시련이 와도 정확하게 방향을 잡아나갈 수 있다. 이런 훈련을 시키는 것이 바로 부모의 역할이요, 가정예배의 핵심이다.

정보사회의 물결 속엔 우리가 예측 못할 걸림돌들이 널려 있고 하나님이 주시는 길이 각자에 따라 다르기에 부모는 그저 지식의 근본이신 여호와를 경외하는 법을 가르쳐놓고 지켜볼 뿐이다. 한 가지 확실한 것은 하나님이 사랑하는 자식에게는 더욱 깊고 어둡고 심한 훈련을 시킨다는 점이다.

자식이 어떠한 경우에 처하든지 사막이나 궁궐이나 산에 혼자 버려졌을지라도 가정예배를 통해 배운 신앙으로 승리하는 삶을 살아가도록 자식을 기르는 법이 바로 유태인이 가지고 있는 재산이며, 또한 하나님이 각 가정에 주신 신비한 비밀이다.

[[생의 교훈 : 명사 · 명언]] 성공의 비결은 전 생애를 통하여 소망을 잃지 않는 데 있다. ― A. 슈바이처 | 프랑스 의사, 신학자. 그는 죽기까지 이웃을 사랑했다. 그 희생정신은 내일을 향한 소망의 기도 때문에 가능했다.

9
아가에게 천국지도 보는 법을 가르치라

링컨은 책이 귀한 시절 성경만을 읽었는데도 어른이 된 뒤에 훌륭한 미국의 16대 대통령이 되었다. 그는 기도하는 대통령으로 유명했다. 그렇다면 성경은 과연 어떤 책인가?

1. 우리의 삶을 인도하는 책이다

바다를 항해하는 마도로스에게 제일 중요한 것이 나침반이라고 한다. 지금은 해도가 있어서 그걸 보고 운행한다. 비행기도 하늘을 마구 날아가는 것이 아니고 지도가 있다고 한다. 우리 예수를 믿는 사람들도 모두 천국을 향해 행군하고 있는데 무작정 가는 것이 아니다. 천국으로 가는 길을 안내하는 지도를 보고 가야 한다. 이 지도가 바로 성경이다.

매일 살아가는 우리의 삶이 천국으로 가는 길에 들어서 있는지 확인하면서 걸어야 된다.

2. 성경은 영적 양식을 주는 책이다

예수를 믿는다고 하면서 성경을 모르면 어디에서 그 영적 양식을 얻을 것인가. 물론 목사님의 설교는 말로 선포되지만 그 설교도 성경에서 가져다가 성도들이 먹기 좋게 요리하여 맛있게 먹여주는 셈이다. 구약과 신약을 항상 읽고 묵상하면서 하나님이 주시는 양식을 먹어야 한다.

3. 성경은 하나님이 우리를 얼마나 사랑하는지 일러준다

하나뿐인 아들 예수님을 이 땅에 보내면서까지 인간과 하나님 사이에 막힌 담을 허실 정도로 사랑을 베푸시는 분이다.

4. 성경을 통해서 하나님은 우리에게 말씀하신다

기도를 많이 하시는 분들은 하나님의 음성을 직접 듣는 분도 있다. 그러나 그것은 특수한 분들에게 임하는 것이

다. 거의는 성경을 통해서 응답하신다. 말씀을 통해 답을 주시는 것이 가장 확실하다.

5. 어떤 가치관을 가지고 인생길을 갈 것인가를 말해준다

어떻게 생각하고 말할 것을 구체적으로 성경에서 얻을 수 있다.

6. 우리를 창조하신 분이 누군가를 성경은 일러준다

「창세기」 1장 1절에 태초에 하나님이 세상을 창조했다는 말씀에서 우리의 믿음의 행진이 시작되기 때문에 창조의 가치관이 믿음의 뿌리가 되는 셈이다.

어떻게 아가에게 성경을 좋아하게 만들까 하는 것이 엄마, 아빠의 과제가 된다. 구체적으로 그 방법을 논해보자.

1. 먼저 엄마, 아빠가 성경을 좋아하고 갈급해야 한다

날마다 성경을 읽고 가정 제단을 쌓으며 성경을 가까이 한다. 구역예배와 교회의 공집회에 참석하여 아가에게 본을 보인다. 늘 성경을 펴보고 들고 다녀야 한다. 아가의 머리에 성경이 각인되기 때문이다. 힘들어도 아가의 경건 훈련을 위해 데리고 다니는 것이 좋다.

2. 가정예배를 드릴 때 가능하면 성경을 아가와 함께 읽는다

3. 성경책을 아가들이 귀하게 다루도록 한다

성경을 찢거나 마구 다루는 걸 엄하게 꾸짖어서 엄마 아빠가 귀하게 여기는 보물임을 가르친다.

4. 성경구절을 늘 아가와 함께 암송한다

그냥 시늉만 해도 칭찬하면서 시도한다. 벽이나 문에 말씀을 붙여놓고 하는 방법이 효과적이다.

5. 식기도와 가족 간의 큰 행사도 성경을 들고 예배를 드려서 모든 일이 성경을 중심으로 이행됨을 알게 한다

6. 주일에 영아부 참석이 가장 큰 효과를 거둔다

성경에 관한 구절들은 다음과 같다.

「시편」 119편 105절 '주의 말씀은 내 발에 등이요 내 길에 빛이니이다'

「디모데후서」 3장 16~17절 '모든 성경은 하나님의 감동으로 된 것으로 교훈과 책망과 바르게 함과 의로 교육하기에 유익하니 이는 하나님의 사람으로 온전케 하며 모든 선한 일을 행하기에 온전케 하려 함이니라'

「히브리서」 4장 12절 '하나님의 말씀은 살았고 운동력이 있어 좌우에 날선 어떤 검보다도 예리하여 혼과 영과 및 관절과 골수를 찔러 쪼개기까지 하며 또 마음의 생각과 뜻을 감찰하나니'

위의 성경 구절은 크게 써서 벽이나 문에 붙여놓고 엄마, 아빠가 암송하면서 아가도 동참케 하면 좋다.

[생의 교훈 : 명사·명언] 성경은 단순한 책이 아니다. 반대하는 모든 것들을 정복하는 능력을 가진 생명체이다. — **나폴레옹** | 영웅은 대긍정을 할 줄 안다. 영웅 중에 영웅이었던 그는 성경을 능력의 생명체로 알았다.

10

교회에 가면 하나님이 앉아 있니?

큰아들이 초등학교에 갓 입학하고 일어난 일이다. 주일
학교에서 배운 그대로 짝꿍에게 전도를 했다.

"교회에 나오너라."

"거기엔 누가 있니?"

"하나님이 계셔."

"교회에 가면 하나님이 앉아 있니?"

여기서 큰아들은 말이 막혔다.

"너 나를 따라 절에 가자."

"거기 가면 누가 있는데?"

"부처님이 있지."

"부처님을 보여줄 수 있어?"

"그럼."

큰아들은 친구를 따라 동네 근처 산비탈에 갔다. 돌부처를 본 것이다. 아무리 만져 봐도 돌일 뿐이었다.

"이게 돌이지 부처냐?"

"이렇게 생긴 하나님이라도 교회에 있니?"

여기서 큰아들은 말문이 막혔다. 아들의 머리엔 살아역사하며 움직이는 하나님을 생각했지만 육신의 눈으로볼 수 있게 설명할 수 없었다.

"돌부처처럼 생긴 하나님이라도 보여줘."

큰아들은 집에 와서 부처처럼 눈에 보이는 하나님을 가져오라고 울어댔다. 하긴 자기도 친구에게 하나님을 보여줄 수 없어 답답했던 모양이다.

아가에게 하나님을 부처처럼 실물로 보이기는 어렵다. 기독교 교육에서 가장 중요한 것은 추상적인 것을 머리에서 형상화시켜주는 일이다. 이것을 자주 하면 아가의 상상의 세계는 이 우주만큼 커지게 마련이다.

실제적으로 이런 식으로 하나님을 설명하기도 한다.

공기를 예로 들어 하나님을 아가에게 설명해보자.

풍선을 불어 부풀리고 공기를 빼고 하는 과정에서 공기를 볼 수 없지만 있는 것처럼 하나님도 보이지 않지만 그가 만든 산이나 들, 하늘, 달, 별과 태양을 통해 하나님을 볼 수 있다고 설명해 줄 수 있다.

사랑을 예로 들어 설명할 수도 있다.

아가에게 눈을 감게 하고 엄마가 아가를 사랑하는지 물어본다. 사랑하고 있다고 답하면 하나님도 너를 사랑하고 있지만 사랑은 보이지 않는다고 아가에게 일러준다. 아가는 눈을 감고 엄마가 자기를 사랑하는 것처럼 하나님도 눈에 보이지 않지만 사랑으로 존재한다는 것을 수긍할 것이다. 눈에 보이지 않는 세계가 있다는 것을 추상적으로 알 수 있는 힘은 아가의 정신세계에 엄청난 크기로 자라나게 된다.

아가를 품에 안고 엄마 주위를 맴도는 영유아기 시절에 하나님은 영이시니 육안으로 볼 수 없다는 것을 통해 하나님을 힘써 아가에게 가르치는 것도 강한 믿음으로 아가를 성장하게 하는 것이다.

아주 좋은 방법으로 이 세상에 아가가 몇이나 있는가를 묻는다. 똑같은 아가가 이 세상에 있는가 묻는다. 없다고 하면 아가는 이 세상에서 하나뿐인 귀한 존재이고 하나님도 단 한분뿐인 걸 가르치는 가운데 유일신의 신앙이 싹트기 시작할 것이다.

「이사야」46장 9절 말씀이 엄마, 아빠들이 꼭 암송할 말씀이다.

'너희는 옛적 일을 기억하라 나는 하나님이라 나 외에 다른 이가 없느니라 나는 하나님이라 나 같은 이가 없느니라'

엄마, 아빠들이 기억할 것은 기독교 교육을 받는 우리 아가의 정신세계가 다른 아이들보다 크고 광활하다는 점이다. 추상적인 상상을 자극하는 환경에서 자라기 때문에 앞으로 세계적인 지도자로 클 수 있다는 자신감을 갖기 바란다.

[[생의 교훈 : 명사·명언]] 모든 그리스도인이 다 하나님의 기적의 작품이다. — **발레리** | 20세기 프랑스 상징 시의 정점을 이룬 그는 그리스도의 기적을 믿었다.

너는 마음을 다 하여 여호와를 의뢰하고 네 명철을 의지하지 말라 너는 범사에
그를 인정하라 그리하면 네 길을 지도하시리라
— 잠언 3:5~6

11

하나님과 인간의 관계를 가르치라

인간은 전적으로 창조주인 하나님만을 의지하도록 창조된 피조물인 것이다. 이것이 인간과 하나님의 첫번째 관계가 된다.

하나님은 자기 형상 곧 하나님의 형상대로 사람을 창조하여 남자와 여자를 만들었다고 한다. 해서 인간은 죽는

순간까지 매일 성화되어서 죽음의 자리에서 성화가 끝나는 셈이다. 그러므로 인간과 하나님의 두 번째 관계는 하나님을 닮도록 매일 거룩하게 성화되어야 한다는 점이다.

세 번째 하나님과 인간과의 관계는 창조주와 피조물의 관계다.

「창세기」 2장 7절에 명확하게 그 점을 말씀하셨다.

'여호와 하나님이 흙으로 사람을 지으시고 생기를 그 코에 불어 넣으시니 사람이 생령이 된지라'

네 번째로 아가에게 가르칠 것은 하나님은 항상 아가와 동행한다는 사실이다. 아빠의 강한 손에 이끌리어 시장에도 가고 엄마의 가슴에 안겨 동물원에도 가는 것처럼 하나님이 아가의 일생 어디를 가든지 동행함을 가르쳐야 한다. 「신명기」 6장의 쉐마교육을 이용하여야 한다.

다섯 번째로 하나님과 인간의 관계는 하나님은 아가의 모든 것을 알고 계신다는 점이다. 하나님은 과거, 현재, 미래의 모든 것을 알고 계신다. 우리 모두가 하나님의 한 가족임을 아가에게 확신시켜 교육할 적에 아가는 산을 무너뜨릴 수 있는 힘을 지니게 되는 것이다. 아가를 이해하고 알고 있는 하나님이 곁에 있다는 것은 일생을 기댈 큰 버팀목이 된다는 걸 아가는 알아야 한다.

여섯 번째로 지적할 수 있는 하나님과 인간의 관계는 하나님은 아가를 영원히 사랑하고 지금도 사랑하고 있다는 사실이다.

육안으로 볼 수 없는 하나님을 추상적으로 생각하기 때문에 위에 지적한 모든 것을 막연히 그냥 생각만으로 아는 것은 소용이 없다. 생활 속에 하나님이 역사하여야 한다. 위의 여섯 가지 관계를 아가의 삶 속에서 체험하게 하여야 한다. 이것은 엄마, 아빠가 생활하면서 자상하게 간증하면서 길러야 한다. 범사에 하나님을 인정하는 생활 속에서 아가의 길이 평탄하게 될 것이기 때문이다.

엄마, 아빠가 벽에 써 붙이고 암송할 성경 구절이 있다.

'내가 주의 신을 떠나 어디로 가며 주의 앞에서 어디로 피하리이까 내가 하늘에 올라갈지라도 거기 계시며 음부에 내 자리를 펼지라도 거기 계시니이다'

[생의 교훈 : 명사·명언] 하나님을 두려워하는 것이 지혜의 시작이다. ― **스피노자**
네덜란드의 철학자 스피노자는 '모든 것이 신이다'라고 범신론을 외쳤다. 그럼에도 불구하고 그리스도교적인 인격신이 그의 잠재의식에 내재해 있었다.

12
예수가 누구인가를 가르치라

크리스천 가정에서 아가를 기르면서 예수님에 대한 질문을 수없이 받게 된다. 어느 부모는 예수님을 아주 무서운 분으로 아가에게 소개해서 아이가 청년이 되면 교회를 떠나는 경우가 많다. 예수님은 사랑이라고 하면서 아가를 기를 적에 힘이 들면 엄마는 예수님을 팔게 된다. 특히 아빠들이 직장일로 집에 머무는 시간이 많지 않아서 엄마 혼자 아가를 기르면서 힘이 들면 예수님을 앞세워 방패막이를 하는 경우가 많다.

"너 이런 짓 하면 예수님이 매매할 거야."

"저기 봐라. 예수님이 보고 계셔. 너 야단칠 거야."

"예수님이 위에서 내려다보고 이놈 한단 말이야."

아가의 머리에 예수님은 심판하고 무섭게 노려보는 분으로 무의식 속에 자릴 잡게 되는 것이다.

이런 의미에서 예수가 누구인가를 명확하게 엄마, 아빠가 알고 아가에게 가르쳐 줄 필요가 있다.

예수님은 어떤 분인가?

첫째, 예수님은 하나님의 아들이다

「마태복음」 14장 33절의 말씀처럼 '배에 있는 사람들이 예수께 절하며 가로되 진실로 하나님의 아들이로소이다 하더라'

물 위로 걸어오기도 하고 풍랑을 명하여 잔잔하게도 하며 죽은 지 사흘이 된 나사로를 살려내기도 하시는 분이다. 물을 명하여 포도주로 만들고 맹인을 눈 뜨게 하며 절름발이도 고쳐주며 앉은뱅이도 일으키셨던 분이다. 이런 많은 기적들은 사복음서에 기록되어 있다. 이런 주님의 기적과 이적을 아가를 무릎 위에 앉히고 책을 읽어주면 머리에 깊이 새겨질 것이다.

둘째, 예수님은 진짜 살아계신 분이다

아가는 엄마와 아빠를 통해 예수님이 굉장한 분임을 알지만 추상적으로 상상 속에 하늘 깊은 곳에 계신 분으로 안다. 마치 텔레비전 화면에 나와서 익숙하게 알고 있는 슈퍼맨, 배트맨, 스파이더맨처럼 하늘을 날아다니고 힘이 세고 초인적인 힘을 지닌 사람 정도로 인식하는 경우가 많다. 이런 종류와 달리 예수님은 살아서 우리 생활 속에 직접 관여하시는 분임을 매일의 삶 속에서 감사하며 간증하는 말이 아가에게 하나님을 진짜로 옆에서 관여하시는 분으로 알게 된다.

"오늘도 자동차를 타고 다니면서 조금도 다치지 않았으니 얼마나 감사하냐."

"어머나! 저 꽃을 봐라. 흙에서 어떻게 저런 예쁜 색이 나올까. 하나님이 저 꽃을 저렇게 만드셨어. 하나님은 굉장한 분이야."

"이건 하나님이 해결해주신 거야. 얼마나 기막힌 간섭이냐."

이런 대화 속에서 하나님은 살아서 우리 생활에 직접 간섭하는 분으로 알고 어려운 일이 생기면 순간순간 기도하는 모습을 보여 인격적으로 옆에 계신 분임을 알게 한다.

셋째, 예수님은 예언대로 오신 분이다

구약에 나오는 백여 명의 선지자의 예언처럼 예수님은 신약시대에 오셨다는 사실은 구약에 수없이 예언이 되어 있다. 「미가서」 5장 2절에는 예수님이 베들레헴에서 태어나는 것을 예언했다. 「이사야서」에는 예수님이 십자가에서 돌아가시는 모습을 생생하게 그리고 있다. 모세의 율법과 선지자들의 글과 시편에 예수님을 가리켜 기록된 것들이 이뤄진 것이다. 이렇게 예수님은 역사 속에 살아계셔서 역사를 이끈 분임을 아가에게 가르친다.

넷째, 예수님은 메시아요, 우리의 구세주요, 구원자란 사실도 성경을 읽어 가면서 찾아내서 엄마, 아빠가 암송하고 아가와 함께 늘 기억한다

다섯째, 제일 중요한 것은 예수님의 부활이다

세상의 모든 종교는 죽음의 문제를 해결하려고 애쓴 기록이며 방황이다. 이집트에 가면 피라미드를 만들어 놓고 죽음을 해결하려고 몸부림친 역사가 가련할 만큼 앞에 펼쳐진다. 어떤 종교나 죽음 문제를 해결해준다고 아우성이다. 그런데 예수님은 죽은 후 사흘 만에 다시 살아난 것이다. 죽음의 문제를 해결한 예수님을 알 적에 아가의 인생은 힘이 있고 확실한 걸음을 걸을 것이다.

부활은 가장 큰 선물이요, 왜 우리가 예수를 믿는지 알게 하는 열쇠가 될 것이다.

여섯째, 예수님은 사랑이다

우리는 사랑하는 예수님을 모셔야지 무서운 예수님과 동행하는 것이 아니다. 사랑의 예수님이란 사실이 어린 시절 아가의 신앙생활에서 기초를 이뤄야 한다. 기독교는

누가 뭐래도 사랑이다. 살인자가 회개하면 사랑의 주님은 용서하고 받아주시는 분이다. 이런 사랑의 주님의 손을 잡고 일생 살아가도록 아가의 생활 속에서 주님의 손을 아가의 손과 꼭 잡게 해주는 것이 바로 크리스천 가정교육이 된다.

[생의 교훈 : 명사 · 명언] 무엇을 하나님께 맡겨도 하나님은 맡아 주시고 우리를 축복해 주신다. — 소로 | 미국의 사상가 겸 문필가. 그는 멕시코 전쟁을 반대하고 인두세 납부를 거절하는 등 사회문제에 큰 관심을 가졌다.

13
죄와 구원에 대하여 가르치라

아가에게 죄를 설명하기가 어렵다. 우리나라에 복음이 들어왔을 적에도 기독교에서 말하는 죄와 우리가 상식적으로 생각하는 죄가 달라서 회개를 하지 못했다. 영어에서는 그게 정확하게 나온다. 이 세상에서 말하는 죄는 법적인 구속을 받는 것으로 'crime'이라고 쓴다. 그러나 기독교에서 말하는 죄는 'sin'이라고 써서 법적인 죄와 구별한다. 하나님의 뜻에 못 미치는 것도 죄이고 하나님의 뜻을 넘어서는 것도 죄에 속한다. 아가에게 죄의 개념은 성경에서 말하는 죄를 가르쳐야 한다. 이 범위는 'crime'에 비해 엄청나게 크다.

하디 선교사가 1900년대 초에 자신의 죄가 백인우월주의, 학력우월주의로 한국 사람을 무시한 걸 울면서 자복했을 때, 그 유명한 1907년 평양의 성령바람을 불게 한 계기가 되었다. 어떻게 하는 것이 회개며 또한 성경이 말하는 죄가 무엇인지 알았을 때, 회개 자복하는 광경은 대풍에 익은 벼가 바람에 쓰러지듯 엄청난 바람을 몰고 와서 마룻바닥에 모두 쓸어져 대성통곡했다는 기록이 있다. 평양 시내가 묘한 분위기에 휩싸일 정도로 온 도시에 성령의 바람이 불었다고 한다.

인간은 모두 하나님 앞에서 죄인이다. 아담과 하와로 인해서 태어날 때부터 지니고 있는 죄가 원죄고 우리가 살아가면서 지은 죄가 자범죄가 된다. 「로마서」 5장 12절에 보면 그것을 확실하게 말하고 있다.

'이러므로 한 사람으로 말미암아 죄가 세상에 들어오고 죄로 말미암아 사망이 왔나니 이와같이 모든 사람이 죄를 지었으므로 사망이 모든 사람에게 이르렀느니라.'

원죄와 자범죄로 죽을 수밖에 없는 우리가 하나님께 다가가는 방법이 있다. 이것을 우리는 구원이라고 말한다.

죄로 인해서 우리는 하나님께 갈 수가 없다. 하나님과 죄인인 우리 사이에 건널 수 없는 깊을 골짜기가 있어서 아무리 소리쳐 울어도 깊은 계곡을 건너갈 수가 없다. 밑에는 깊은 물이 흘러서 헤엄쳐 건널 수가 없다. 우리가 이 계곡을 건너갈 수 있는 방법이 무엇일까? 죄인인 우리와 하나님 사이에 놓인 골짜기에 다리를 놓을 수밖에 없다. 이 다리가 바로 예수그리스도인 것이다. 예수님이 우리를 위해 십자가 위에서 못 박혀 죽으심으로 우리와 하나님 사이의 골짜기를 해결하여 주신 셈이다. 그런 까닭에 기도 끝에 '예수님의 이름으로 기도합니다' 하여 골짜기에 놓인 다리를 건너가는 것이다.

죄와 구원을 아가에게 가르치는 것은 아가와 하나님 사이에 큰 골짜기를 그리고 거기에 예수님이란 다리를 놓은 그림을 보여줌으로 어려운 구원의 문제를 해결할 수 있다. 다리란 믿음인 것을 아가는 살아가면서 서서히 터득할 수 있을 것이다.

뉴턴처럼 위대한 인물이 이렇게 말했다.

'나는 두 가지를 기억한다. 하나는 내가 큰 죄인이라는 사실과 다른 하나는 그리스도는 위대한 구원자라는 사실이다'

이 두 가지 진리를 아가도 어려서부터 꼭 교육받아야 한다.

〖생의 교훈 : 명사·명언〗회개는 영원의 궁전을 여는 황금 열쇠이다. ― 밀턴│영국의 소설가. 그는 『실락원』에서 회개하지 않는 인간상을 보여주었다.

내 영혼아 여호와를 송축하라 내 속에 있는 것들아 다 그의 거룩한 이름을
송축하라 내 영혼아 여호와를 송축하며 그의 모든 은택을 잊지 말지어다 그가 네
모든 죄악을 사하시며 네 모든 병을 고치시며 네 생명을 파멸에서 속량하시고
인자와 긍휼로 관을 씌우시며 좋은 것으로 네 소원을 만족하게 하사 네 청춘을
독수리 같이 새롭게 하시는도다

— 시편 103:1~5

14
아가가 하나님의 축복을 받는 비결이 있다

우리 아가들이 받을 하나님의 여섯 가지 축복을 살펴보
자.

첫째, 모든 죄악을 사하여 주신다고 했다

인생을 살아가면서 인간이 갖게 되는 세 가지 고민은
죄악의 문제와 삶의 가치문제와 죽음의 문제이다. 이 세

가지는 역사가 흘러가면서 많은 문학가들이 심취했던 주제이고 종교가들이 해결하려고 애썼던 문제들이다. 역사란 바로 이 셋을 놓고 투쟁한 기록이 된다. 이중에 제일 중요한 죄악을 사해주는 축복을 받게 되는 것이다.

둘째, 모든 병을 고쳐준다고 했다

이건 비단 육체적인 병만을 뜻하는 것이 아니다. 정신적인 영적인 병에 더 치중하는 말이다. 자신이 죽어 갈 곳을 확실히 알고 있으면 이 세상의 나그네 삶이 기쁠 것이니 순간순간을 감사하며 힘 있게 살 수 있다.

셋째, 생명을 파멸에서 구원해 주신다

아가의 생명을 빛으로 인도하여 하늘나라를 향해 뚫려 있는 좁은 길을 걷게 하니 얼마나 감사한 일인가.

넷째, 인자와 긍휼로 관을 씌우신다

이 축복은 인생길에서 가장 우리가 바라는 바이다.

다섯째, 좋은 것으로 네 소원을 만족케 한다

우리가 소원하며 기도하는 것을 가장 좋은 것으로 주시고 가장 좋은 길로 인도하신다는 뜻이다. 우리 크리스천들은 이런 길로 가겠다고 고집을 부려도 하나님이 가장 좋은 다른 길로 인도하셨음을 나중에 뒤를 돌아보며 간증하게 된다.

여섯째, 네 청춘으로 독수리같이 새롭게 한다

독수리는 새 중의 왕이다. 해를 향해 눈을 감지 않고 똑바로 보고 올라갈 수 있는 날개를 지닌 새이다. 가장 강한 새가 바로 독수리이다. 이런 새처럼 우리의 청춘을 힘 있게 인도하신다는 뜻이다.

위의 여섯 가지 축복을 우리 아가에게 주시는데 그러기 위해서는 조건을 성경이 제시하고 있다. 그냥 가만히 있어 주는 것이 아니다. 아가의 영혼이 여호와 하나님을 송축할 적에 이런 축복이 온다고 했다. 내 속에 있는 모든 것들, 다시 말하면 영혼과 육체와 모든 것을 다 해서 하나님을 송축할 때 이런 축복이 임한다는 말이다. 두 번째 조건은 하나님이 주신 모든 은택을 잊지 말고 감사할 때 이런 여섯 가지 축복이 임하는 것이다.

부모님은 이 진리의 말씀을 아가를 기르면서 집중적으로 삶에 옮기고 가르쳐야 하리라.

끝으로 다이애나 루먼스가 지은 시를 소개한다.

만일 내가 다시 아이를 키운다면

만일 내가 다시 아이를 키운다면
먼저 아이의 자존심을 세워주고
집은 나중에 세우리라.

아이와 함께 손가락 그림을 더 많이 그리고
손가락으로 명령하는 일을 덜 하리라.

아이를 바로잡으려고 덜 노력하고
아이와 하나가 되려고 더 많이 노력하리라.
시계에서 눈을 떼고 아이를 더 많이 바라보리라.

만일 내가 다시 아이를 키운다면
더 많이 아는 데 관심 갖지 않고
더 많이 관심 갖는 법을 배우리라.
자전거를 더 많이 타고 연도 더 많이 날리리라.
더 많이 껴안고 더 적게 다투리라.
도토리 속의 떡갈나무를 더 자주 보리라.
덜 단호하고 더 많이 긍정하리라.

힘을 사랑하는 사람으로 보이지 않고
사랑의 힘을 지닌 사람으로 보이리라.

이 시처럼 먼 훗날 후회하는 부모가 되지 말고 아가가
우리 엄마, 아빠의 무릎 위에 있을 때 최선을 다 해서 하
나님의 축복을 받는 아가들로 양육해야 하리라.

［생의 교훈 : **명사 · 명언**］ 소년기란 실험기이다. — **스티븐슨**ㅣ영국 증기기관차 발명
가. 그는 아이적 꿈은 실험으로 완성하였다.

— 세르반테스
정직함 속에는 언제나 풍요로움이 있는 법이다.

수압이 몸

체크린

1
아가는 어쩌다 세상에 온 것이 아니다

아가를 낳아 기르면서 어쩌다가 이런 아가가 내게 뚝 떨어져 왔을까 하고 놀라는 부모들이 있다. 아가는 어쩌다 이 세상에 온 것이 아니고 하나님의 선물이며 축복이고 상급인 걸 모르면 자식을 양육하는 첫걸음은 비틀거리게 된다.

인간의 길은 두 갈래가 있는데 하나는 하나님이 없는 길을 걷는 것이고 다른 하나는 하나님과 동행하는 길이다. 쉽게 말해서 창조의 가치관과 우연의 가치관, 두 길이 우리 앞에 있다. 길을 걷다가 아름다운 새를 보면 어쩌다가 저렇게 이쁜 새가 있을까 참 좋구나 생각하는 사람은 우연의 가치관을 가진 사람이고, 아하! 하나님은 새 한 마리를 세상에 내놓아도 참으로 이쁘게 창조했구나 하고 감탄하며 하나님을 기억하고 찬송하는 사람도 있다.

이게 창조의 가치관이다.

하나님은 세상을 엿새 동안 매일 창조하시고 스스로 보시기에 좋았다고 말씀하셨듯이 아가도 훌륭하게 만들어 어머니의 품에 안겨주셨다. 이 아가를 하나님 보시기에 좋은 아이로 양육할 의무가 우리 부모에게 있는 것이다. 예수 그리스도를 아이의 마음에 모시게 교육하여 빛이 되신 주님을 닮아 살게 하는 것이 기독교 교육의 첫단계라고 생각한다. 하나님이 창조한 아이를 다시 한번 그의 형상을 닮게 재창조하는 과정을 부모에게 맡겼다고 표현할 수 있겠다.

다윗이 「시편」 139편에서 하나님이 내 장부를 내 모태에서 조직했음을 고백하는 신앙은 참으로 극치의 창조신앙이다. 「창세기」 1장 1절 말씀대로 하나님께서 천지를 창조하셨음을 믿는 데에서 우리의 믿음이 시작하는 것을 보더라도 어머니가 먼저 이런 창조의 신앙고백부터 해야 자식에게 창조의 가치관을 심어줄 수가 있다. 다윗이 하나님께 감사하는 것은 자신을 지은 하나님의 솜씨가 너무나 신묘막측함에 있다. 주의 행사가 기이함을 다윗의 영혼이 안다고 했으니 얼마나 깊은 창조의 신앙인가.

아가를 품에 안고 어쩌다가 이런 아가가 태어났나, 참 우연히 운좋게 내게 이런 아가가 주어졌구나 하는 어머니보다, 아하! 하나님이 이 아이를 지으신 솜씨가 너무나 신묘막측하고 놀랍구나. 주의 행사가 너무나 기이하구나. 하나님은 참으로 창조주의 하나님이구나 하며 감탄하는 어머니의 바른 신앙이 얼마나 아름답단 말인가! 더구나 놀라운 일은 내 형질이 이루어지기 전에 주의 눈이 보셨다고 했고, 주의 책에 다 기록되었다고 했으니 얼마나 감탄할 일이며 감사할 일인가. 아가는 태어나기 전부터 하나님의 소유이며 그의 줄에 끌려 일생을 살아갈 존재인데 그런 아가를 품에 안고서 어찌 감사와 감격을 아니할 수 있을까.

문제는 어떻게 아가에게 이런 하나님을 바르게 심어주며 창조의 가치관을 심어줄까 하는 점이다. 따지고 보면 그리 어려운 일은 아니다. 부모의 가치관이 창조의 가치관이면 쉽게 아가에게 전달시킬 수가 있다. 한 예를 들어보자. 홍해 속에 지어진 수중 방물관이 내겐 너무나 인상적이었기에 그것을 예로 들겠다.

홍해 속은 따뜻하고 파도가 없기에 고기들의 서식처로

는 아주 좋은 곳이다. 바닷속에 유리로 사면을 막아 지은 박물관은 우리가 어항 속에 갇힌 셈이고 물고기들이 주변을 헤엄쳐 다니며 인간을 구경하는 형상이었다. 넓고 넓은 바닷속은 공기 속처럼 조용했고 그 안엔 하나님이 창조한 많은 물고기들이 헤엄쳐 다녔다. 우리가 먹는 물고기는 미운 빛깔이라는 사실에 놀라움을 금할 수 없었다. 물고기란 모두 침침한 빛을 지녔다는 편견을 완전히 버리게 하는 순간이었다. 홍해 속의 물고기들은 이 세상에 존재할 수 있는 모든 색깔을 지니고 헤엄쳐 다녔다. 화가가 아름다운 색을 창조하느라고 고심하고 추상적인 그림을 그리려고 애를 쓰지만 하나도 새로울 것이 없다는 사실을 깨달았다. 이미 하나님은 물속이나 자연 속에 온갖 것을 모두 창조해서 배치해 놓고 있는데 그걸 인간이 모르고 교만하게 창조한다고 날뛰는 격이었다.

어떤 물고기는 그 빛이 너무 고와서 아하! 저런 옷감이 있다면 원피스를 만들어 입고 싶다는 생각이 들 정도였다. 어떤 물고기는 배에 이상한 그림을 그리고 다녀서 옆에 있는 사람에게 물었더니 그건 피카소 물고기라나. 그렇다면 피카소의 그림도 이미 하나님이 물고기의 몸에 그려놓고 보라고 전시했는데 우리가 둔하여 찾아보지 못하고 있었다는 결론이 나온다. 피카소도 아마 하나님의 창조물 중에서 영감을 얻었음에 틀림없다. 옷감의 색을 창조하는 사람이 하루종일 홍해의 수중 박물관에 서서 그

색깔을 베껴간다면 그렇게 고심해서 연구할 필요가 없겠구나 하는 생각도 해보았다. 해 아래 새 것이 없다더니 정말 하나님의 창조는 놀랍다고 감탄했던 홍해 속을 지금도 생생히 기억하고 있다.

많은 사람들이 하나님의 흉내를 내면서 창조에 임하고 있다. 미술, 음악, 문학, 무용 등등 하나님의 창조를 흉내 내는 것처럼 스릴있고 기쁜 일은 없을 것이다. 이미 하나님이 창조해 놓은 걸 조금씩 흉내낼 뿐인데도 그걸 모르는 인생이란 얼마나 비극일까.

아가를 품에 안은 어머니는 두 갈래 길 앞에 서서 아가를 위해 분명하고 확신있게 창조의 길을 택해 줄 의무가 주어져 있다.

[[생의 교훈 : 명사 · 명언]] 인간의 위대함은 자기 자신의 보잘것 없음을 깨닫는 데 있다. ─ B. 파스칼 | 프랑스의 수학자, 철학자. 그는 인간의 마음을 수리적으로 계산할 수 있다고, 생각하는 인간의 생각이 위대하다고 했다.

다니엘은 뜻을 정하여 왕의 음식과 그가 마시는 포도주로 자기를 더럽히지
아니하리라 하고 자기를 더럽히지 아니하도록 환관장에게 구하니

— 다니엘 1:8

2

단순한 식사와 기도생활을 가르치라

하나님을 믿는 부모이면 누구나 자식이 정신적으로 명석해서 총명하고 확고부동한 신앙 위에 서 있기를 소원한다. 더구나 지적 능력이 있어 살아가는 일에나 학문에 뛰어나면 금상첨화이기도 하다.

성경에 나오는 어린 인물 다니엘은 모든 부모들이 원하

는 이상적인 상을 가지고 있다. 다니엘은 자세가 바르고 안정성이 있었으며 탄력있는 걸음을 걸었고 맑은 용모를 지녔다고 한다. 어떤 일이 닥쳐와도 흐리지 않는 판단력을 지녔으며 하나님께 대한 신앙이 돈독했던 인물로 그려져 있다.

이런 다니엘과 같은 사람으로 자식을 기르기 원하지 않는 부모가 어디 있겠는가. 그런 자식으로 자라게 된 비밀을 한번 찬찬히 성경에서 찾아보기로 하자.

나라가 망하고 포로로 잡혀간 소년 다니엘이 왕의 상에 올리는 진미를 거절할 수 있는 용기가 과연 어디서 났는지 우리 모두 의아해 할 것이다. 바벨론 왕인 느부갓네살의 시동으로 선발되어 3년간 갈대아 사람의 학문과 방언을 익히도록 갇혀 있는 다니엘을 생각해 보면, 그의 신앙과 용기에 누구나 놀라지 않을 수 없다.

부모가 어떻게 길렀기에 그렇게 대담할 수 있었을까?

망한 조국을 떠나 이국 땅에 잡혀온 신분으로 왕의 식탁에 나오는 고기와 술을 끝까지 거절한 이유는 어려서부터 배운 교육 때문이었다. 앉으나 서나 누우나 길을 갈 때에 부모로부터 전해 받은 하나님의 말씀을 어린 소견에도 감히 범할 수 없었다. 그의 유년기에 부모 밑에서 닦은 바른 신앙 훈련과 교육은 죽음을 앞에 놓고도 다니엘로 하여금 꿋꿋하게 맞서게 했다.

그가 부모에게서 배운 것은 크게 두 주류를 이루고 있

다. 즉 기도 생활과 단순한 식사생활로 음식에 대한 엄한 규제였다. 포로의 몸이 되었지만 다니엘은 하루에 세 번씩 예루살렘을 향하여 창을 열어놓고 전에 부모와 함께 행했던 대로 무릎을 꿇고 앉아 기도하며 하나님께 감사했다고 성경은 기록하고 있다(단 6:10).

또 부모 밑에서 살아온 방식 그대로 음식에 대한 절제를 이방 나라의 궁전에서도 감행했다. 인간이면 누구나 고기의 맛을 거절할 수 없는 법이다. 그럼에도 고기를 거절할 수 있었던 것은 다니엘이 가정에서 익힌 엄격한 음식의 절제습관이 있었기에 환관장에게 당당하게 선포할 수 있었던 것이다.

가정에서 엄하게 받은 경건훈련에서 다니엘이 얻은 유익은 무엇인가? 「다니엘서」 1장 17절에선 다니엘을 포함한 네 소년에게 지식을 얻게 하시고 다른 학문과 재주에 명철하게 하신 외에 다니엘은 또 모든 이상과 몽조를 깨달아 알게 됐다고 기록하고 있다. 「다니엘서」 1장 20절에선 그 지혜와 총명이 온 나라 박수와 술객보다 십배나 나았다고 했다.

쉽게 말하자면 다니엘의 명석한 정신은 단순한 식사와 기도생활에 기인했다. 단순한 식사생활로 해서 육체적으로 강건할 수 있었고 명석한 머리를 지닐 수 있었으며 더구나 영적 능력을 소유할 수 있었다.

그렇다면 현대의 방종한 식사는 자식으로 하여금 다음

과 같은 것들을 희생케 하고 있는 것이 아닐까?

1. 육체적인 활력을 잃게 한다. 방부제를 쓴 많은 음식과 화려한 색깔의 군것질 음식, 인스턴트 후드, 사랑이 들어 있지 않은 외식과 지나치게 먹고 있는 육류 등은 오히려 아이들의 건강을 해치고 있다.

2. 명석한 지력을 상실케 한다. 너무 배가 불러 그것을 삭히느라고 머리의 피가 위로 몰려 늘 흐리멍텅한 상태에 아이들은 버려져 있다.

3. 영적 능력을 잃게 된다. 지나치게 먹고 마시어 부족함이 없는 상태에선 하나님을 찾을 겸손함이 없어지고 동물적인 정신상태로 남아 있는 것이 보통이다.

세상이 변하고 주위에 악한 물결이 밀려와 환경이 더러워져도 몸에 밴 기도생활은 부패하지 않는 생애를 살게 해주는 밑거름이 됨을 다니엘의 삶의 방식에서 잘 증명해주고 있다.

가정과 교회에서 받은 교육이 학교나 직장에선 너무나 판이하기에 많은 사람들은 당황해서 좌절하기도 하고 세상물결에 휩싸여 흘러가기도 한다. 특히 기독교 가정에서 자란 우리의 아이들이 갖게 되는 갈등은 대단히 심각한 지경에 이르렀다. 이런 때 다니엘이 포로생활 가운데서도 용감하게 맞섰던 왕궁에서의 대응력은 좋은 교훈이 된다.

자식을 일류대학에 넣은 것보다 더 우리 부모들을 기쁘

게 하는 것은 세속화된 세상에 나가서도 잘 적응하는 것이다. 세속화의 물결에 녹아버리라는 것이 아니라 다니엘의 지혜를 닮아 살아가는 자식을 갖기를 소망하는 것이다.

그러기 위해서는 어려서부터 철저한 기도생활과 단순한 식사를 할 수 있는 식사 절제습관을 몸에 배도록 익혀 줄 의무가 우리 부모들에게 있다고 생각한다.

[생의 교훈 : 명사·명언] 하늘은 우리에게 기회를 준다. 인간은 그것을 자신의 설계로 만들어 가야 한다. — 실러 | 오로지 인간만이 하늘이 준 기회에 설계할 수 있다고 실러는 믿었다.

3
정이 가는 자식이 따로 있다

아이를 하나만 낳아서 기르면 사회성이 부족하고 부모
의 사랑을 독차지해서 이기심이 많아 문제아로 취급되었
던 것이 전세대의 통례였다. 그러나 요즘은 하나를 낳아
기르는 것이 상식이라 셋을 낳았다면 끔찍하다며 동물이
라고 놀리며 웃어대는 경우를 종종 보게 된다.

지금의 이십대 엄마들은 둘도 많단다. 그래서 집집마다 하나 아니면 겨우 둘을 낳아서 금이야 옥이야 길러내니 학교에 가면 교실마다 문제아들이 가득 도사리고 앉아 있다.

　육, 칠십 나이의 세대들은 아이들을 많이 낳았다. 그 세대에선 형제간에 엄연한 서열관계가 있어서 동생들은 형을 두려워했고, 형은 동생을 보호하고 아끼고 사랑했다. 큰형은 아버지를 대신하는 존재였고, 주종관계가 뚜렷한 가정에서 많은 형제들 틈에 들볶이며 자란 아이는 좋은 인간관계를 익힐 수 있었다.

　아이를 기르다 보면 이상하게 정이 가는 놈이 따로 있다. 대개 아빠는 큰놈을 지지하고 엄마는 막내를 끼고 돌게 마련이다. 여자란 본능적으로 내리사랑을 하기에 아무래도 어린아이 쪽에 더 사랑을 주기 마련이다. 이래서 두세 자녀를 가진 가정에선 어느 부모나 편애라는 문제를 안고 있다.

　따지고 보면 아이들의 성장과정에서 형제는 으레 싸우게 마련이다. 싸우면서 커야 사랑도 생기고 사회성도 생긴다고 학자들은 말하지만 그런 일을 목격하는 부모들에겐 땅이 무너지도록 속이 상하는 일이다. 일반적으로 형제가 싸우면 큰 애를 꾸짖게 된다. 작은 애는 덩치나 힘이 약하기에 엄마는 약자 편을 들게 되는 것이다. 그러면 작은 애를 엄마가 더 사랑한다는 질투심 때문에 큰 애의 마음에는 병이 든다. 질투심이 쌓이면 동생에 대한 감정을 가슴에 품고 사사건건 물고 늘어지게 된다.

싸움이 시작되면 사실 싸움의 원인을 묻고 누가 잘했느니 잘못했느니 해가며 재판관의 자리에 서게 되는 것이 부모의 본능이다. 그러나 아이들의 싸움에는 원인없이 괜스레 지분거린 일이 많으므로 누가 낫다고 말하기 힘든 경우가 허다하다. 그러니 재판관이 되었다가는 아이들의 마음에 상처를 줄 뿐이다.

사실 아이들은 싸우면서 배우는 것이고 형제간의 싸움은 양성 싸움이라고 한다. 양성 싸움이란 죽일 듯이 싸우다가도 언제 싸웠느냐는 식으로 해해거리며 노는 것을 말한다. 형제간의 싸움이 이렇다. 아이들이 싸울 적에 가만히 숨어서 관찰해 보면 서로 급소는 피해서 때리고 비교적 화해가 빠른 것이 특징이다.

지나치게 짓궂고 심술이 사나우며 거칠은 행동아는, 부모에게 문제가 있다고 한다. 엄마가 동생만을 너무 사랑하고 형은 험하게 다루며, 형 하나만 야단치고 게다가 설상가상으로 부모 자신들도 하루가 멀다하고 싸우는 폭력 가정에서 자란 아이는 공격적이고 정서가 불안해서 거칠게 되기 마련이다.

지나치게 동생을 때리는 아이가 있다면 이 경우는 새로 태어난 동생이 사랑을 몽땅 가져갔다는 질투심에 아이를 괴롭히기 때문이다. 두 살 난 아이는 엄마에게서 정신적으로 독립되어 있지 못하고 늘 엄마 주위를 맴돌며 살아야 하는데 엉뚱하게 어느 날 갑자기 인형만한 동생이 나타나서 엄마를 빼앗아 가버렸으니 그 고통이 얼마나 크겠는가.

그런 걸 감지한 엄마는 세심하게 주의해서 큰 애부터 사랑해 주며 사기그릇 다루듯이 신경을 써주어야 한다.

어쩔 수 없이 형제간의 싸움을 말려야 할 때면 부모는 공정한 입장을 취해야 한다. 아이들은 부모가 생각하는 이상으로 사랑에 민감하기에 형제 싸움엔 부모는 철저히 중립을 지켜야 한다. 부모가 부득이 해서 저들의 싸움의 심판관이 되어야 했을 적엔 중립을 지키든지 아니면 가끔 공평한 판결을 내려주든지 그것도 안되면 가장 좋은 방법은 저희끼리 해결하도록 놓아두는 것이 현명하다.

성경에도 부모의 편애가 심해서 고통받았던 가정의 본보기가 나와 있다. 이건 부부가 함께 편애를 해서 한 가정의 역사가 소설처럼 드라마틱하게 전개된 경우다.

「창세기」 25장 34절에 걸쳐 펼쳐지는 이삭 가정의 두 아들 이야기는 사실 많은 교훈을 우리에게 안겨준다. 「창세기」 25장 27~28절에 보면 '그 아이들이 장성하매 에서는 익숙한 사냥꾼인고로 들사람이 되고 야곱은 조용한 사람인고로 장막에 거하니 이삭은 에서의 사냥한 고기를 좋아하므로 그를 사랑하고 리브가는 야곱을 사랑하였더라'라고 씌어 있다.

이 집안도 현대 우리의 가정에서 일어나는 사정과 똑같

이 아빠는 장자를, 엄마는 막내를 끼고 돌았다. 아마 에서는 남성적이라 아버지 이삭이 사랑했을 터이고, 야곱은 유약해서 엄마 주위나 맴도는 여성적 아이였을 것이다. 에서는 털사람이고 야곱은 매끈한 선비 스타일로 엄마 곁에서 시중이나 들고 엄마 치마폭에 휘감겨 노는 아이였을 것이란 상상을 해본다.

그러면 이런 편애가 어떻게 이뤄졌을까?

나는 엄마인 리브가 쪽에 잘못이 있었다고 본다. 집안에만 있는 야곱을 엄마가 지나치게 사랑하니까 건장한 형에서는 화가 나서 혼자 들판으로 쏘다니다 보니 얼굴이 햇볕에 그을려 붉어졌을 것이고, 그 결과 자연스럽게 사냥꾼이 된 것이 아닐까. 이삭은 씩씩한 에서를 유약한 야곱보다 더 사랑했을 터이고.

어쨌든 리브가는 야곱에게 장자의 축복을 주기 위해 편애의 극치인 거짓말을 작은 아들에게 가르쳤고 남편에게 사기를 치게 된다. 맏아들의 의복을 야곱에게 입히고 염소새끼 가죽으로 손과 목을 감싸서 눈이 나쁜 남편 이삭으로 하여금 야곱이 에서인 줄로 착각하게 유도했다.

이삭이 마흔 살에 낳은 쌍둥이 아들 에서와 야곱의 비극은 이렇게 해서 시작된다. 더구나 리브가가 얼마나 야곱을 사랑했는지 이런 음모에 겁을 먹은 아들 야곱을 향해 "너의 저주는 내게 돌리리니 내 말만 좇고"라는 말을 서슴없이 하고 있다.

그 결과 야곱은 형과 부모를 떠나 외삼촌 라반의 집에 가서 7년은 레아를 얻기 위해 일하고, 또 7년은 가장 사랑했던 라헬을 얻기 위해 일했으며, 6년은 재산을 얻기 위해 일했으니 사랑하는 부모와 형을 떠나 20년간이나 타향살이를 했던 것이다. 노년에 자녀를 떠나보낸 부모도 힘들었겠지만 엄마와 아빠의 편애로 두 형제는 미움과 공포 가운데 지내게 되었다.

물론 그 결과 야곱은 벧엘에서 기막힌 환상을 보았으며, 또 천사와 얍복강 가에서 씨름하여 야곱이 이스라엘로 바뀌는 놀라운 체험을 했던 것이지만, 그가 당한 고난은 얼마나 끔찍했던가. 형제간의 이런 불행뿐만 아니라 리브가 또한 사랑하는 아들 야곱을 눈을 감을 때도 볼 수가 없었으니 그 고통이 얼마나 컸겠는가.

부모가 조심하고 기도하며 아이들을 평등하게 사랑하며 기를 때 피할 수 있는 것이 가정의 질환인 편애지만, 인간에겐 그 길이 참으로 어려운 모양이다. 그러나 최소한 부모가 이 사실을 알고 노력이라도 한다면 하나님과 자식 앞에서 범할지도 모르는 죄를 감소시킬 수 있지 않을까?

[[생의 교훈 : 명사·명언]] 어머니 자신이 총명하고 어질며 굳센 의지를 가지는 것이야말로 최고의 모성애이다. ― **페스탈로치** | 스위스의 교육자. 그는 모성을 교육의 제일로 내세웠다.

4
아이가 표현하게 하라

인간에겐 누구나 표현하고 싶은 욕망이 있다. 표현활동
의 원칙은 자유이며 하나님이 주신 이 영역을 강제적으로
억압해서는 안된다. 표현에는 세 가지 방법이 있는데 그
건 그림 그리기, 말하기, 그리고 글쓰기라고 한다.

그런데 불행하게도 이런 표현의 자유가 우리 사회에선

철저하게 봉쇄되어 있다. 학교에선 주로 입시 위주의 교육에 빠져서 표현의 자유를 신장하는 교육을 시킬 수 없다지만 가정에선 기독교 교육을 통해서 얼마든지 이 영역을 발전시킬 수 있다고 본다. 하나님이 주신 표현의 욕구는 생물이 숨쉬는 것처럼 인간에게 꼭 필요한 것이다. 인간 속에 고여 있는 마음, 육체적 고통을 털어 놓아야지 그걸 품고 있을 적엔 병이 걸리게끔 하나님은 인간을 창조하셨기 때문이다.

아이가 그린 그림을 놓고 보더라도 마음과 그림은 밀접한 관계가 있음을 알 수 있다. 그림에 나타난 색채로 아이의 마음 상태를 알아낼 수 있기 때문이다.

일본의 아동화 연구가 아시리가 쓴 『아동화의 비밀』이란 책에서 밝혔듯이 보라색을 즐겨 쓰는 아이는 다가오는 혹은 이미 고통을 받고 있는 질병이나 죽음의 심리적 공포를 예지하고 있다는 뜻이라고 한다. 검은 색을 많이 쓰는 아이는 공포 속에 있거나 억압받고 있는 상태이며, 흰색은 경계심이나 실패감을 나타낸다고 한다. 갈색은 식욕이나 물질적 욕구를 표출한 것이고 파란색은 복종심이나 의무감을 대변하고 있단다. 기차나 말, 큰 새는 어머니를 상징하는 그림이고 햇님이나 해바라기, 세모꼴 산은 아버지를 나타낸다고 한다. 또 폭포는 단념을 보여주는 것이라니 아이들이 그린 그림이나 색깔 속에 아이의 마음이 담겨 있는 셈이다.

학교 미술 시간에 어떤 아이가 햇님을 그리고 보라색을 잔뜩 칠해 놓아서 선생님이 의아하게 생각했는데 얼마 후에 아버지가 돌아가셨으니 곧 귀가하라는 연락이 왔다고 한다. 상식적으로 볼 때 햇님은 빨간색이나 노란색으로 칠해야 하는데 이 아이는 아픈 아버지를 보고 왔거나 그런 불안 속에 있었기에 보라색으로 칠하여 마음속의 아픔을 표현한 것이다.

표현의 영역 중의 하나인 말하기를 어떻게 가정에서 키워줄 수 있을까. 한 예를 들어 보기로 하자.

우리집 큰아들이 유치원에 다닐 적에 그 나이의 큰 고민 속에 잠긴 적이 있었다. 고난주간이 지나고 부활절을 앞둔 봄이었다. 아이가 이불을 걷어차고 자지나 않나 걱정이 되어서 살그머니 한밤중에 아이 방엘 들어가니 잠을 이루지 못하고 뒤척이고 있었다.

"왜 잠이 안오니?"

"예."

"어디가 아파?"

"아니요."

"그런데 왜 잠이 오지 않지?"

"예수님 생각을 하는 거예요. 주일학교 선생님이 그러시는데 손과 발에 못이 박혀 십자가에 달리셨다고 말씀하시면서 우셨어요."

"그래, 맞는 이야기야. 그런데 그게 왜 널 잠 못자게 하지?"

"제가 이해할 수 없는 것은 예수님이 하나님의 아들이란 점에 있어요. 진짜 하나님의 아들이면 십자가 위에 못이 박혀 왜 그렇게 죽어야 해요. 점프해 내려오면 되지 않을까요. 왜 아프게 그렇게 매달려 있어야 하는지 아무리 생각해도 모르겠어요."

큰애는 그 나이에 어울리지 않는 굉장히 어려운 질문을 내게 던지고 있었다. 유치원 다니는 아이와 거대하게 구원사를 논할 수도 없고 나이들면 알게 될 터이니 그냥 믿으라고 할 수도 없고 하나님의 뜻이니 그냥 넘기라고 하자니 또 질문을 던질 터이고 난감했다. 그냥 자고 내일 날이 밝으면 상세히 설명해 주마 일러놓고 잠자리에 들어 고민하던 중 머리에 떠오른 것이 장대 위 불뱀이었다.

아침 밥상에서 모세와 불뱀, 그리고 하나님의 속을 상케 하는 백성의 이야기를 늘어 놓았다. 사막의 뱀인 불뱀은 얼마나 무서운 뱀인지 물리기만 하면 몸에 불 같은 열이 나고 독이 온 몸에 퍼져 삽시간에 죽어버린다는 대목에 이르러서는 아이의 입이 허어 벌어졌다. 본능적으로 아이도 뱀을 무서워하기 때문이다. 뙤약볕이 무섭게 내리쬐는 사막에서 뱀에 물려 열이 오른 사람의 고통을 생각해 보란 부분에 이르러서는 눈물이 글썽하기까지 했다.

그러나 모세 할아버지가 하나님의 지시를 받고 지팡이 위에 구리불뱀을 만들어 붙이고 뱀에 불렸을 적에 쳐다보기만 하면 살아난다고 선포했는데 넌 어떻게 할 것이냐고 물었더니 큰애는 서슴없이 뱀을 쳐다보고 살겠다고 말했다. 그런데 고집을 부리며 그까짓 구리뱀을 쳐다본다고 뱀독이 없어지나 하고 교만하게 머리를 숙인 사람은 죽었다는 이야기엔 혀를 차며 그런 사람은 참으로 어리석다고 한탄하기도 했다.

"사람이란 모두 죽게 되어 있어. 먼 훗날 네가 어른이 되었을 때 엄마는 늙어 죽어. 사람이 한 번 태어났으면 죽는 건 정한 이치라고 성경에선 말하고 있지. 그런데 사람들은 죽음 뒤에 부활할 것을 성경에서 아무리 가르쳐 줘도 믿지 않았어. 그래서 예수님이 십자가 위에서 죽으시고 다시 부활하신 걸 보여주고 놋뱀을 바라보듯 십자가 위에 주님을 바라보기만 하면 죽음을 이기고 우리도 부활할 수 있다는 걸 가르치신 거야."

"그럼 십자가 위에서 돌아가신 예수님은 너무 너무 좋으신 분이야. 우리의 죽음을 없애 주었으니 얼마나 감사해요. 누구나 십자가의 예수님을 쳐다만 보면 죽지 않고 살아나겠네."

"그럼."

"좋은 예수님을 왜 사람들은 믿지 않는지 참 바보들이네요."

우휴! 이렇게 해서 유치원생이었던 어린 아들에게 십자가의 의미를 이해시킨 적이 있다.

아이에게 생각하게 하고 그걸 말하게 하는 표현의 자유는 어머니가 할 수 있는 가장 큰 교육의 영역이다. 표현의 자유가 완전히 봉쇄되어버린 현실에서 우리 기독교 가정의 엄마들이 반드시 해내야 할 부분이 바로 이 부분이다.

성경엔 무궁무진한 이야기가 깔려 있다. 어머니가 좋은 동화구연가가 되어서 아이를 놓고 잘 이야기해 준 뒤에 아이로 하여금 생각케 하고 다시 말하게 하는 방법은 어느 어머니나 시도해 보아야 할 부분이다. 요셉, 다윗, 솔로몬, 사울, 모세, 나단, 요나, 베드로, 가룟 유다, 세례 요한, 룻, 에스더, 물 위를 걸으신 예수님…… 얼마나 많은 이야기거리가 성경에 널려 있는지! 이걸 퍼올려 아이들 마음을 적셔주기 위해 어머니는 유능한 동화구연가가 되어야 한다.

그리고 반드시 아이들이 표현하는 말을 들어줄 수 있는 엄마가 되어 적어도 말하는 것으로 인해 표현이 억압되는 일이 없도록 해야 하리라.

[생의 교훈 : 명사 · 명언] 성경이 하나님의 말씀이라는 가장 확실한 증거는 바로 그 말씀 속에 있다. — C. 핫지 | 신학자로서 프린스턴 신학교에 반 세기 이상을 강의하며 하나님의 말씀으로 조직신학을 형성하였다.

5

진짜 하나님의 백성은 아가다

화이트 박사의 연구보고서에 보면 태어나서 8개월 되기까지는 아가에게 기초작업 기간이라고 한다. 출생 후 자신과 타인과의 관계를 구별하지 못했던 아가가 8개월이 되면서야 겨우 얼굴을 알아보고 엎어지며 기어다니기 시작하는데 그땐 그저 귀여워해 주고 다치지 않도록 조심해 주면 된다고 했다.

8개월에서 14개월까지 아가는 강한 호기심과 탐구심을 보이고, 14개월에서 24개월 사이는 인간 기초형성에 가장 중요한 시기로 이때 부모가 강력하게 영향을 미친다고 했다. 그 다음 24개월에서 36개월 사이는 지적 능력이 나타나기 시작하기에 세 살까지의 조기교육이 중요하다고 역설하고 있다.

또 어떤 정신과 의사는 말하기를 우울한 엄마, 너무나 분주한 엄마, 무관심한 엄마는 아가의 일생을 불행하게 만들 수 있다고 주장했다.

과연 그만큼 부모의 역할이 아가의 일생에 절대적인 것일까? 부모가 창조주의 위치에 서서 아가의 일생을 좌우할 수 있단 말인가.

여태 어머니교실에서 공부할 적에 세 살까지의 교육을 중시하여 최선을 다해 아가를 가르치라고 했다. 교육학자나 심리학자, 나아가서 정신과 의사까지 아가의 일생을 지배하는 것은 부모라고 했는데 그럼 전적으로 부모가 아가의 일생을 창조해 주는 것이란 말인가?

「누가복음」 1장 44절에 보면 '보라 네 문안하는 소리가 내 귀에 들릴 때에 아이가 내 복중에서 기쁨으로 뛰놀았도다' 라는 놀라운 기록이 나온다. 이건 엘리사벳이 마리아의 문안을 받고 임신 6개월이 된 아이(세례 요한)가 복중에서 뛰었음을 고백한 말이다. 뱃속에 있는 아이가 마리

아의 태중에 있는 아기 예수의 방문을 받고 기쁨을 표현했다면 아가는 과연 어떤 존재란 말인가 라는 의문을 여자라면 누구나 가져봄직하다.

「창세기」 2장 7절에 하나님이 인간을 창조하신 기록이 나온다. '여호와 하나님이 흙으로 사람을 지으시고 생기를 그 코에 불어 넣으시니 사람이 생령이 된지라' 그렇다면 임신하는 순간부터 태아는 하나님의 생기를 받아 생령이 되었다는 뜻이 된다. 여기에 인공유산의 무거운 죄성이 드러나게 된다. 시대의 흐름을 타고 많은 엄마들이 태아의 성별을 미리 알아내서 수술해 버리는데 이건 살인행위와 마찬가지다.

복중에 있는 6개월 된 세례 요한이 마리아의 복중에 갓 임신된 예수를 알아보고 뛰었다면 이건 영아교육의 새로운 측면을 우리에게 제시해 주고 있는 셈이다.

더구나 사내 아이는 태어난 지 8일 만에 할례를 받으러 성전에 올라간 걸 보면 이미 그때부터 하나님의 전에서 한 인격체로 인정을 받고 있는 것인데 인본주의의 학자들이나 부모들이 아가를 놓고 마치 요리를 하듯이 이렇고 저렇고 한계점을 정해서 금을 그어 놓고 있는 것이 아니겠는가.

「마태복음」 18장 1절 이하의 기록에도 '너희가 어린아이들과 같이 되지 아니하면 결단코 천국에 들어가지 못한다'고 예수님은 말씀하셨다. 어린아이같이 자신을 낮추는 자가 천국에서 큰 자라고 했으니 아가는 부모에게 아주 귀한 하나님의 선물이요, 한 인격체이며 또한 우리를 가르치는 놀라운 위치에 서기도 한다.

'누구든지 나를 믿는 이 소자 중 하나라도 실족케 하면 차라리 연자맷돌을 그 목에 달리우고 깊은 바다에 빠뜨리는 것이 낫다'고 했는데 이것도 아가를 교육하는 부모에게 주는 무서운 경고가 된다. 생령을 가진 아가는 마땅히 창조주의 자녀답게 길리움을 받아야 하는데 부모가 엉뚱한 길로 인도하면 자식의 목에 연자맷돌을 달리우고 바다에 던져 넣는 결과를 낳는다니 어찌 두려운 말이 아니겠는가.

그렇다면 교육학자가 말하는 것처럼 아가는 태어나서 8개월까지 아무것도 못하는 존재가 아니다. 육체적으로는 그럴지 모르지만 영적으로 이미 복중에서부터 생령을 가지고 있기에 영적으로 하나님의 백성이다.

예수님 당시 존경을 받았던 대제사장들과 서기관들이 영적으로 아가들만 못했다는 점은 상당히 놀라운 일이다. 아이들이 영혼의 끓어오름으로 부르짖는 '호산나, 다윗의 자손이여!'라는 말에 자칭 지혜롭다고 자랑하는 어른들이 분노를 표한 걸 보면 어른이 아이들보다 영적으로 둔감함을 보여주고 있다.

하나님이 만든 나무, 풀, 시냇물, 더 나아가 돌들이 창조주를 향해 노래하듯이 젖먹이들의 입에서도 찬미가 나오는 것은 당연한 일이다. 엄마의 젖을 빠는 젖먹이는 대개 6개월 전후의 아가들인데 이들이 하나님을 찬미할 수 있다는 뜻도 된다.

아가의 영혼이 하나님 앞에서 깨끗하기에 어른들도 이 아가들처럼 전적인 믿음을 소유하고 순수한 믿음을 가져야 천국에 갈 수 있다고 우리 주님은 가르치고 있지 아니한가.

부모의 손에 전적으로 아가가 달려 있는 것이 아니라, 성경에선 아가는 엄연한 인격체로서 하나님의 귀한 백성이기에 부모는 겸손하게 아가를 받아 안고 하나님과 대화를 나누며 양육해야 됨을 성경은 여기저기에서 말해 주고 있다.

그간 강의해 온 노트를 보면 아가를 기르는 일이 마치 부모의 손에서 전적으로 이루어지는 듯한 인상을 주지 않았나 해서 두려움을 가지게 되었다.

아가란 부모에게 창조주를 발견케 하는 생령을 소유한 하나님의 아가란 점이 영아교육의 기초를 이루어야 한다.

부모는 하나님을 중심에 두고 아가를 양육할 수 있으리라 본다. 똥싸고 오줌도 못 가린다고 해서 아가를 마구 다루어서는 안된다. 아가도 엄연히 인격체로 부모로부터 존귀히 여김을 받을 자격이 있다. 아가도 하나님의 귀한 백성이기 때문이다.

모든 부모는 100퍼센트의 완벽한 위치에 있고자 하기에 피곤하다고 한다. 50퍼센트의 부모가 되고 나머지는 하나님의 몫으로 돌릴 적에 아가나 부모, 양쪽에 평화가 올 수 있는 것은 이런 원리에서 나온다고 본다.

〖생의 교훈 : 명사 · 명언〗 세상의 정직한 말들은 대부분 아이들에 의해 발설되고 있다. ― 홈즈 │ 영국 추리소설가의 아이들에 대한 진실 발언이다.

마땅히 행할 길을 아이에게 가르치라 그리하면 늙어도 그것을 떠나지 아니하리라

— 잠언 22:6

6

엄마가 아가에게 병을 준다

미국 양로원에서 삼 년간 일한 적이 있었다. 밤에 아이들을 남편에게 맡겨놓고 학비를 벌려고 나간 힘들었던 시절의 이야기다.

밤마다 똥, 오줌을 싸고 구시렁거리며 노망을 떠는 노인들을 돌보는 일은 갓난아이들을 기르는 일보다 몇 배나

힘든 중노동이었다. 그중에서도 지금까지 기억되는 일이 있다. 엘리자벳이라 불리는 할머니에 대한 추억인데 그녀는 퇴행성이 어찌나 심하게 일어났는지 너댓 살 적의 흉내를 그대로 내며 밤새 나를 따라다녔다. 심지어 화장실에 가도 따라다니며 어린애 짓을 했다.

챠트에 보니 미국에 이민온 지 육십 년이 넘었는데 영어는 단 한마디도 사용하지 않았고 그녀가 어린 시절에 배웠던 독일어를 썼다. 억양도 목소리도 어린아이 그대로 마치 내가 친엄마라도 되는 듯 졸졸 따라다니며 칭얼거렸다. 백발에 이빨이 몽땅 빠져 합죽이가 된 얼굴엔 그물처럼 주름이 깔렸는데 앙증맞은 목소리로 아가 흉내를 내다니…… 나는 그녀의 이런 엉터리 같은 행동에 질려 나중에 옷장에 숨어 눈물을 흘린 적이 많았다. 내가 나올 때까지 그녀는 옷장 앞에 쪼그리고 앉아 엄마를 찾으며 흐느껴 울었다.

이때 내게 강하게 다가온 의문은 어째서 영어로 말하지 않고 서너 살 적 사용했던 독일어를 그 나이에 주책없이 지껄이고 있느냐는 의구심이었다. 그러나 뒤늦게 영아부의 어머니교실을 맡아 강의하면서 그 사실을 새롭게 깨닫게 되었다. 즉 세살 적에 뇌의 70퍼센트가 다 굳어진다는 사실을 그제야 알았던 것이다. 그렇다면 0살에서 세 살까지의 신앙교육은 얼마나 중요하단 말인가!

내가 잘 아는 애굽의 선교사 한 분은 남편이 그곳에서

순교하자 여자의 몸으로 딸 셋을 데리고 죽음을 각오하고 선교지에 남았다. 애굽에 들렀을 적에 그분을 따라다니며 배운 것 중에 가장 큰 것은 영아교육이었다.

이미 늙어 고목이 된 어른들에게 복음을 전하는 것보다 젖먹이 아이들을 가르치는 것이 낫다는 결론을 가지고 어린이 전도에 임하고 있었기 때문이다.

"힘드는데 귀국하십시다."

"저도 이곳에 묻힐 것입니다."

"그렇다면 성인들에게 전도해야 덜 외로울 터인데……."

"내 대에선 결실을 보지 못해도 이렇게 해놓아야 복음의 뿌리가 내립니다. 첫단계부터 시작해야 합니다."

그땐 그녀의 말이 잘 이해가 가지 않았다. 그러나 그것은 맞는 이론이었다. 그렇다면 천만에 육박하는 기독교인이 있는 이 나라가 조금도 변화가 없는 것은 영아들에게 신앙교육을 잘 시키지 않은 탓이 아닐까. 뿌리 없는 믿음은 삶 속에서 실천할 능력이 없어 그저 머릿속에 갇힌 지식일 뿐이기에 사회는 여전히 어두운 것임을 어쩌겠는가. 이제라도 늦지 않았으니 지금부터라도 영아들에게 바른 신앙교육을 시켜 그리스도의 형상을 닮은 자녀로 길러내야 할 것이 아니겠는가.

최근에 유아들에게 원인 모를 병이 늘어난다고 한다.

개발도상국가에 일어나던 무서운 전염병인 콜레라, 천연두, 뇌염, 폐병, 이질 같은 병이 아니라 구름을 잡는 것처럼 알다가도 모를 병들이 만연하다니 무서운 일이다. 이런 병은 소아병의 70퍼센트를 차지하고 있으며 엄마가 원인이 되는 병으로 '문명병'이라고도 불리운다고 한다. 이런 병은 신체적인 병과는 달리 어른이 되어서도 고통을 주는 그런 악질적인 병으로 부모의 양육방법에 문제가 있어 생긴 병이라고 한다.

예를 들면 반복성, 체질성 감기, 천식, 언어 지연, 자폐증, 식욕부진, 우유혐오증, 게다가 뼈가 잘 부러지는 약골까지 모두가 '문명병'의 소산이라고 학자들은 말하고 있다. 아가시절의 양육 영향이 학교에 들어가서 조그마한 사건이 터져도 목매달아 자살을 하는 끔찍한 사고를 저지르게도 한다.

이런 병은 핵가족의 문제점에서 기인한다고 한다. 비둘기처럼 나와 사는 단순한 환경은 아가를 멍청하게 뉘어놓는 시간이 많기에 무기력해져서 건전한 성장을 못한다는 것이다. 활기찬 환경 속에서 할머니, 할아버지, 삼촌, 고모, 이모의 손에 옮겨다니며 말을 배우고 자극을 받아 교감신경이 긴장해서 뇌의 활동이 윤활해지면 지능이 높아지고 똘똘해지는 법인데 핵가족의 주체인 엄마 혼자의 힘으로 절대로 대가족이 가졌던 장점을 다 메꾸지를 못하기 때문이다. 그래서 최근 소아과 의사들은 인간형성학을 들고 나와 문명시대의 새로운 의학론을 펴고 있다.

이런 상황에서 우리 기독교인의 영아교육은 과거보다

더 중요한 자리를 차지하게 되었다.

「잠언」22장 6절엔 '마땅히 행할 길을 아이에게 가르치라 그리하면 늙어도 그것을 떠나지 아니하리라'란 구절이 나온다. 아이를 기르는 어머니들은 누구나 이 성경 말씀을 소중히 여기고 암송하고 그것을 생활 속에서 실천하려고 애쓰고 있다. 그러나 무엇이 마땅히 행할 길인지 구체적인 예를 들라면 모두 머무적거린다.

사실 엄마들이 조기교육의 중요성을 알고 있으나 그릇된 육아지식으로 아이들을 양육하기에 더 난항을 거듭하고 있는 것이다. 아이는 하나님의 형상으로 지어졌기에 물리적인 환경보다 심리적인 환경을 갖기를 원한다. 그러기 위해서는 속사람으로 길러 주어야 한다는 결론에 이른다.

「디모데후서」3절 14~17절에 나오는 말씀처럼 마땅히 행할 길이란 엄마랑 아가 모두가 배우고 확신하는 길에 거해야 하며 어려서부터 성경을 알게 양육해야 한다는 뜻이다. 그 이유는 그리스도 예수 안에 있는 믿음으로 말미암아 구원에 이르는 지혜가 있게 한다고 했으니 얼마나 놀라운 진리인가. 더구나 모든 성경은 하나님의 감동으로 기록된 것이기에 그 속에는 교훈과 책망과 바르게함과 의로 교육하기에 유익하다고 했으니 문명병에 허우적거리는 우리의 아가들에게 성경을 가르치면 하나님의 사람으로 온전케 길러낼 수 있다니 이것이 마땅히 행할 길이 아니겠는가.

　먼 훗날 엄마의 품을 떠난 아가들이 어른이 되어서 '나의 사랑하는 책 비록 해어졌으나 어머니의 무릎 위에 앉아서 재미있게 듣던 말 그때 일을 지금도 내게 잊지 않고 기억합니다……'란 간증이 저들의 입에서 터져나오도록 양육해야 한다.

〖생의 교훈 : 명사·명언〗 내가 배웠던 교훈 중 가장 위대한 교훈은 어머니 무릎에서 배운 것이다. — A. 링컨 | 인간에게 승리와 해방을 제대로 보여준 사람. 그는 미국 남북전쟁에서 승리하고 흑인 노예를 해방시켰다.

사람이 떡으로만 살 것이 아니요 하나님의 입으로부터 나오는 모든 말씀으로
살 것이라

— 마태복음 4:4

7

아가는 떡으로만 살 수 없다

모든 부모들은 아가를 앞에 놓고 무엇을 먹일까, 무엇을 입힐까가 주된 관심이다. 엄마들끼리 모여도 무엇을 먹이고 입히는가 하는 것이 대화의 중심을 이룬다.

그러나 성경은 이렇게 말하고 있다.

'사람이 떡으로만 살 것이 아니요 하나님의 입으로 나

오는 모든 말씀으로 살 것이라'

　인간은 돼지처럼 먹고만 살 수 없이 창조된 피조물이다. 다시 말해서 영적인 동물이란 뜻이다. 그렇다면 사람과 동물의 차이점은 무엇인가? 사람은 책을 만들어 서로 공유하며 읽을 수 있다는 점에 있다. 그만큼 책이 인간을 동물과 다른 고등동물로 신분을 바꿔준 셈이다.

　예수님이 밤낮 40일을 금식한 뒤에 받은 세 가지 시험이 무엇인가?「마태복음」4장을 중심으로 살펴보자.

　첫 번째 시험

　마귀: "네가 만일 하나님의 아들이어든 명하여 이 돌들이 떡덩이가 되게 하라."

　예수님: "사람이 떡으로만 살 것이 아니요 하나님의 입으로 나오는 모든 말씀으로 살 것이라."

　떡이란 이 세상의 재물이나 일용할 양식을 뜻한다. 입을 옷이나 쓸 돈이나 가진 재산 모두가 이런 떡에 속한다. 재물이 많고 먹고 입을 것이 넘친다고 사람이 가지고 있는 절대고독은 해결되지 않는다. 물론 상대적인 고독은 이런 떡으로 해결될지 모르지만 창조주를 향한 절대고독은 하나님만 해결할 수 있는 것이다. 인간이 본래 창조되기를 먹는 것만으로 충족하지 못하는 존재이기 때문이다. 인간의 역사는 이런 창조주를 향한 몸부림의 기록이라고 봐도 될 것이다.

두 번째 시험

마귀: "네가 만일 하나님의 아들이어든 뛰어내리라. 기록하였으되 저가 너를 위하여 그 사자들을 명하시리니 저희가 손으로 너를 받들어 발이 돌에 부딪히지 않게 하리로다."

예수님: "주 너의 하나님을 시험치 말라."

인간이 감히 어찌 하나님을 시험하겠는가. 하나님은 시험할 대상이 아니고 신뢰할 믿음의 대상이기 때문이다.

세 번째 시험

마귀: "만일 내게 엎드려 경배하면 이 모든 것을 네게 주리라."

예수님: "사탄아 물러가라. 기록되었으되 주 너의 하나님께 경배하고 다만 그를 섬기라."

하나님께만 경배하고 다른 신들을 섬기지 말라는 뜻이다. 세상과 타협하지 말고 하나님만 섬기는 삶을 말한다.

예수님이 40일 금식하고 사탄에게 받은 세 가지 시험은 우리 인생길에 항상 있는 시험이다. 육신의 먹을 것을 위해 인간은 범죄를 하게 되고 하나님을 전적으로 믿지 않으며 다른 오만가지 우상을 섬기는 것이 바로 인간이다. 돈을 하나님보다 좋아하면 돈이 우상이고 자식을 하나님보다 사랑하면 자식이 바로 우상이 된다. 공부하는 것을 하나님보다 좋아하면 지식이 우상이 되고 명예를 하나님보다 사랑하면 바로 그 명예가 우상이 되는 것이다.

갓 태어난 갓난쟁이 시절부터 자라서 부모 곁을 떠날 때까지 부모는 항상 이 사탄의 세 가지 시험을 염두에 두고 교육하여야 한다.

1. 사람은 떡으로만 살 수 없다

2. 하나님을 전적으로 의지하라

3. 세상과 타협하지 말고 하나님께만 경배하고 다만 그만을 섬겨라

위의 세 가지 말이 항상 부모의 입에서 떠나지 않고 이것을 중심으로 아가를 돌보는 부모가 되기를 바란다.

[[생의 교훈 : 명사 · 명언]] 참으로 존경할 것은 그 명성이 아니라 그만한 가치가 있는 진실이다. ─ A. 쇼펜하우어 | 독일의 염세철학자. 그는 인간 그대로의 가치를 진리로 보았다.

8

아가를 민주적으로 양육하라

모든 인간은 하나님 앞에서 동등하게 창조되었다. 이 말은 누구나 동등하게 존중받아야 한다는 뜻이다. 그런데도 자식을 부모의 소유로 알고 우리 부모들은 전통적인 방법인 독재적이고 권위적인 방법으로 자녀를 양육하고 있다. 이들은 자신의 생각과 가치관이나 신념이 자녀교육의 최선의 방법으로 믿고 있다. 자녀에게 자신들의 논리를 강제로 주입하고 충고하면서 야단치기 때문에 이런 양육방법은 자녀를 끊임없이 판단하고 비판하여 자녀의 인격에 상처를 주게 마련이다. 이런 양육을 받은 사람은 독선적인 방법이나 복종을 부모에게 배워서 사회에 나가 화평할 수 없고 상호간에 협력적 관계를 가질 수 없다.

부모들이 더러는 지나치게 아가를 사랑한 나머지 모든 것을 수용하는 허용적인 방법으로 양육을 한다. 모든 걸 허용하는 부모는 과잉보호를 하여 자녀가 잘못했을 적에도 훈계하지 않고 방임하여 기른다. 요즘 젊은 엄마, 아빠들이 아이를 하나 둘 낳아 기르면서 이런 방법으로 아가를 기른다. 부모가 자녀를 대신하여 모든 책임을 지고 앞서가니 자녀는 무풍지대나 온실에서 화초처럼 자란다. 먼 훗날 이런 아가들은 세상을 살아갈 때 필요한 훈련을 받지 못해서 마마보이가 된다. 젊은 엄마들은 아가의 기를 살린다고 아가가 해달라는 요구를 절제 없이 들어주고 훈육이나 훈계를 거의 하지 않고 아가가 명령하는 대로 움직인다.

우리나라 부모들에게 가장 많이 볼 수 있는 것은 위의 두 가지 방법을 넘나들며 자녀를 양육한다. 이런 부모 밑에서 자란 자녀는 커서 분별력을 기르는 기회를 놓치고 만다.

그럼 가장 좋은 양육방법은 무엇인가? 민주적인 양육

방법이다. 이건 조건 없는 사랑 안에서 부모와 자녀가 서로 신뢰하고 이해하며 감정과 생각을 서로 경청하고 대화를 나누는 방법이다. 서로 돕고 격려하고 용납하여 관계를 발전시키는 것이다.

구체적으로 인간으로서의 기본권리를 인정하고 부모 자녀 간에 서로 지녀야 할 삶의 기본자세를 삶의 현장에서 실천하여 상대방이 느끼고 믿도록 하는 것이다.

미국에서 정한 자녀의 기본권리규정을 예로 들어보자.

1. 의식주를 제공한다
2. 마땅히 받아야 할 교육을 시킨다
3. 12세까지 자녀를 집에 혼자 두지 않는다
4. 협박, 공포감 조성을 금한다
5. 구타, 학대를 하지 못한다
6. 법적 책임을 대신한다
7. 위험, 긴급할 때 보호한다

그러므로 민주적인 양육방법이란 이런 기본 권리를 삶의 현장에서 적용하는 것이다. 자녀를 귀한 생명체이고 인격체임을 항상 기억하고 존귀하게 기르는 방법이다. 자녀는 하나님의 기업이고 잠시 하나님이 맡긴 것이니 동등한 인격체로 알고 존귀하게 대하는 것이 민주적인 양육방법이 될 것이다.

예수를 믿는다는 것은 9가지의 열매를 맺는 삶을 말한다. 「갈라디아서」 5장 22~23절에 보면 '오직 성령의 열매는 사랑과 희락과 화평과 오래 참음과 자비와 양선과 충성과 온유와 절제니 이 같은 것을 금지할 법이 없다'고 했다.

이 말씀이 바로 민주적인 양육방법의 한 예가 될 것이다. 하나님과 나 사이에 맺는 열매는 사랑과 희락과 화평이라고 했다. 하나님과 나 사이가 바르게 맺어지면 거기서 사랑과 기쁨과 평화가 넘치게 된다는 뜻이다. 나와 이웃 사이에 다시 말해서 부모와 자식 사이에서 맺어야 할 열매는 오랜 참는 인내와 자비와 양선의 마음을 열매로 맺어야 한다. 이러기 위해 마지막으로 부모 자신은 매사에 충성하고 온유하여야 하며 절제하는 삶을 살아야 되는 것이다. 이런 삶이 바로 크리스천의 삶이고 성령을 체험한 사람이 맺는 열매들인 것이다. 이런 열매를 맺는 삶이 바로 민주적인 양육방법에도 적용되어야 한다.

〖생의 교훈 : 명사 · 명언〗 한 나라의 번영은 질서잡힌 지성적인 가정에서 나온다. — 시고니 | 미국 정신의료 분야의 여성 사회사업가. 그의 유언으로 '시고니상'이 만들어졌다.

이 율법책을 네 입에서 떠나지 말게 하며 주야로 그것을 묵상하여 그 안에서 기록된
대로 다 지켜 행하라 그리하면 네 길이 평탄하게 될 것이며 네가 형통하리라

— 여호수아 1:8

9
행동은 백 마디 말을 이긴다

조지 워싱턴이 위대한 것은 그의 행함이 있는 지도력 때문이다. 이런 일화가 그의 그런 성품을 증명해준다.

전쟁이 한창인 어느 날 부하들을 돌아보던 그는 한 현장에 멈춰 섰다. 상사가 채찍을 휘두르며 부하병사들을 들볶는 것을 목격하게 되었다. 쓰러진 거목 둥치를 상사

는 손 하나 까딱 않고 소리만 지르면서 닦달했다. 그 당시 총사령관이었던 워싱톤 장군은 평복을 입고 시찰하다가 말에서 내려 부하병사들과 함께 거목을 옮겨놓고 말을 타면서 상사에게 한 마디 했다.

"또 거목을 운반할 일이 있으면 총사령관을 부르게."

게는 앞으로 기어가지 못하고 옆으로 기어 다닌다. 꼬마 게들에게 엄마 게가 앞으로 가라고 해도 엄마처럼 옆으로 기어가게 마련이다. 자식은 그들에게 유일한 교과서인 부모가 보여주는 그대로 닮은꼴로 하게 마련이다.

「여호수아」 1장 8절에 보면 '이 율법책을 네 입에서 떠나지 말게 하며 주야로 그것을 묵상하며 그 가운데 기록한 대로 다 지켜 행하라 그리하면 네 길이 평탄하게 될 것이라 네가 형통하리라' 했다.

이 말씀은 민족의 지도자 모세가 죽고 대를 이은 여호수아에게 하나님께서 하신 말씀이다. 말씀을 아무리 많이 듣고 묵상해도 그걸 생활에 옮겨야 축복을 받는다는 말이다.

믿음의 단계는 세 가지 계단이 있다.

첫 단계는 처음 예수를 믿고 펄펄 뛰면서 기뻐하는 감정적인 단계다. 이때는 간증이 있고 체험이 많으며 하나님이 함께 하시는 놀라운 일들을 경험하게 된다. 방언도 하고 환상도 보며 심지어는 하나님의 손길을 느끼기도 한다. 기독교는 신비한 종교다. 이런 체험 없이는 절대로 성전에 발을 드려놓지 못한다. 사람들 모두가 얼굴이 다 다르게 창조되었듯이 체험도 같지가 않다. 이 단계에서는 교만하여서 다른 사람은 모두 그런 신비로운 경험도 없이 예수를 믿는다고 비난도 하고 어깨가 으쓱해서 자기가 제일 예수를 잘 믿는 줄 알고 자랑이 많다. 너스레를 떨면서 예수를 오래 믿으면서 이런 체험도 못했느냐고 호통을 친다. 사람들 사이를 화목하게 하기보다 갈라놓으면서 잘났다고 나대는 경우가 허다하다. 이런 믿음은 감정적인 단계로 아직 깊은 신앙의 경지에 들어가기 전에 하는 일이다. 누가 뭐래도 신앙에는 연륜이 필요하다. 앞서고 있는 신앙 선배들의 믿음을 인정해야 한다.

두 번째 단계는 지적인 단계다. 신비한 체험을 하고나서 아하! 이게 아니구나. 하나님이 내게 무엇을 원하는가 하는 걸 알기 위해 성경을 연구하기 시작한다. 하나님이 가장 기뻐하시는 것이 무엇일까? 우리가 성경을 열심히 연구하는 것이다. 1907년 평양에 임한 성령의 바람도 사경회에서였다. 성경연구를 하고 기도하는 가운데 불어온 바람이었다. 하나님이 원하시는 걸 알아야 그 길로 행할 수 있기 때문에 성경을 깊이 연구해야 하는 것이다.

마지막 단계가 의지적인 단계다. 배운 말씀을 그대로 생활에서 행하는 단계인 것이다. 테레사 수녀가 유명한 것은 목숨을 바쳐 행한 사랑의 실천 때문이다. 그러므로 신앙의 마지막 단계는 성경 말씀대로 행하는 것이다. 아가들의 머릿속에 성경에 관한 지식이 가득 차있는 것을 족하다고 생각하지 말고 배운 말씀과 지식과 교훈을 매일의 생활에 옮겨야 한다는 뜻이다.

영어로 'Be doer, not just a hearer.'란 표현이 아주 정확하게 머리에 다가온다.

아는 것과 그걸 우리의 생활에 적용하는 것이 다르다.

아가를 양육할 때 부모가 어떻게 행하고 사는가 하는 것이 문제다. 기도하지 않는 부모가 아가에게 기도하라고 할 수 없다. 찬송을 부르지 않는 부모가 아가에게 찬송을 하라면 아가도 부모처럼 침묵한다. 아가의 모델은 바로 부모이다. 매일 밤 부부가 무릎을 맞대고 성경을 읽고 찬송하며 기도하는 모습이 그대로 사진처럼 아가의 머리에 찍혀서 그 삶을 그대로 닮아갈 것이다.

우리의 삶 속에서 존경하는 인물이 있다면 왜 그를 우러러보는지 생각해보자. 묵묵히 행하면서 말없이 충성하는 사람일 것이다. 신앙의 마지막은 역시 생활에 있다. 아가에게 부모가 신앙의 본을 생활을 통해서 또한 행동으로 보여주는 것이 백 번 말하는 것보다 더 효과적이다.

[[생의 교훈 : 명사 · 명언]] 노력을 중단하는 것보다 더 위험한 것은 없다. 그것은 습관을 잃는다. 습관을 버리기는 쉽지만, 다시 들이기는 어렵다. — V. 위고 | 인간의 영혼을 영원한 생명으로 본 그는 불후의 명작 『노트르담의 꼽추』를 남겼다.

아이의 마음에는 미련한 것이 얽혔으나 징계하는 채찍이 이를 멀리 쫓아내리라
— 잠언 22:15

10
침묵체벌이 가장 무서운 벌이다

조기교육이 한반도를 강타하고 있다. 조기교육은 영재교육이나 천재교육이 아니다. 아가에 맞는 교육을 시킨다는 뜻이다. 나이에 맞는 놀이와 활동을 위주로 한 아가중심의 교육을 뜻한다. 지식을 암기시키고 쓰게 하는 교육이 아니고 창의력을 주며 생각하게 만드는 교육이다. 그

중에 제일 중요한 것이 하나님을 알게 하는 교육이 기본이 되어야 한다.

조기교육 바람을 타고 들어온 풍조 중의 하나가 아가를 꾸중하며 매를 들면 정신적 충격을 받아서 나중에 정신질환을 앓을 수도 있다는 두려움에 사로잡힌 엄마, 아빠들이 늘어나고 있다. 학교에서도 체벌을 가할 수 없어 아이들은 매를 맞는 기회가 없이 자라는 교육풍토가 되었다.

우리나라 속담에 '매를 아끼면 아이를 망친다'라고 했다. 「잠언」 22장 15절에도 '아이의 마음에는 미련한 것이 얽혔으나 징계하는 채찍이 이를 멀리 좇아 내리라' 하여 아이에게 채찍을 드는 것을 권하고 있다.

그러면 가정에서는 어떻게 할까? 채찍을 들되 다음과 같은 기준으로 하면 좋다.

1. 자제력을 가지고 한다

체벌의 문제점은 엄마, 아빠도 감정을 가진 사람이기 때문에 홧김에 아가를 때릴 수 있다. 이런 매는 오히려 마이너스 효과를 초래한다. 우리 조상들은 매를 때릴 적에 반드시 회초리를 가져오게 했다. 때리는 사람이나 맞는 사람 모두가 매를 가져오는 시간에 왜 매를 맞는지, 왜 때려야 하는지 생각할 수 있는 기회가 있기 때문이다. 아주 좋은 방법이다.

2. 분명한 기준이 있어야 한다

냉정한 판단력을 가지고 사건을 정확하게 파악하여 매

를 때리는 기준점을 정하고 맞는 아가도 왜 맞는지 알아야 효과가 있고 감정의 찌꺼기가 없다. 왜 아이가 맞는지도 모르고 때리는 매는 부모에 대한 반감만 살 따름이다.

3. 적절한 시기와 장소를 가려야 한다

동생 앞에서 형에게 매를 대면 형의 자존심이 상하여 오히려 반항할 수 있다. 구석방에 가서 단 둘이 왜 맞아야 하는지 이유를 일러주고 맞는 아이가 수긍할 적에 매를 드는 것이 좋다. 시기도 아침이나 식사 전후에 매를 들면 그것도 적절치 않다.

참고로 유태인은 어떤 체벌기준을 가지고 있을까?

1. 손 이외의 도구를 절대로 사용하지 않는다. 하나님은 사람에게 손을 자식교육 시키라고 주었다.

2. 아가의 머리를 절대로 때리지 않는다. 머리는 지혜의 근원이기 때문이다.

3. 감정에 치우쳐 마구잡이로 때리지 않는다. 진정으로 자녀를 사랑하는 부모만이 자식을 때릴 수 있다고 유태인들은 생각한다.

4. 침묵을 체벌로 가장 많이 사용한다.

침묵체벌이란 아이가 잘못했을 적에 벽을 향해 세워놓고 반성하게 하는 벌이다. 아이란 잠시도 쉬지 않고 말을 하고 뛰어놀아야 하는데 벽을 향해 반 시간 내지 한 시간씩 세워두면 질색을 한다. 아이 측에서 보면 매를 든 것보다 더 무서운 벌이 된다.

필자도 두 아이를 기를 적에 체벌의 기준을 정하여 이러이러한 잘못을 저지르면 침묵체벌을 주겠다는 규정을 정하고 아이도 동의를 하였다. 실제로 반 시간을 벽을 향해 세워놓고 반성하며 서 있으라고 했더니 5분이 지나자 되돌아서서 차라리 매를 들어 몇 번 때리라고 요구해서 아이가 원하는 대로 종아리를 때려준 적이 있다.

탈무드에 이런 격언이 나온다.

'유태인은 누에와도 같아서 쉴 새 없이 입을 움직인다'

이스라엘 민족은 누에처럼 입을 쉴 새 없이 움직일 정도로 대화를 중시한다는 뜻이다. 자녀들에게는 침묵체벌이 자신들의 존재를 무시당하는 아픔이 되기 때문에 매보다 더 질색을 한단다. 대부분 아이들이 먼저 다가가서 용서를 빌고 잘못을 고친다니 세상 풍조를 따라 체벌을 두려워하는 부모들이 써봄직한 채찍이다.

[[생의 교훈 : 명사 · 명언]] 가식적인 사랑은 혀끝에 있고, 참 사랑은 손끝에 있다. — 무디 | 말보다 행동으로 사랑을 보였던 미국의 목회자, 그는 평생 전도로 생을 마감했다.

너는 악을 갚겠다 말하지 말고 여호와를 기다리라 그가 너를 구원하시리라
— 잠언 20:22

11
생명은 하나님의 것이다

생명을 경시하는 풍조가 만연해 있다. 어머니가 꾸중을 했다고 고층아파트에서 떨어져 자살하는 초등학생도 있다. 14세 남학생이 어머니와 여동생의 머리에 공기총을 쏴서 죽이고 아버지의 차를 몰고 라스베가스에 가서 가족이 묵었던 방에 피하고 있다가 체포되기도 했다. 샌프란

시스코에서 일어난 실화다. 한국에서 이민 온 이 아이는 경찰에 잡혀 가면서 한 손에는 햄버거가 다른 한 손에는 콜라를 들고 있었다. 눈물이 나서 어린 학생을 차마 볼 수가 없었다. 엄마와 여동생을 죽이고도 그 심각성을 모르는지 아주 천진난만한 얼굴이었다.

한 마디로 10대 전후의 우리 아이들은 죽음에 대하여 잘 모른다는 생각이 든다. 이유는 무엇일까?

1. 부모의 관심을 끌기 위해 일부러 저지른다는 것이다. 성적이 나쁘다고 부모가 나무라니까 아버지의 넥타이로 목을 매어 자살한 사건도 있었다. 자기 목숨을 경시하는 풍조도 문제지만 살인을 저지르고도 죽음이 무엇인지 모르는 것이다. 아버지가 사용하는 총을 가지고 등교하여 식당에 가서 마구 쏴대는 사건도 터져서 미국은 골치를 앓고 있다. 그것도 부모의 관심을 끌기 위한 수단이었을까. 아이들이 생명이 무엇인지 잘 모르기 때문에 이런 일이 일어나고 있는 것이다.

2. 텔레비전이 주범이다. 너무 죽이는 장면이 많이 나와서 자살이나 살인에 대하여 무감각해졌다. 아이들은 만화를 보는 것처럼 현실에서도 연극을 하듯 다시 살아난다고 믿는 것이 확실하다.

3. 죽음과 삶의 경계선을 잘 모른다.

죽으면 이 땅 위에서의 삶이 끝이 나고 천국으로 간다는 사실을 실감나게 잘 모르는 모양이다. 그런 면에서 아파트에서 자라는 아이들의 삶은 비극이다.

아들이 여섯 살 적에 산 밑 주택에서 살았다. 처마에서 참새 새끼가 한 마리 떨어졌다. 주둥이가 노란 아기 참새는 헐떡이며 애처롭게 울어댔다. 엄마, 아빠 참새인지 그 주위를 맴돌면서 울어댔다. 아들은 그 참새를 집어 높이 들고는 어서 데리고 가라고 외쳤지만 어찌 참새가 아기 참새를 데리고 갈 수 있겠는가. 안타까운 아들은 발을 굴렀다.

"엄마, 어떻게 하면 이 아기 참새를 엄마 참새가 데려갈 수 있을까요?"

"네가 있으면 엄마 참새가 도망가니 뒷산 수풀에 놓고 오너라. 그러면 엄마 참새가 와서 데려갈 것이다."

며칠 뒤 아이의 울음소리가 뒷산을 진동했다. 달려가 보니 이미 죽은 어린 참새의 몸에는 왕개미들이 매달려 있었다. 우리 부부는 아이의 울음을 달래면서 흰 종이에 싸서 주둥이가 노란 아기 참새를 텃밭에 묻었다. '죽으면 이렇게 된단다. 다시는 살아나지 않고 흙으로 만들었으니 이렇게 흙으로 돌아간다. 다시는 살아 돌아오지 않는다' 라고 우리는 설명을 했다. 서럽게 울기는 했지만 아이에게는 죽음이 무엇인지 큰 교육이 되었던 모양이다. 죽음에 대하여 질문한 적이 없었기 때문이다.

4. 죽음의 문제를 깊이 있게 생각해본 적이 없다.

공부하느라고 바쁘고 수십 개의 학원에 다니느라고 바

빠서 죽음을 놓고 생각해본 적이 없는 생활이 우리 아이들이 처한 상황이다.

5. 죽음이 모든 문제의 해결점이라고 생각한다. 이것도 텔레비전의 문제점이다.

미국의 통계에 보면 90분마다 십대의 아이들이 한 명씩 자살을 한다고 한다. 18세의 아이들은 매일 한 명씩 자살을 하고 더 무서운 사실은 자살을 시도했다가 실패하여 살아난 십대 아이들은 2년 안에 다시 자살을 시도한다는 통계가 나와 있다.

「시편」 139편 16절에 보면 '내 형질이 이루기 전에 주의 눈이 보셨으며 나를 위하여 정한 날이 하나도 되기 전에 주의 책에 다 기록이 되었나이다' 라고 했다. 하나님은 어머니의 뱃속에서 형질이 이뤄지기 전에 다 알고 있고 정한 날이 하나도 되기 전에 주의 책에 다 기록이 되었다고 했으니 얼마나 놀라운 일인가!

예수를 믿는 사람은 절대로 자살할 수도 없고 살인할 수도 없다. 그것이 성경이 우리에게 명하는 계명이다.

식탁에 둘러앉아서 자연스럽게 부모는 죽음에 대하여 대화를 나눠야 한다. 살인은 십계명 중의 하나를 범하는 것이다. 생명은 나의 것이 아니고 하나님의 것이기 때문에 절대로 죽일 수도 죽을 수도 없는 것이 크리스천이다. 이러한 삶의 기준점을 누우나 서나 앉으나 항상 가르치는 것이 부모의 의무가 되어야 한다.

내 생명은 나의 것이 아니다. 자식의 생명도 부모의 것이 아니다. 생명은 하나님의 것이란 점을 꿈에라도 잊지 말도록 교육해야 하리라.

〖생의 교훈 : **명사 · 명언**〗 성경을 읽는 사람은 사람을 종으로 부릴 수가 없다. 성경은 자유의 원칙이다. ― **그리일리** ┃ 성경은 자유다. 자유는 진리다. 진리는 사람을 자유케 한다.

새 상점에 가서/ 나는 새를 샀지/당신을 위해/ 나의 사랑.//꽃 상점에 가서/
나는 꽃을 샀지/당신을 위해
— J. 프레베르

제3부
사랑의 꿈

1
세상에서 가장 강한 힘은 사랑이다

　어머니가 되면 누구나 자식을 품에 안고서 한결같이 바라는 바가 있다. 어머니들이 서로 솔직히 털어놓고 말을 하지 않아서 그렇지 어떤 어머니에게나 내심 숨기고 있는 비밀스런 소망은 내 아이가 이 세상에서 가장 큰 힘을 소유하고 살기를 소원하는 마음이다.

그것이 구체적으로 나타나서 지식이 힘이라고 믿는 부모는 어려서부터 자식을 공부벌레로 만들려고 극성을 떤다. 어떤 어머니는 피아노를 치는 것이 힘이라고 믿고 어린 아가의 고사리 손끝에 피가 맺히도록 피아노 앞에 방석을 고여 앉히고는 보기 딱할 정도로 안달한다. 부를 힘이라고 믿는 어머니는 어려서부터 돈, 돈, 돈타령을 해서 지독한 구두쇠로 자식을 키우기도 한다.

아이는 부모의 의도와는 다르게 자연스럽게 환경에서 배우기도 한다. 부모가 힘에 대해 욕심을 내지 않았는데도 사업하는 부모 밑에서 큰 자녀는 돈계산에 약삭빠르고 책이 많은 집안에서 자란 아이는 어디 가나 책을 끼고 다닌다. 미용실을 경영하는 어머니 밑에서 자란 아이는 자연스럽게 머리 만지기를 좋아한다. 부모의 직업이 자식에게는 세상을 살아가는 가장 큰 힘으로 보여지기 때문이다.

부모 입장에서 자식에게 심어줄 가장 큰 힘은 과연 어떤 힘일까?

『탈무드』엔 열두 가지의 힘이 나와 있다. 돌, 쇠, 불, 물, 구름, 바람, 인간, 공포, 술, 수면, 죽음, 사랑이다. 먹이사슬처럼 고리로 연결된 것이 재미있다. 즉 쇠가 돌을 부수며 불이 쇠를 녹이고 뜨거운 불을 물이 끄며 물은 구름에 흡수되고 구름은 바람에 떠밀리며 그 바람은 인간이 막을 수 있다. 그러나 인간은 공포로 인해 쓰러지고 공포를 이기기 위해 술을 먹고 술은 수면에 흡수되고 이 모든 걸 이기는 것은 죽음이다. 그러나 죽음도 사랑 앞에선 꼼짝없이 녹아지는 걸 가르친 유태인의 지혜는 참으로 재미가 있다.

요가운동가들의 마음의 법칙은 참으로 재미있다. 저들은 눈을 감고 앉아 이렇게 스스로에게 타이른다.

"나는 그렇게 생각한다. 나는 그렇게 상상한다. 나는 그렇게 확신한다. 나는 그렇게 되어 있다. 10년, 20년 후 내 가슴속에 지니고 있는 영상대로 될 것이다."

이런 마음의 법칙을 상업에 적용해서 돈을 번 사람들이 바로 미국의 제약업자들이다. 비타민의 가치를 반복 암시해서 건강에 별로 도움을 주지 못하는 비타민을 밤낮 복용하도록 만들어 미국인들을 모두 비타민족으로 몰아붙였다. 히틀러도 성공할 수 있다는 자신의 능력에 대한 신뢰를 가지고 전세계를 불안의 도가니로 몰아 갔다. 인간의 힘에 의지하고도 성공할 수 있고 실패할 수 있다는 결론이 나온다. 그렇다면 창조주인 하나님을 의지한다면 얼마나 큰 힘을 낼 수 있겠는가! 상상을 초월해서 거대한 바위산도 깨트릴 수 있는 다이나마이트와 같은 힘일 것이다.

사실 인간이란 심은 대로 거두는 법이다. 모든 것이 나로부터 시작해서 결국은 나에게로 돌아온다. 증오를 심으면 살인자가 되고 지식을 심으면 학자가 되고 돈을 심으면 수전노가 되고 욕심을 심으면 죄를 낳고 죄를 심으면 사망을 낳는 법이다. 그러나 사랑을 심으면 크리스천이 되는 법이다.

힘의 근원인 여호와를 의지하면 초인적인 힘을 낳게 되어 있다. 하나님이 주신 힘으로 아이는 일생 살아가며 부딪히는 고난과 역경을 과감히 도전해서 성공하게 된다. 자신의 문제를 개선하고 재창조하겠다는 적극적인 사고를 가지게도 된다. 무한한 다양성을 가졌기에 고정관념을 파괴할 수 있다. 하나님이 나와 함께 하신다는 자신감을 가졌기에 에디슨처럼 성공적인 삶을 살 수 있다. 이 얼마나 기막힌 힘이란 말인가!

힘의 근원이 하나님이듯이 사랑도 인간의 것이 아니고 하나님의 것이다. 인간의 사랑은 이기적이고 타인을 해친다. 또한 유한적인 인간이기에 사람에게서는 사랑을 기대할 수 없다. 오로지 하나님의 사랑에 힘입어 우리는 이웃을 사랑할 수 있다.

그러므로 사랑은 세상에서 가장 강한 힘이다. 아가를 세상에서 가장 강한 사람으로 길러내는 비결이란 '나의 힘이 되신 여호와여 내가 주를 사랑하나이다'라는 고백을 일생 다짐하도록 길러내는 어머니의 눈물어린 기도에 달려 있다.

자식도 돈도 기술도 아가에겐 부수적인 힘이고 진짜 힘을 얻어내는 비결을 알게 된 우리 어머니들은 얼마나 벅

찬 축복을 받은 자들이란 말인가! 할렐루야, 아멘.

[[생의 교훈 : 명사 · 명언]] 그리스도에 대한 완전한 지식을 가지는 것보다 더 놀라운 것은 없다. 지혜는 진리 속에만 있다. — **마틴 루터 킹** | 미국 흑인 인권운동가 킹 목사의 말은 힘이 세다. 평화를 가져오는 그의 말은 인종차별의 벽을 허물어버렸다. 그의 말의 힘에게 노벨평화상이 주어졌다.

주신 이도 여호와시요 거두신 자도 여호와시오니 여호와의 이름이 찬송을
받으실지니이다
— 욥기 1:21

2
욥의 신앙은 마귀를 이겼다

성경 인물들 중 욥만큼 끔찍한 고난을 당한 사람이 없
다. 그렇게도 사랑하며 하나님 앞에서 최선을 다해서 기
른 자식들이 한순간에 다 죽어버렸고 사랑하는 아내의 저
주를 들어야 했다. 남자에게 가정이란 세상일을 해나가는
기초석이요, 위로의 장소요, 힘을 충전시켜 쓰러지지 않

도록 세워주는 곳이다. 열이나 되는 자식들, 그것도 하나
님 앞에서 바르게 가정교육을 철저히 시켰는데 아무 이유
도 없이 단지 사단이 욥의 마음을 시험코자 끔찍하게 압
사시켜 버렸을 때 욥은 하나님을 전적으로 의지하는 말을
했다.

"모태에서 적신이 나왔사온즉 또한 적신이 그리로 돌아
가올지라. 주신 자도 여호와시오 취하신 자도 여호와시오
니 여호와의 이름이 찬송을 받으실지니다."

솔직히 가슴에 손을 얹고 한번 우리 생각해 보자. 자식
하나가 사고로 죽었다 치자. 이렇게 깊은 간증을 하며 하
나님을 의지할 수 있겠는가.

자식뿐만 아니라 나중엔 전 재산을 다 날리고 마지막에
는 사단이 욥을 쳐서 그 발바닥에서 정수리까지 악창이
나게 해서 욥은 기와 조각을 가져다가 몸을 긁을 지경에
이르렀다. 자식과 재산을 몽땅 잃고 몸이 죽을 지경으로
병이 들었을지라도 인생의 동반자인 아내만이라도 곁에
서 버팀목이 되어 주었더라면 얼마나 힘이 되었을까. 그
러나 그의 아내는 이런 말을 해서 욥의 마음에 대못을 박
았다.

"당신이 그래도 자기의 순전을 굳게 지키느뇨. 하나님
을 욕하고 죽으라."

욥은 얼마나 충격을 받았을까. 그러나 욥은 아내에게
이런 말을 해서 자신의 굳건한 믿음을 보여주고 있다.

"그대의 말이 어리석은 여자 중 하나의 말 같도다. 우리가 하나님께 복을 받았은즉 재앙도 받지 아니하겠느뇨 하고 이 모든 일에 욥이 입술로 범죄치 아니하니라."

가정을 벗어나서 사람에게 가장 중요한 사람들은 친구들이다. 그의 친구들은 욥이 이런 재앙을 당했다는 말을 듣고 달려와서 칠일 칠야를 그와 함께 땅에 앉아 서러워했으나 그 곤고함이 너무 심해 말을 하지 못했다고 한다. 그러고 친구들은 그에게 한결같이 이런 고난은 죄의 결과라고 말한다.

모두가 떠난 상태에서 욥은 얼마나 괴로웠으면 이렇게 절규하고 있다.

"어찌하여 내가 태에서 죽어 나오지 아니하였었던가. 어찌하여 내 어미가 낳을 때에 내가 숨지지 아니하였던가."

「욥기」 3장은 모두 처절하게 탄식하는 욥의 몸부림의 기록이다. 그러면서도 주신 고난을 감싸안고 하나님 앞에 백기를 들고 선 만신창이의 욥을 보면 하나님의 주권 앞에선 의인이라도 고난을 받으면 순종해야 된다는 진리를 우리에게 안겨준다.

자식과 재산과 아내가 떠난 욥의 가정, 친구들끼리 죄 때문에 이렇게 되었다고 한탄하는 자리에 선 욥을 놓고 우리들에게 허락하신 가정과 비교해 보자.

우리의 자녀들도 부모 앞에서 하나님의 뜻에 따라 병도

들고 병신도 되고 또 먼저 하늘나라로 갈 수 있다는 사실이다. 우리 모두 하나님의 줄에 끌려가는 사람들이고 그의 자녀들이기 때문에 하나님이 하시는 일에 순종하고 입술로 범죄하지 말아야 하지 않을까.

그러나 사실 자식이 어떤 일을 당해 괴롭게 되면 부모란 욥의 신앙의 경지까지 가기에는 힘이 든다. 하나님을 향해 '주여, 어찌 이럴 수가 있습니까. 이러지 마십시오.'라는 기도를 누구나 하게 된다. 그러나 한편 자식에게 준 고난을 지켜봐야 하는 부모의 마음은 하나님의 마음을 헤아리게 되는 놀라운 역사도 있음을 시인해야 한다.

두 번째 우리에게 안겨오는 큰 깨우침은 아내의 말이다. 남편을 아예 깔아 뭉개고 하나님까지 저주하라고 악담을 하며 떠나는 아내, 이런 여자들은 꼭 욥의 악처에게만 해당되는 것은 아니다. 자식을 다 잃은 어미의 마음이 얼마나 처절했으면 이런 말을 했겠는가. 재산까지 잃고 잿속에 앉아 악창에서 흘러내리는 진물과 고름을 견디지 못하고 기와조각으로 긁어내고 있는 장면을 한번 상상해 보라. 동방 사람 중에 가장 큰 자라고 하던 자가 이러고 있으니 사람들의 수군거림은 얼마나 컸겠으며 주위의 눈총은 또 얼마나 차가웠겠는가.

우리가 살고 있는 집도 없어지고 직장도 잃고 병들어 길거리에 나앉아 있다고 입장을 바꾸어 생각해 보자. 아마 욥처럼 차분하게 앉아 몸을 긁적이지 않고 혀를 깨물어서라도 죽고 싶어하고 하나님을 저주했을 것이 뻔하다. 아마 욥의 아내보다 더 빨리 하나님을 향해 저주하고 몸부림치며 정신이상에 걸리리라 생각되어진다.

욥은 이렇게 어려운 가운데서도 신앙을 지킬 수 있어 나중에 하나님께서 복을 주어 처음 복보다 더하게 하셨다고 한다. 고난 끝에 주시는 정금같이 단련된 신앙을 소유하게 되고 더 많은 하나님의 축복을 누리게 되었다. 설령 욥이 나중의 복을 받지 않았다 해도 분명히 하나님을 향해 저주하지 않았으리라 본다. 어차피 인생길은 하나님의 명령에 따라 걷고 있기에 병도 고난도 죽음도 다 하나님의 것이기 때문이다.

이런 욥의 신앙을 갖도록 자식을 기를 수 있을까. 욥의 고난을 항상 생각하며 다가오는 모든 시련을 극복해 간다면 더 깊은 신앙의 체험을 우리 좋으신 하나님은 허락하실 것이며 자식에게도 이런 신앙의 과정을 보여줄 수 있으니 현재 우리 가정에 임하는 모든 어려운 일들을 감사해야 하리라.

인생 길은 항상 평탄치가 않다. 크고 작은 일들이 언제나 터지고 서로 대립해서 고통이 있으며 어떤 때는 하늘과 맞닿은 바위가 가로막고 있어 숨이 막히는 길이 우리를 위협하기도 한다. 그러나 이런 고난을 이겨나갈 때 하나님이 주시는 기쁨은 덤덤하게 사는 평탄한 길보다 얼마나 묘미가 있는가.

하나님이 주시는 모든 길을 찬송하며 걷는 것이 곧 욥이 걸었던 신앙의 길이라고 생각한다. 욥처럼 탄식을 해도 그 아픔이 나중에 신앙으로 승화되는 걸 보면 우리 가정의 상한 심령도 장차 내릴 축복의 징표가 아니겠는가.

[[생의 교훈 : 명사 · 명언]] 몸을 닦는 데는 비누가 필요하고 마음을 닦는 데는 눈물이 필요하다. — **탈무드** | 탈무드는 평범한 말을 한다. 그런데 그 말은 진리를 뚫는다.

아들이 아버지를 멸시하며 딸이 어머니를 대적하며 며느리가 시어머니를
대적하리니 사람의 원수가 곧 자기의 집안 사람이로다

— 미가 7:6

3
여자는 두 얼굴로 산다

며느리와 시어머니간의 갈등은 본능적, 필연적, 전통적
인 것이다. 그래서 어떤 이는 시어머니와 며느리 사이를
하나님이 주신 천형이라고까지 말했다. 사실 여자란 야누
스의 얼굴을 가지고 있다고 해도 과언이 아닐 것이다. 그
대표적인 예가 나이 들어 사위를 보고 며느리를 봤을 적

에 두드러지게 나타난다. 어떤 분이 이런 성품을 다음과 같이 묘사했다.

"시어머니처럼 모진 어미 없고 장모처럼 인정 많은 어미 없다. 늙어서 시어미 되는 여자와 장모 되는 여자가 따로 있는가. 아니다. 같은 사람이 한 여자에게는 시어미 되고 한 남자에게는 장모 된다."

이 말에서 볼 수 있듯이 여자에겐 이중성격이 숨어 있어 선하고 악한 양극을 오락가락하고 있다고 한다. 전통사회에서 모녀관계는 혈연 이상의 것이며 일종의 숙명적 동물의식을 가지고 있다. 즉 딸을 편애하고 며느리는 증오하고 시기하는 것이다. 이런 사실을 우리의 속담에서 엿볼 수가 있다. 즉 시어머니가 며느리를 미워하는 심리는 딸과 비교한 속담에 남아 있다.

"죽 먹은 설거지 딸을 시키고, 비빔 그릇 설거지 며느리 시킨다."

"가을볕에는 딸을 쬐이고 봄볕에는 며느리를 쬐인다."

"외손자는 업고 친자손은 걸리면서 업은 놈 발 시리다 빨리 가자 한다."

"딸 씨앗은 꽃방석에 앉히고 며느리 씨앗은 바늘방석에 앉힌다."

"배 썩은 것은 딸 주고 밤 썩은 것은 며느리 준다."

"딸은 생전 효자는 된다."

"때리는 시어미보다 말리는 시누이가 더 밉다."

성종의 어머니인 인수대비가 쓴 『내훈』이란 책에서도 과거의 시어머니와 며느리의 관계를 알 수 있다.

"아들이 계집을 심히 마땅히 여겨도 부모가 기쁘게 여기지 않거든 내치라."

"아들이 그 계집을 마땅히 아니 여겨도 부모가 이르되 나를 잘 섬긴다 하거든 부부례를 행해 맞아들여라."

그러니 가부장문화에서 여자를 무시한 것 말고도 며느리는 무시당하고 설움을 받았던 위치였다. 사실 가부장적 문화에서 여자는 억압을 받았다. 그래서 남자가 여자를 무시한 말들을 많이 남겨놓고 있다.

"박식한 여자는 박복하다."

"여자는 익은 과일이다."

"여자가 똑똑하면 팔자가 세다."

"암탉이 울면 집안이 망한다."

"여자는 그릇 한 죽을 셀 줄 몰라야 복 받는다."

"여자가 제 고장 장날 알면 집안이 망한다."

"여자 소리 울 밖에 나가면 집구석이 망한다."

"여자 셋이 모이면 접시가 깨진다."

수없이 이런 속담들이 아직도 남자들이나 할머니들의 머릿속에 남아 있어 젊은이들과 갈등을 일으키고 있다.

그러나 사회는 변하고 있다. 과거의 여자의 위치란 소유물이었고 씨받이였으며 가축과 같은 존재였다. 그러나 산업사회를 거쳐 정보사회에 들어오면서 여자의 위치는 급변하기 시작했다. 핵가족으로 변하면서 여자의 위치도 계속 향상해서 남자들과 동등한 자리까지 나가는 남녀평등의 물결이 일어나고 있다. 어떻게 보면 고부간의 갈등은 이런 사회 물결을 타고 과거보다 더 노출되었다고 볼 수 있다.

대가족제도는 그런대로 좋은 점이 많다. 먼저 전통가족의 장점을 들어보자.

1. 생활의 일체감을 가질 수 있었다. 아버지는 들에서 일하고 할머니는 집안의 대소사를 지시하고 할아버지는 권위의 상징으로 명령을 내리고 어머니는 군소리 없이 순종하고 아이들은 이 틈새에서 살아가는 법을 자연스럽게 터득할 수 있었던 것이다.

2. 남자는 남자의 일을 여자는 여자의 일을 아주 자연스럽게 분담해서 분업을 했다. 부부의 역할분담이 정확해서 조화를 이루어 사회윤리가 형성되었던 것이다.

3. 노인을 공경했다. 그 이유는 저들의 경험이 곧 교과서였기 때문이다. 많은 경험을 한 노인의 지혜가 젊은 사람들에게 지침이 되고 거울이 되었다. 그래서 노인은 가족들에게서 뿐만 아니라 마을 사람들에게서 존경을 받아 나이 들어서도 행복한 삶을 살 수가 있었다.

4. 가장 이득을 본 층이 아이들이었다. 노인들이 아이들에게 보다 많은 지혜와 경험을 가르쳐 주어 아이들은 정서적으로 안정된 환경에서 성장할 수 있었다.

그러나 전통사회의 가족에게 단점도 있다. 창조적이고 폭발적인 젊은이들의 생각이 노인층과 맞지 않았을 적에 일어나는 충돌이 바로 그것이다. 맹목적인 순종으로 구태의연하게 살 수가 없는 급변하는 사회에선 이런 점이 문제가 된다. 또는 개인의 인격을 무시하는 결과로 단체의 삶이 피라밋으로 형성되어서 발전이 없다는 점이다. 더구나 가부장이 이상적일 적엔 그 가정이 화평하고 화목하지만 성격이 나빠서 가정을 잘못 인도할 적엔 크나큰 불행이 닥쳤다.

그 중에서 가장 큰 문제는 시어머니와 며느리 사이였다. 한마디로 시어머니는 며느리를 심하게 시집살이를 시켰다.

왜 그렇게 시집살이를 시켰을까?

시어머니나 며느리 두 사람 모두 시집에 들어온 처지면서 그렇게 야박하게 군 이유가 무엇일까? 그건 아들을 며느리에게 빼앗겼다는 피해의식과 자기가 쌓아올린 지위에 며느리가 도전할 것이란 두려움 때문이다. 대개 심한 시집살이를 한 시어머니가 며느리를 더 심하게 다룬다고 한다. 이런 취약점이 있으나 그대로 유교논리인 장유유서가 큰 받침이 되었다. 무조건 손윗사람에게 순종하라는 사회규범에 따라 휴화산으로 남아 있었던 관계였다.

게다가 가장 좋은 해소 장치가 저들에게 있었다. 즉 우물가나 혹은 들에 나가 신세한탄을 하고 민요를 부르고 욕을 해대며 응어리진 가슴을 풀었다고 한다. 이런 기회가 없는 아녀자들은 무당집에 찾아가서 대를 잡고 춤을 추어 스트레스를 해소했다고도 한다.

이제 시대가 변해서 노인문제가 사회문제로 등장하고 있을 정도로 시어머니의 위치는 서럽게 되었다. 고부간의 갈등이 극에 달하면 대개 노인 쪽이 물러선다는 뜻도 된다. 그 이유는 젊은 쪽이 경제권을 쥐었기 때문이다.

아무리 시대가 변해도 성경은 우리에게 어머니에게 순종해야지 그렇지 않으면 골짜기의 까마귀에게 쪼이고 독수리 새끼에게 먹힌다고 했다. 타락한 사회에서나 며느리가 시어미를 대적한다고도 했다. 아비나 어미를 저주해도 그 피가 자식에게로 돌아간다고 했으니 시대가 변해도 고부관계에선 아름다운 사이가 되라고 성경은 일러주고 있다.

[생의 교훈 : **명사 · 명언**] 바다와 같이 넓은 마음에는 복수심이 깃들 수 없다. ─ **중국 속담** | 큰 것은 작은 것을 수용한다. 중국인들 특유의 이 담론은 그 해석의 깊이에 따라 달라진다.

고운 것도 거짓되고 아름다운 것도 헛되나 오직 여호와를 경외하는 여자는 칭송을 받을 것이라

— 잠언 31:30

4
여자는 며느리와 시어머니가 된다

한 세대 전만 해도 시집갈 적에 주위 사람들은 이런 말을 해서 신부를 쫓아냈다.

"죽어도 시집 울타리 밑에서 죽어라."

시집가는 딸에게 시집살이 요령을 이렇게 가르쳐 주기도 했다.

"귀머거리 삼 년에 벙어리 삼 년이다."

이런 말을 듣고 시집살이를 해본 후 친정과 시집을 비교해서 이런 결론을 내렸다고 한다.

"시집 밥은 살이 찌고 친정 밥은 뼈살이 찐다."

즉 친정이 더 마음이 편하다는 뜻이다.

고부간의 갈등을 옛날에만 있었던 것으로 생각하는 사람들이 많다. 보리방아를 찧느라고 발이 부르트고 길쌈을 짜느라고 밤을 새우고 모시옷 짜느라고 진땀을 흘린 시집살이가 없어졌다고 현대 여성들에게 시집살이가 없어진 것은 아니다.

비록 버선을 깁고 치마 저고리를 짓느라고 인두를 화로에 꽂고 밤을 새우는 일은 없어졌으나 그보다 더 심각한 며느리의 고통이 많아졌다고 볼 수 있다. 즉 육체노동보다 더한 심리적, 지능적으로 괴로운 묘한 관계로 발전한 것이다. 시부모는 곧 시집살이를 연상케하고 더 나아가 고달픔으로 연결된 고부관계의 공식은 아직도 남아 있다.

그러면 며느리가 갖는 고충은 무엇인가?

1. 육체적 시집살이는 시키지 않지만 가풍이 다르고 생활습관이 달라 심리적 시집살이를 살고 있다는 점이다.

2. 고부간의 성격차이에서 오는 갈등이다. 애정의 결핍에서 오는 결과라고 본다. 상호 부정적 관계라고 할까.

3. 독자적인 생활을 가지고 싶기에 그것에 걸림돌이 되

는 시어머니와의 동거를 근본적으로 기피하려고 한다. 전통적으로 내려오는 풍습대로 함께 살려고 하는 시어머니와 빠져나가려는 며느리 사이에 일어나는 풍파는 당연한 것이다.

4. 경제권에 문제가 있다. 시어머니는 돈을 며느리 대신 쥐어보려고 애쓰며 이것이 안되었을 적에 다툼이 많아진다. 특히 장남의 경우는 벌어오는 아들의 돈에 관계없이 무조건 더 극성으로 뜯어가려고 해서 고부간에 갈등이 악화된다. 이건 핵가족만 살려는 며느리의 입장과 전통적인 가족관계를 옳다고 보는 시어머니와의 가치관의 갈등이다.

5. 주부 중심의 가정을 이끌려는 사고방식은 변하는 사회의 일면이지만 아들이 이 관계에서 평형을 이루지 못하고 어머니와 아내 사이를 오락가락해서 며느리의 고통이 커지는 것이다.

6. 귀 아프게 매사에 잔소리를 해서 시어머니를 싫어한다.

7. 자식의 교육문제를 놓고 이래라 저래라 해서 신경질이 난다.

과거를 돌아보면 자신의 시부모를 공경하고 남편에게 순종하며 온전히 희생적인 삶을 살아왔는데 며느리는 그렇게 대해 주지 않으니 너무 황당하게 되는 입장이 시어머니의 위치다. 쉽게 말하면 희생한 것을 며느리에게서 되찾아야겠는데 그것이 가능하지 않자 일어나는 갈등인 셈이다.

1. 무용지물이 되어가는 느낌을 가졌을 때 가장 슬프다. 며느리와 다정다감하게 대화를 나누고 싶은데 며느리는 시어머니를 구세대로 몰아붙이고 할머니로 단정해버려 입을 열 수가 없다.

2. 문화배경이 달라서 고통스럽다. 예를 들면 며느리는 아침식사가 끝난 뒤 누워서 뒹굴다가 신문을 읽고 한나절이 되어서야 설거지를 한다. 개숫물통에 그릇을 담가놓는 걸 못 참는 시어머니 입장에선 기가 찰 노릇이다.

3. 버리는 것이 많은 며느리 때문에 마음에 멍이 들 지경이다. 어렵게 살아온 자신의 과거에 비추어 도저히 있을 수 없는 일을 며느리는 하고 있다. 옷도 버리고 쓸만한 물건도 버리고 무엇이나 헤프게 쓰는 것이 마음을 괴롭힌다.

4. 자녀 교육에서 부딪힌다. 며느리는 구김살 없고 자유롭게 키운다며 겉으로 보기에는 방종하게 보이는 교육을 시키고 있다. 게다가 할머니와의 접근을 피하게 하고 무엇이나 할머니 것은 더럽다고 가르친다.

5. 엉거주춤한 아들의 태도가 문제다. 며느리와 있었던 일을 말하면 퇴근한 아들은 그저 웃기만 할 뿐 어머니에겐 일언반구 없이 저희들끼리 속닥이며 무시한다.

6. 경제적으로 며느리에게 예속됨으로 비굴해진다. 그 래서 어서 죽고 싶다는 마음뿐이다.

이상에서 본 바와 같이 핵가족으로 흘러가면서 양쪽이 모두 제나름의 고통을 호소하고 있다. 그러나 이런 가족제도로 바뀌어가면서 시부모가 소외되어 가고 있고 경로사상이 약해져서 노인문제가 사회문제로 나타나게 되었다. 또 부수적으로 청소년문제가 대두되어서 사회문제는 더 심각해져 가고 있다.

사실 노부모와 아들 부부, 손자와 손녀들 삼대가 함께 살아가며 화평한 가정을 이뤄야 청소년문제나 고부간의 갈등을 해소하고 이상적인 가정을 이룰 것인데 이걸 어떻게 조화시켜야 한단 말인가? 물론 하나님은 인간에게 사랑을 명하고 네 부모를 공경하는 것이 옳다고 가르치고 있으나 이걸 실천에 옮기기는 그리 쉬운 문제가 아니다.

한가지 분명한 것은 여호와를 경외하는 여자가 칭찬을 받는다고 했으니 그 열매를 맺기 위해서 하나님이 명하신 부모를 잘 모셔야 한다는 점이다.

[생의 교훈 : 명사·명언] 은혜를 모르는 자식을 두는 것은 독사에게 물리는 것보다 더 고통스럽다. — 셰익스피어 | 영국 최고의 극작가의 희곡 「리어왕」에 나오는 명 대사는 요즘도 진리처럼 교훈적이다.

[사랑의 꿈]

어머니께서 가시는 곳에 나도 가고 어머니께서 머무시는 곳에서 나도

머물겠나이다

— 룻기 1:16

5
이상적인 시어머니와 며느리는
만들어진다

열심히 새벽기도회에 나오고 철야를 해가며 기도하는 열심있는 권사님들이나 나이 지긋한 집사님들에게 가장 큰 기도제목은 바로 고부관계라고 한다. 하나님을 믿으니 이런 관계쯤이야 아무것도 아니라고 생각하는 것은 큰 잘못이다. 숨기고 있을 뿐이지 아주 많이 곪아서 냄새가 쩔

어 있을 지경인 가정을 많이 만나게 된다.

이런 고통에서 벗어나는 길이 과연 무엇일까?

부계가족제도 자체가 여자들로 하여금 아들에게 정을 너무 쏟게 해서 울어야 되는 숙명을 안겨주었다. 그러나 시대는 변해서 이젠 그 상황이 많이 달라졌다. 옛날에는 딸을 낳으면 두 번 운다고 했다. 낳아서 울고, 시집보낼 때 운다는 뜻이다. 그러나 이젠 아들을 장가보낼 때 시어머니들은 반드시 울어야 하는 시대가 되었다. 시어머니 노릇하기가 며느리 노릇하기보다 더 어렵다는 말까지 나오고 있는 시대에 우리는 살고 있다.

그러니 아들을 둔 어머니가 며느리를 맞아들여 갖게 되는 고통을 덜어줄 수 있는 해결방법도 연구되어져야 하리라.

많은 시어머니들이 말하는 보편적인 해결법을 열거해 보자.

1. 아들을 덜 사랑해야 한다는 점이다. 이젠 딸이 좋다는 시대가 되었으니 말이다. 딸을 낳으면 태평양을 넘어가도 아들을 낳으면 국물도 없다는 우스개 말도 돌고 있지 아니한가.

2. 며느리를 덜 미워하고 너무 기대하지 말아야 한다. 며느리를 딸 하나 더 낳았다 생각하거나 또는 자신이 지고 있던 일을 맡아주어 고맙다 하는 자세를 가져야 하리

라.

3. 며느리 입장에선 자신도 먼 훗날 시어머니가 된다는 객관적인 입장을 가져야 한다.

4. 시어머니를 존경하도록 며느리도 애를 쓰며 자녀들에게 그렇게 교육해야 한다. 그것은 곧 자신이 시어머니가 됐을 때를 위한 준비인 것이다.

5. 이젠 시대가 변해서 시어머니가 며느리를 도와 일을 더 많이 해주고 있다. 옛날에는 며느리가 시어머니의 종과 같은 위치였으나, 요즘 젊은 며느리들은 시어머니가 일을 헌신적으로 해줄 적에 감동해서 겸손한 자세로 임해 온다.

특히 시어머니의 재산이 많다든가 아니면 며느리가 직장에 나가 아기를 길러줄 사람이 필요할 적에 시어머니를 붙들고 늘어지는 며느리들이 늘어나고 있다. 그러나 시어머니 입장에선 자식을 낳아서 길러낸 것도 힘이 들었는데 손자까지 길러야 한다는 서러움을 갖게 되는 것이 통상이다. 모를세라 팽개치고 나가면 시어머니는 며느리 눈에 가시로 남아 불화할 수밖에 없다.

위에 열거한 이런 모든 인간적인 해결책보다 더욱 우리를 변화시켜 주는 근본적인 해결책은 과연 무엇일까?

1. 하나님 안에서 하나가 되는 것이다. 기독교의 진리

는 서로 겸손하게 낮아져서 피차 봉사하고 섬기는 자세로 임할 적에 놀라운 평화와 사랑이 가정에 임하는 것이다. 더구나 성경에선 절대적인 순종을 요구하고 있지 아니한가. 그것도 무조건적인 순종이 아니라 주 안에서의 순종을 원하는 것이다. 그보다 십계명에도 네 부모를 공경하라고 했으니 이걸 지켜야 한다. 억지로 하는 공경이 아니라 하나님의 말씀이기에 하는 것이다.

2. 네 자식에게 해주어라 하는 시어머니의 자세로 살아야 한다. '나는 이미 부모에게 많이 받았으니 그것으로 족하다. 사랑은 내리 사랑이다.' 이런 자세가 곧 겸손한 사랑의 실천이 아니겠는가.

3. 룻이 시어머니를 사랑한 고백이 가장 감격적이고도 모범적인 해결책을 제시하고 있다.

'어머니가 가시는 곳에 따라가고 어머니가 유숙하시는 곳에 나도 유숙하고 어머니의 백성이 내 백성이 되고 어머니의 하나님이 나의 하나님이 된다'는 간단 명료하고 확신에 찬 결심은 대단한 해결책이 된다. 더구나 남편도 죽고 아이도 없는 처지에 시어머니를 이렇게 사랑한 며느리의 사랑은 지고한 경지에 이른 것이고 이렇게 할 때 고부간의 문제는 해결될 것이 자명하다. '어머니 장사되는 곳에 나도 죽어 거기 장사될 것이며 죽는 일 외에 어머니와 며느리를 갈라놓을 수 없으며 만약 살아서 시어머니 곁을 떠나면 하나님께서 벌을 내리시고 더 내리기를 원한다'는 며느리의 간증은 고부간 갈등으로 고통받는 며느리의 심금에 빛을 주리라 믿는다.

4. 며느리나 시어머니나 필요한 인간으로 살아야 한다. 장례식에 가서 '거머리처럼 살더니 잘 죽었다' 하고 우는 이가 있는 영결식만큼 섬뜩함을 안겨주는 곳이 없다. 늙어 죽는 순간까지 필요한 인간으로 남아 희생적인 삶을 살 때 시어머니, 며느리 둘 다 어딜 가나 평화를 창조하고 사랑을 심게 되는 것이다. 이것이 곧 주님이 원하시는 섬기는 삶이다.

「룻기」란 남편과 아들들 모두를 앞세우고 홀로 고향으로 돌아갈 시어머니를 차마 홀로 보내지 못하고, 시어머니에게 필요한 사람으로 남은 며느리 룻의 마음씨를 기록한 글이 아니겠는가.

결론적으로 룻은 남편 혈족인 보아스를 만나 오벳을 낳고 오벳은 이새를 낳고 이새는 다윗을 낳았으니 이방 여자가 시어머니를 극진히 섬겨서 위대한 다윗의 증조할머니가 되었을 뿐만 아니라 하나님이 약속하신 예수 그리스도와 연결되는 축복을 받게 되었다.

더구나 시어머니와 며느리의 관계는 자식을 훌륭하게 기르려는 부모에게 가장 큰 교과서가 된다. 그러니 자식을 위해서도, 집안에서 함께 살아야 할 고부간에 사랑과 화평하는 법을 보여 주어야 하리라.

고부간의 관계는 거북하고 고통스러운 사이이다. 그러

나 고부간의 사랑이 어머니가 자식에게 보여줄 위대한 생활이면 어찌 룻의 시어미니관을 본받지 않으리오.

[생의 교훈 : 명사 · 명언] 진정으로 온유만큼 강한 것이 없고, 부드러움만큼 진정 강한 것도 없다. ― 성 프란체스코 | 가톨릭 성인으로 촉망 받은 그는 무소유의 사랑으로 이웃 사랑에 헌신했다.

6
노아의 가정교육은 순종을 가르쳤다

노아는 아담의 8세손이다. 아담의 후예는 가인의 계열과 셋의 계열로 분류되는데 가인의 후예는 도시문명의 선구자로 하나님을 모시지 않은 대표적인 문화를 형성했다.

셋의 후예는 하나님의 이름을 부르는 가정들로 하나님을 모신 문화를 이루었다. 그들은 아벨의 믿음과 헌신을 그대로 이어받아 온 사람들로 후손 중에서 에녹은 300년 동안 하나님과 동행했던 사람이라고 성경은 기록하고 있다(창 5:22). 더구나 에녹은 하나님과 동행하며 살다가 하나님이 그를 데려가서 세상에 있지 않다고 했으니 죽지 않고 직접 하늘나라로 간 사람이다. 에녹의 아들 므두셀라는 가장 장수했는데 그에게서 라멕이 태어나고, 라멕은 182세에 노아를 낳았다고 한다.

노아의 가정은 하나님께 은혜를 입어 구원받은 가정이다. 그 당시는 온 땅이 하나님 앞에 패괴하여 강포가 땅에 충만했다고 한다. 하나님이 보신즉 땅이 패괴하였으니 이는 땅에서 모든 혈육있는 자의 행위가 패괴하여 하나님은 저들을 다 죽이기로 결정하신 것이다.

사람의 죄악이 세상에 관영함과 그 마음의 생각과 모든 계획이 항상 악할 뿐임을 보시고 땅 위에 사람 지으셨음을 한탄하사 마음에 근심하신 하나님이다. 그가 창조한 사람을 위시해서 가축과 기는 것과 공중에 새까지 지었음을 한탄하시고 다 멸하실 적에 오직 노아는 여호와께 은혜를 입었기에 구원을 받았다(창 6:5~8).

노아만 구원받은 것이 아니고 신앙의 가정을 형성했기에 그의 아들 세 사람과 세 며느리, 그리고 그의 아내까지 모두 가족이 함께 구원을 받았다. 하나님께 은혜를 받은 가정의 증거는 성수주일하고 가정에서 찬송소리와 기도소리가 그치지 않고 구체적으로 하나님을 믿는 가정임을 생활 속에서 증명하는 가정을 뜻한다. 문제는 우리 가정이 받은 은혜를 얼마나 감사하며 지켜가느냐 하는 데 달려 있다.

사실 노아의 방주 사건은 역사적인 사건이다. 그리고 우리를 감격시키는 놀라운 하나님의 역사이다. 악한 모든 사람들이 홍수에 빠져 죽는 반면 하나님의 은혜를 받은 노아 가족들 8명이 방주에 들어가 구원받은 사실은 예수 그리스도를 연상시켜 준다. 우리도 심판날 이렇게 구원받을 것이기 때문이다.

노아가 그렇게 구원을 받을 수 있었던 것은 하나님의 은혜를 받은 것 이외에 하나님이 보시기에 의인이었고 당시에 완전한 자로 하나님과 동행했기 때문이다. 하나님과 동행하는 생활은 그의 뜻을 따르며 하나님이 기뻐하시는 일을 골라서 하는 생활이다. 그 중에 제일이 순종이다. 하나님의 명령을 준행하는 그의 결단은 대단한 의인임을 입증해 준다.

사실 비가 오지도 않는데 방주를 지으라는 하나님의 명령은 언뜻 보기에는 미친짓처럼 여겨진다. 더구나 방주를 어떤 크기로 어떻게 지으라고 상세하게 하나님은 그에게 명령했는데 그것은 너무나 놀랍다. 이 배는 네모꼴의 상자와 같이 만들어졌기에 방주라고 번역했다고 한다. 방주의 크기는 운반차로 계산해서 522대의 크기라고 한다. 배의 바닥면적이 10,359평방 미터이고 15,000톤 급의 거대한 선박에 해당한다고 한다. 하나님은 채광과 통풍을 위한 창문도 내게 하고 그곳에 실려 생명을 보존할 생물들을 일러주시기도 했다.

그 당시의 장비로 이런 크기의 방주를 짓는 데 얼마나 걸렸을까. 더구나 모든 주위 사람들은 그의 가정을 놓고 얼마나 조롱했을까. 아마 미친 가정이라고 했을 것이 뻔하다.

우리도 구원을 받으려면 당연히 이렇게 사람들의 기준과 이성과는 다른 생활이 우리 가정에서 일어나야 한다.

어느 책에 보니 방주를 짓는 데 120년이 걸렸다고 하니 노아가 950세에 죽었다는 기록과 비교해 보면 그의 생애의 8분의 1을 방주를 짓는 데 소비한 셈이다. 더구나 그의 자녀들과 부인이 남편의 뜻에 순종해서 함께 이 방주를 만들어 탄 걸 보면 식구들이 아버지의 신앙에 동참해서 얼마나 잘 순종했는지 놀라울 뿐이다.

요즘처럼 가정이 흩어져서 뿔뿔이 뛰어다니는 세태를 보면 노아 아버지가 하나님께 받은 명령을 1, 2년도 아니고 120년을 순종해서 방주를 짓고 비도 오지 않는데 배에 오른 가족들의 절대 순종에 감탄할 뿐이다.

그렇다면 구원은 한 가정에 한 사람을 통해서 오는 그 사람을 중심으로 온 가족이 구원을 받는다는 뜻도 된다. 역시 나 하나가 가정에 미치는 영향은 이렇게 지대한 것이다. 믿음은 가장이 주가 돼서 거기에 모두 순종해서 이뤄질 때 가장 아름다운 가정생활이 됨을 새삼 깨닫게 된다.

큰 깊음의 샘들이 터지며 하늘의 창들이 열려 40주야를 계속하자 홍수가 나서 모든 산이 넘치고 방주 밖에 있는 샘물은 몽땅 죽어버렸다. 5개월 후부터 물이 줄기 시작하여 7개월만에 완전히 물이 빠지니 노아의 가족은 1년 10일을 방주에서 살았다. 그간 이들은 얼마나 하나님 앞에 겸손했으며 그의 놀라운 역사에 머리를 조아렸을까!

시대는 악해 가는데 우리 가정이 바로 노아의 방주가 되어야겠다. 하나님의 은혜를 입어 노아의 가정처럼 하나님을 섬기고 있으니 최선을 다해서 하나님의 명령을 온 가정이 준행하는 것이 급선무이다. 겸손과 순종으로 가장을 중심해서 하나님과 동행할 적에 세상 사람들이 뭐라해도 하나님은 그 가정을 존귀히 여길 것이다. 사회가 소돔과 고모라처럼 악해도 이런 가정을 이루어갈 적에 홍수심판 때처럼 처절한 심판의 날에 구원을 받을 것이 확실하다.

노아의 가정을 묵상하면 강하게 머리에 떠오른 사람들이 바로 세 며느리들이다. 성경엔 그 이름들이 기록되어 있지 않지만 시아버지가 하나님께 받은 명령을 동참하며 순종해서 따랐고 함께 구원받은 사실은 요즘 며느리들에게 큰 교훈을 준다.

노아의 가정교육은 서로 연합해서 구원받는 놀라운 기쁨을 큰 줄기로 우리에게 제시해 주고 있다. 또 눈에 보이는 노아 아버지에게 순종하여 눈에 보이지 않는 하나님을 만나 축복받는 놀라운 역사를 보여주기도 한다.

노아가 가정적으로 성공한 것은 이런 순종과 연합을 가르친 점에 있다고 본다. 가정이 구원의 방주가 되기 위해 온 가족이 협력하는 비결은 이름없이 빛도 없이 순종하며 힘을 모은 가족들의 인내라고 본다.

노아의 가정교육이 성공할 수 있었던 것은 이름없이 봉사하고 순종하는 아내, 세 아들, 그리고 세 며느리가 있었음을 우리는 기억해야 한다. 노아 혼자서는 절대로 그렇게 큰 방주를 지을 수 없었을 것이며 저들의 협력이 없이는 혼자서 일 년이 넘도록 외롭게 물 위를 떠다닐 수 없었기 때문이다.

[생의 교훈 : 명사·명언] 하나님의 약속은 정해져 있으나 날짜는 적혀 있지 않다.
— 요한 웨슬리 | 영국의 종교개혁자. 그는 산업혁명을 배경으로 영혼구원 신앙운동을 전개하였다.

7
결혼은 고통과 선물을 주고받는 약속이다

결혼식장에 가면 목사님들이 으레 이런 말씀으로 신랑 신부를 축복해 준다. 「창세기」 2장 24절의 말씀으로 '이러므로 남자가 부모를 떠나 그 아내와 연합하여 둘이 한몸을 이룰지로다'라고 전제를 잡고 '이러므로 하나님이 짝지어 주신 것을 인간이 나눌 수 없느니라' 하고 선포를 해준다.

어린 신랑 신부는 그저 둘이 한몸이 된 것이 좋아서 천방지축으로 뛰다가 이게 그게 아닌데 하며 머리를 갸웃거리며 고민 속에 빠지기도 하고 싸우기도 한다. 역시 결혼이란 살아있는 생물체의 일이므로 여러 가지 사건이 일어나고 성격의 차이로 고민하게 되며 가난과 병과 예기치 못했던 아픔들로 얼룩진다.

결혼이란 한 사람의 인생길이 펼치는 것이 아니라 두 사람이 한몸을 이루어 전개되는 인생길이라 험난하게 마련이다. 혼자 뛸 때는 생긴 대로 달아나버리면 되지만 이인삼각으로 달음질하는 경주처럼 두 사람의 호흡이 맞고 발이 맞아야 달음질하듯이, 두 몸이 하나가 되는 놀라운 역사가 없이는 날마다 쓰러지고 다치고 아파하며 싸우느라고 제자리 걸음만 하고 나뒹구는 처절한 전쟁터로 둔갑하게 되는 것이 곧 결혼이다.

그러면 성경에서 우리에게 지침서로 내거는 결혼의 원리는 과연 무엇일까. 막연히 실천할 수 없는 말씀이 아니라 구체적으로 성경은 우리에게 하나하나 지적해 주고 있는데, 과연 그것은 무엇이며 우리는 어떻게 그걸 생활에 옮겨야 하는 것일까. 부모는 아이의 교과서라고 했고 성공적인 아이로 양육하는 비결은 부모의 바람직한 성공적인 결혼이라고 했으니 좋은 부모가 되기 위해서 부부가 결혼이 무엇인가를 꼭 짚고 넘어가야 하리라고 생각한다.

구체적으로 결혼이란 다음에 열거한 사항을 이루어가는 과정이다.

1. 일생 조화를 이루어가는 과정이다(돈, 섹스, 직업, 시부모, 부모가 되는 것 등등/창 2:24).

2. 결혼이란 선물을 주고받는 생활이다.

배우자야말로 내가 받은 가장 귀한 선물이다. 선물이란 많은 시간을 들여 선택한 것이며 특별하고 깊은 의미가 담긴 것이다. 진정으로 사랑하는 사람에게 자기 자신은 소중한 선물이다. 선물이란 아무 보상없이 주는 것이요, 은혜의 행위이다. 선물을 주고받는 기쁨은 결혼생활 중 일생 누리게 되는 축복의 선물이다.

3. 결혼은 섬기는 자로서의 삶이다(빌 2:5, 엡 5:21).

남편과 아내의 관계에서 서로 섬기는 것은 사랑에서 우러나온 행위다. 그래서 상대방의 삶을 충만케 해준다. 섬기는 자란 또한 타인에게 능력을 주는 사람이란 뜻도 된다. 배우자의 권면을 통해 상대방은 더욱 의욕과 희망을 가지고 새롭게 사람들 앞에 설 수 있는 것이다.

4. 결혼이란 서로 공감대를 형성해 가는 과정이다. 정서적·심미적·신앙적 측면에서 피차 공감대가 형성되어야 한다.

5. 결혼은 정화과정이다. 고난을 나눌 때 짐은 더 가벼워지며 피차 카타르시스된다.

결혼의 맹세는 서로 고통을 함께 하겠다는 약속이다.

〔생의 교훈 : 명사·명언〕 사랑이란 자기 희생이다. 이것은 우연에 의존하지 않는 유일한 행복이다. **─ 톨스토이** ｜ 러시아의 소설가, 그는 자연 사랑을 바탕으로 한 문학에서 '사랑을 위해 나를 희생하는 나무는 행복의 열매를 맺는다'고 했다.

8

부부는 신전의 두 기둥이다

'아직도 조강지처와 사십니까?' 라는 웃기는 말들을 주
고받은 시절이 있었다. 그리고 이어지는 세월 속에서 주
고받는 말들도 가관이었다. '아직도 조강지첩(지방에 상주
시켜 놓은 첩)이 없습니까?' 외국을 자주 드나드는 사람들
에게는 '아직도 외첩(외국에 상주시켜 놓은 첩)이 없습니까?'

라는 말이 유행한다고 한다. 심지어 출장이 잦은 사람들 사이에서는 '아직도 윤첩(일일윤번제)이 없습니까?' 라는 농담이 오갔다고 했다.

유행어란 곧 그 시대와 양심을 나타낸다고 한다. 어째서 이런 말들을 주고받게 되었겠는가. 사회가 그만큼 변화되었다는 뜻이다. 사회학자들은 이 사회의 가는 길을 무섭도록 정확하게 진단해 주고 있고 또 실제로 우리 생활 여기저기에 나타나고 있다.

그 예를 들어보기로 하자. 우선 두드러진 현상이 연속적인 일부일처제가 보편화된다고 한다. 즉 결혼하고 이혼, 재혼 또 이혼, 삼혼, 연이어 이혼, 사혼······ 이런 현상이 결혼한 젊은이들 사이에서 일어나고 있다. 그 결과로 이혼녀 밑에서 크는 아이들이 많아지게 되었다. 게다가 성문란으로 미혼모가 늘어나고 있고, 문화병의 만연으로 과부나 홀아비가 늘어남으로 외부모 밑에서 자라는 아이들의 교육에 문제점이 드러났다.

학자들은 이런 문제를 해결하기 위해 부모자격증을 주어야 한다는 기이한 발상을 털어놓기도 한다. 남성과 여성의 양면성을 가진 자녀들은 변천하는 가정이 만들어낸 이상성격의 소유자라고 한다. 하긴 요즘 거리에 나가면 남녀가 팔짱을 끼고 걸을 적에 어느 쪽이 남자인지 여자인지 구별하기 어렵다. 남자도 바지를 펑퍼짐하게 입고 여자도 머리를 짧게 깎고 남자는 어느 땐 여자처럼 머리를 길게 어깨까지 늘어뜨리고 있으니 혼란이 올 수밖에.

정보사회의 물결은 여자에게 가장 거세게 불고 있다. 여자는 가정일에 전념해야 된다는 사고에서 이미 벗어나고 있다. 따라서 남자는 가장으로서 경제문제만 전념한다는 사고에서 이미 탈피해 가고 있다. 모성애로 노예처럼 자녀에 매어 있으려는 어머니는 이미 전근대적인 여자로 여기는 바람도 불고 있다. 남편과의 관계도 우정과 파트너로의 개념으로 바뀐 지 오래다. 부모로서의 권위도 자식 앞에서 부부가 똑같이 합동해서 이뤄가고 있다.

확실히 과거에 비해 여자에게 주어진 의무가 많아졌다.

여자도 온전한 인간존재로서 사회적, 경제적 자립 존재로 출현하여 금세기 인간진화의 극을 이루었다.

그러니 여자가 지켜야 할 가정을 위협하는 무서운 사실들도 있다. 지구상에 존재한 모든 과학자들의 95퍼센트가 현재 생존해 있다고 한다. 과학적 발명품 중 90퍼센트가 지난 백 년 사이에 나온 것이라고도 한다. 그런 물결을 타고 과학과 의학기술이 급속히 발전해서 상상도 못할 일을 당한 가정은 당황해 하고 있다. 예를 들면 피임약, 정관수술, 정자은행, 인공수정, 임신중절, 성전환수술, 태아의 성 결정 등등 하나님의 창조의 섭리에 도전하는 이런 의학기술은 가정을 위협하는 붉은 신호등이다.

하긴 21세기의 명제는 인간으로 태어나서 어떻게 인간답게 사느냐이다. 그렇다고 배부른 돼지가 되어서 백화점이나 음식점을 순례하는 소비성 여자로 남아서는 훗날 비극으로 끝날 것이 뻔하다. 아무리 사회가 변해도 하나님이 인간을 창조하실 적에 육체적 기쁨, 정신적 기쁨을 능가하는 영적 기쁨을 누리며 살도록 했기에 인간은 언제나 하나님 앞에 겸손하게 창조의 질서를 따라야 한다.

그럼 변하는 사회에 적응할 어머니의 가치관은 과연 무엇이란 말인가? 그것은 한 가정을 이끄는 아내인 여자의 가치관이기도 하다. 삼종지도三從之道의 시대는 이제 끝이 났다. 아내도 남편에 걸맞게 동반자 역할을 잘 해낼 능력을 가져야 하고 비전을 지녀야 한다. 자신을 객관화시켜 보고 정보사회의 물결에서 평생 밥 먹듯이 지적 욕구를 충족해 나가야 한다. 물리적 환경보다 심리적 환경에 심혈을 기울이는 방법은 창조주인 하나님을 만나 그가 원하는 대로 살아가는 수밖에 없다.

부부란 인격적으로 서로 공존해야 한다는 것을 에베소서는 우리에게 일러주고 있다. 부부란 신전의 두 기둥과 같다고 한다. 한쪽 기둥이 기울면 신전은 무너져 내리게 마련이다. 루터의 말도 재미있다. 그는 왜 하나님을 아담의 발뼈나 머리뼈로 여자를 창조하지 않고 갈비뼈로 했는가란 질문을 던지고, 아마 한가운데서 취함으로 남자와 여자가 서로 대등한 관계임을 인간들에게 가르치기 위한 하나님의 뜻이 숨겨져 있을 것이라고 해석하였다.

시대가 어떻게 변하든 하나님이 아내와 남편에게 지시

하신 창조의 질서는 변함이 없다. '남편은 아내의 머리됨이 그리스도께서 교회의 머리됨과 같으며 남편들도 자기 아내 사랑하기를 제 몸같이 할찌니 자기 아내를 사랑하는 자는 자기를 사랑하는 것이라'고 했다.

[사랑의 꿈]
너희 아버지의 자비로우심 같이 너희도 자비로운 자가 되라
— 누가복음 6:36

9
이런 엄마 아빠가 아가를 망쳐요

다음과 같은 말이 아가를 망친다고 한다.

1. 지극정성을 다해서 헌신적으로 양육하는 부모 밑에서 자란 아가는 버릇없고 생활력이 약한 아이로 큰다. 맹목적인 사랑이 아가를 망친다. 이런 부모들은 이런 말을 서슴없이 해댄다.

"우리 왕자님, 잘 잤어. 원하는 것을 다 말해봐. 이 엄마가 하늘에서 별이라도 따다 줄 거다."

"널 위하는 일이라면 도둑질을 해서라도 다 해주마."

"널 위해서 엄마, 아빠가 이 고생을 하는 것이다. 너는 그저 말만 해라. 다 해줄 수 있다."

너무 지나치게 사랑을 받고 자란 아가는 사회에 나가 자기 마음대로 일이 되지 않으면 참지를 못한다. 그 분노를 집에 들어와서 풀기 때문에 성장하면 부모를 구타하게 된다. 늙어서 자식에게 매를 맞지 않으려면 자식을 기를 적에 지나친 사랑은 금물이다.

2. 사람들 앞에서 엄마, 아빠가 아가의 잘못을 자주 지적하면 아가를 망친다. 이런 아가는 마음에 증오심을 품고 일생을 살아간다.

"너 왜 이렇게 장난이 심하니. 창피해 죽겠다. 너는 참으로 나쁜 아가로구나."

"넌 날마다 말썽을 부리니 내가 미치고 환장하겠다. 이 못된 놈아, 고만 조용히 있지 못하겠니."

"또 장난감을 부서트렸구나. 넌 항상 문제야."

형제자매 앞에서 혹은 급우들 앞에서 또는 어른이나 이웃 앞에서 이런 야단을 맞은 아가는 미움이 속에서 앙금으로 가라앉아 있어서 엉뚱한 곳에서 이상한 방향으로 터져 나온다.

꾸중은 단 둘이서 조용한 구석진 방에서 해야 효과가

있다. 사람들 앞에서 지적당하면 아가를 망치게 된다.

3. 이웃과 비교당하면서 크면 평생 비굴하고 불평불만이 많은 아가로 크게 된다. 부모의 비교하는 말이 아가를 망치게 된다.

"동생은 말도 잘 듣고 공부도 잘 하는데 넌 도대체 뭐냐."

"넌 삼촌하고 똑같구나. 넌 삼촌처럼 거지같은 아이가 될 거다. 어쩜 그렇게 삼촌을 빼박았니. 넌 글렀어."

현대의 사탄은 비교의식을 타고 들어와 인간을 망치게 한다. 꿈에라도 비교하는 말을 삼가야 한다.

4. 언제나 명령하는 말투로 말하는 엄마, 아빠 밑에서 자란 아가는 마음이 메마르고 포학해진다.

"놀기만 하면 어떡해. 책을 읽어라."

"이 음식을 어서 먹어. 그렇지 않으면 군밤을 줄 거야."

5. 아가와 한 약속을 자주 어기는 엄마, 아빠는 남과의 신의를 지키지 않는 아이로 만든다.

"오늘 동물원에 가기로 했는데 아빠가 너무 바빠 못가겠다."

"어제 늦게 자서 오늘 너하고 극장에 가지 못하겠다."

"배추인형을 사주기로 했는데 너무 비싸서 못 사겠다."

약속을 찰떡 같이 믿고 있던 아이의 낙심이 가슴에 새겨져 자신도 커서 남과의 신의를 지키지 못하게 된다.

말이란 아가의 성품을 형성하는데 필요한 영양분을 주

는 수단이다. 엄마 아빠로부터 거부당하고 무시당한다고 느끼는 것은 필요한 영양분을 받지 못해서 아가를 망치게 되는 것이다. 바람직하지 못한 말로 우리의 자녀를 낙심하게 만들고 분노하게 만들지 말아야 한다.

[생의 교훈 : 명사 · 명언] 하나님은 그를 간절히 찾는자로부터 도망가지 않으신다.
— **발자크** | 프랑스 문학자. 출판사업에 실패한 뒤 소설가로 성공하였다.

10

아가는 이런 부모를 원한다

최범수 씨가 쓴 『아이들은 이런 부모를 원한다』에 나오는 리스트를 여기 그대로 옮겨본다.

1. 자녀들 앞에서 싸우거나 말다툼하지 말아 주세요.
2. 자녀에게 거짓말하지 마세요.
3. 자녀의 질문에는 어떤 경우에도 성의 있게 대답해

주세요.

4. 자녀들을 똑같은 사랑으로 대해 주세요.

5. 자녀의 친구들을 손님처럼 대해 주세요.

6. 자녀에게 너그러운 부모가 되어 주세요.

7. 자녀와 친구가 되어 주세요.

8. 친구나 동생 앞에서 꾸짖거나 차별하지 말아 주세요.

9. 변함없는 애정과 관심으로 자녀를 대해 주세요.

10. 자녀의 세계를 꾸짖거나 벌주지 말아 주세요.

11. 자녀가 자기를 실현할 수 있도록 풍부하고 새로운 경험을 제공하는데 인색하지 말아 주세요.

12. 꼴찌를 할망정 최선을 다하고 성실하게 노력하는 버릇을 길러주는 부모가 되어 주세요.

13. 끊임없는 인내심과 참을성을 가지고 자녀를 대해 주세요.

14. 자녀의 개성을 존중해 주세요.

15. 모든 면에서 자녀에게 본을 보여 주세요.

한번쯤 엄마, 아빠가 읽을 필요가 있다고 생각하여 옮겨 보았다.

이 글을 쓰면서 내 나름대로 종합하여 아가들이 바라는 부모상 리스트를 만들어 보았다.

1. 칭찬보다 격려를 더 많이 해주세요. 칭찬은 무엇인

가 잘 할 때만 할 수 있지만 격려는 실패해도 그 과정을 인정하는 것이기 때문에 수시로 어떤 상황에서나 할 수 있다.

2. 아가의 인격을 존중해 주세요. 아가는 하나님이 기업으로 우리 무릎 위에 일정기간 동안 맡겨주었기 때문에 한 인격체로 대하여야 한다. 영원히 우리 곁에 있는 존재가 아니다. 날개에 힘이 생기면 둥지를 떠나 가버릴 존재다.

3. 동등한 눈높이로 이야기해요. 자식의 인격을 존중한다면 대등한 입장에서 대화를 할 수 있다. 무시하고 위에서 권위를 가지고 누르는 교육은 자식을 병들게 한다.

4. 아가는 엄마, 아빠의 소유물이 아니고 하나님의 기업입니다. 잠깐 하나님이 엄마, 아빠에게 맡긴 것입니다.

5. 아가 일은 아가가 할 수 있도록 아가의 영역을 지켜 주세요.

6. 엄마, 아빠가 서로 사랑하면서 생활하는 자체가 아가에게 좋은 교과서가 됩니다. 맛있는 음식이나 좋은 옷보다 엄마, 아빠가 서로 사랑하는 것이 아가들이 가장 바라는 것입니다.

7. 엄마, 아빠의 편견과 고집으로 아가를 노엽게 하지 마세요. 아가가 작고 어리다고 어른의 입장에서 마구 대하지 마세요.

8. 아가의 꿈을 존중하고 길러주세요.

9. 권위적이고 지나치게 허용적이 아닌 민주적인 교육으로 저희들을 양육해 주세요.

10. 크리스천 가정으로 예수님을 닮은 생활의 본을 보여주세요.

위의 열 가지 아가들이 바라는 부모상과 최범수의 일반적인 부모상을 비교하면서 좋은 부모들이 되기를 바란다.

[생의 교훈 : 명사·명언] 용기 있는 사람이란 양심이 명령하는 바에 따라 행동하는 사람이다. **─ 루이제 린저** | 전후 독일의 뛰어난 여성 소설가. 그의 소설은 전쟁 앞에서도 양심은 무릎을 꿇지 않음을 보여주었다.

여호와 하나님이 흙으로 사람을 지으시고 생기를 그 코에 불어 넣으시니 사람이
생령이 된지라

— 창세기 2:7

11

엄마 아빠 제발 싸우지 마세요

엄마, 아빠의 갈등은 아가의 무의식세계에 가라앉아 앙금이 되어 일생 문제를 일으킬 수 있다. 가장 중요한 인간관계에 지속적인 영향을 미치게 된다. 무의식에 잠재해 있다가 갑자기 치솟아서 잘 절제되지 않은 감정으로 폭발하여 주위 사람들을 불안하고 불쾌하게 한다. 이런 감정

은 질환의 75퍼센트를 차지하는 두통, 위장장애, 신경증, 만성피로 등을 일으킨다고 한다.

엄마, 아빠가 싸우는 날이 계속되면 아가는 설사를 하고 칭얼대서 병원에 수없이 가고 아무리 약을 써도 낫지를 않는다고 한다. 아가가 부모의 갈등으로 인해 스트레스를 받아서 병으로 호소하는 것이다.

아가를 똥, 오줌을 싸는 보잘 것 없는 존재로 보고는 아가 앞에서 마구 언성을 높이고 싸우는 엄마, 아빠가 아가의 병의 원인이 되고 있다.

아가를 하나님이 창조한 것이 확실한 것은 아가가 태어나는 순간을 보면 알 수 있다고 한다. 뱃속에서 갓 태어난 아가는 얼마간 숨을 쉴 수 없다고 한다. 하나님의 기운이 코를 통하여 아가의 폐 속에 부분적인 진공공간을 채워야 숨을 쉴 수 있다고 한다. 하나님이 흙으로 인간을 만들고 코에 생기를 불어 넣은 것과 같은 원리다.

이런 아가는 하나님의 성품을 닮기를 원한다. 싸우는 곳에 있는 걸 두려워하고 하나님 없는 문화에 공포감을 느낀다. 사랑과 희락과 화평이 넘치는 곳에 아가는 살아갈 권리가 있다.

아가의 스트레스를 줄이는 방법은 아래와 같다.

1. 아빠가 집 밖의 일을 조금 줄임으로 집안일에 더 신경을 쓸 수 있고 그래야 아가도 기쁨을 누린다.

2. 아가도 영적인 존재임으로 정기적인 영적 활동을 해

야 한다.

가정예배에 매일 참석하고 교회예배나 주일학교(영아부)에 빠지지 않고 데리고 간다.

3. 매일의 삶 속에서 기도를 순간순간 드린다.

4. 화난 채 잠자리에 들지 않도록 뽀뽀하고 위로한다.

꾸중한 뒤에 그냥 재우지 말고 기도하면서 안아주고 평안하게 해주며 부모가 사랑하고 있다는 확신을 준다.

5. 아가가 클 때까지 집안이 조금 어지럽고 일상 리듬이 깨어지는 것을 불편해 하지 말아야 한다.

6. 아가의 건강유지를 위하여 소아과 의사를 정기적으로 방문하고 주치의를 늘 가까이 해야 한다.

7. 엄마, 아빠가 같은 나이 또래의 아기를 가진 부부들과 함께 활동하면서 정보를 주고받고 교제한다.

아가가 가장 싫어하는 것은 엄마, 아빠가 싸우는 것이다. 아가를 사랑하는 것보다 엄마, 아빠가 서로 사랑하고 갈등이 없는 것을 아가는 제일 좋아한다. 예쁘고 값비싼 옷을 사주지 않아도 좋다. 장난감을 사오지 않아도 좋다. 그저 엄마, 아빠가 서로 사랑하는 걸 아가는 진심으로 원한다.

[생의 교훈 : 명사 · 명언] 웃음이 적은 곳에는 매우 적은 성공밖에 있을 수 없다. ― 카네기 | 미국 산업자본가. 그가 생전에 가장 좋은 기회를 잡은 것은 인류교육과 문화사업에 헌신하는 일이었다.

행복과 불행은 같은 지붕 밑에 살고 있으며, 번영의 바로 옆방에 파멸이 살고 있고, 성공의 옆방에 실패가 살고 있다.

— 안병욱

행복의 문
제4부

마노아가 이르되 당신의 말씀대로 되기를 원하나이다 이 아이를 어떻게 기르며

우리가 그에게 어떻게 행하오리까

— 사사기 13:12

1
아이에게 엄마는 생명의 원천이다

어머니란 위대한 여자라는 뜻이라고 생각한다. 피와 살을 나누어 아이를 낳은 다음에 육체적인 자람을 위해 양분을 공급할 뿐만 아니라 아이의 영혼을 낳아주어야 하기 때문이다. 하나님을 모르는 어머니는 육만을 위해 기르기에 육적인 것만을 거두지만 하나님을 섬기는 법을 가르치

며 기르는 어머니는 육보다 더 중요한 영혼의 열매를 거두게 되기에 영적인 어머니를 위대한 어머니라고 말하고 싶다.

어머니란 아이를 낳아보지 못한 여자에 비해 인간다우며 신성한 면모를 지니고 있는 법이다. 그래서 학교에서도 아이를 낳아 본 여선생이 석녀에 비해 훨씬 대화가 통하고 인간의 존엄성을 알아서 폭이 넓은 역할을 할 수 있다. 아기를 낳아 젖꼭지를 물려보지 못한 여자를 어찌 여자라 할 수 있겠는가란 말을 자주 듣는데 맞는 말이다. 사실 전생애를 가여운 이웃을 위해 봉사하며 살아가는 특이한 사람들을 빼놓고 어머니만큼 위대한 일생을 사는 사람이 어디에 있겠는가. 생애의 가장 왕성한 활동기를 몽땅 바쳐 희생과 사랑으로 아이를 길러내는 자리가 바로 어머니가 아니겠는가.

나도 첫아이를 낳고 길거리에 나왔을 적에 눈에 띄는 모든 사람이 달라보일 정도로 인간을 사랑하는 마음을 억제 못했던 경험이 있다. 더구나 아이를 길러 가면서 교단에 서니 바보천치까지 다 귀엽고 사랑스럽게 다루었던 결혼 초의 기억이 새롭다.

사실 어머니란 아이들에게는 물론 가정에서 생명의 원천이기에 세상과 천국의 연결점이요 고리가 된다. 이다지도 어머니란 중요한 자리인데 성경에선 이런 어머니를 특별히 불러서 귀한 아들을 안겨준 재미있는 기록을 남기고 있다. 아이를 낳지 못해 고민하던 부부가 하나님의 은혜로 아들을 선물로 받아 하나님의 뜻대로 길러낸 기록이다. 바로 삼손의 양친 이야기이다.

「사사기」에 나오는 삼손과 데릴라의 이야기는 우리가 흔히 들어온 소설 같은 줄거리를 가진 이야기라 영화로도 되어 나왔고 믿지 않는 사람들도 이 이야기를 아주 재미있어 한다. 아이를 낳지 못해 기도하던 마노아의 아내는 천사를 만나 한 아이를 얻게 될 것을 예고받게 된다. 재미있는 것은 아내가 마노아에게 이 사실을 말하자 남편 역시 천사를 다시 보기를 원했다는 점이다. 하나님은 마노아의 이런 순전한 신앙에 두 번째 현신해서 다시 계시를 준다.

즉 태어날 아이를 나실인으로 기르라고 했다. 나실인이란 포도주나 독한 술, 달거나 신 포도즙 또는 생것으로 말린 포도를 먹지 말아야 하며 머리를 밀거나 깎는 일 그리고 죽은 시체를 만짐으로 자신을 더럽히는 일을 삼가야 주어지는 이름이었다. 또 그 아이는 백성의 구원자가 될 것이라고 했기에 그들은 하나님 앞에서 이렇게 기도했다.

"우리가 아이를 어떻게 기르며, 그에게 어떻게 행하오리이까?"

이런 자세는 아이를 은혜의 선물로 받은 모든 부모의 기도 제목이다. 현대인들은 그저 우연히 아이가 태어나니까 인형처럼 아이를 기르든지 아니면 자신의 장난감 내지

는 자신의 욕구를 충족시키기 위한 도구로서 아이를 길러
낸다. 자신이 못 이룬 꿈의 대타자이거나 인생의 방패거
나 울타리라는 개념을 떠나지 못하고 있다.

그러나 마노아 부부처럼 아이는 하나님의 선물이며 하
나님을 섬기도록 훈련시켜야 할 의무를 인식한다면 부모
의 육아자세는 엄청난 변화를 일으킬 것이 자명한 일이
다. 아이를 기르며 신앙인의 눈에 비친 육체적 신비는 부
모에게 하나님을 만날 수 있는 기적적인 순간을 안겨줄
것이 뻔하다. 또한 아이를 기르며 부딪히는 많은 어려움
을 기도를 통해 해결하기에 처녀총각 시절의 수박 겉핥기
기도에서 깊이 있는 기도를 할 수 있는 자리에 서게 되기
도 한다.

특히 하나님은 어떤 기도보다도 자기 자녀를 훈련시키
기 위해 지혜를 간구하는 부모의 기도를 가장 확실하게
들어주심을 크리스천 부모들은 체험을 통해 누구나 나름
대로 잘 알고 있다. 방종한 아들을 위해 새벽마다 눈물 흘
리며 기도하는 부모를 향해 목사들이 하는 말은 '눈물의
기도를 받은 아이는 결코 망하지 않는다'고 늘 말해 준다
고 한다. 맞는 말이요 진리라고 생각한다.

또 부모 자신이 매일매일 하나님 앞에서 새롭게 되는
기도를 하는 것이 우리 자녀를 훈련시키는 첩경이 되는
것을 그 누가 부인하겠는가.

삼손을 기른 마노아 부부는 생각건대 거룩한 생활을 했

으리라 본다. 부모는 하나님의 대언자이기에 먼저 본을 보여주어야 하기에 얼마나 피나는 노력을 했을까 생각해 보라.

포도나무의 열매를 삼가고 세상과 육신의 자극과 흥분, 쾌락을 버리고 부정한 것을 먹지 말고 정결하고 거룩하게 구별된 생활을 했을 것이다. 이것이 부모에게 명한 하나님의 비밀이기 때문이다. 머리를 깎지 말라는 말은 머리 교육에 치중하라는 말이 아닐까. 즉 하나님을 섬기는 교육이 첫째요, 지혜를 구하는 일을 중히 여기라는 뜻으로 현대인들은 해석을 해야 하리라.

게다가 더욱 어려운 일은 교육이란 우리가 행하고 말하는 것보다 사람 됨됨이에 달려 있다는 점에 있다. 즉 성령 충만한 사람으로 속에서부터 삶이 우러나와야 하기 때문이다.

하나님은 우리 부모들에게 오늘도 이렇게 명령하실 것이다.

"부지런히 아이들을 하나님의 법도대로 훈련시켜라. 이것이 부모가 마땅히 행할 일이다. 너희들이 먼저 나실인으로 거룩하게 살아라. 그러면 너희 자녀는 하나님이 쓰시는 나실인이 되어 이 민족의 지도자가 되리라."

또 재미있는 사실은 마노아가 천사의 이름을 물었을 적에 기묘자라고 대답해 준 점이다. 생활 속에서 역사하시는 하나님이 놀랍고 부모가 된 것이 놀라우며 우리 자녀를 위해 부모를 통해 일하시는 하나님의 뜻이 놀랍기에 우리는 그의 이름을 기묘자(Wonderful)라 부를 수밖에 없는 것이다. 엄마와 아빠의 넘치는 사랑, 믿음, 매일 드리는 경건한 기도와 예배, 거기서 창조되는 평화와 축복 속에서 아이는 나실인으로 크기 때문이다.

우연히 태어난 아이를 우연히 길러서 그냥 무책임하게 사회에 내보내는 부모가 아니라 우리는 마노아 부부처럼 기묘자이신 하나님과 만나 부모인 우리가 먼저 나실인이 되어 하나님의 법도대로 아이를 기를 수 있기를 지금도 주님은 명하고 계신다.

그러니 오늘도 내일도 아이를 가진 부모는 '이 아이를 어떻게 기르며 우리가 그에게 어떻게 행하오리이까?'라고 절규하는 기도를 드릴 수밖에 없다.

[생의 교훈 : 명사 · 명언] 성령은 하나님께서 인류에게 주신 최대의 선물이다. — 우찌무라 간조 | 그는 일본 범신주의 속에서 피어난 복된 기독교의 꽃이다.

2
현숙한 엄마는 우아하고 경건하며
부지런하다

「잠언」 31장은 밧세바가 사랑하는 아들 솔로몬에게 준 교훈이라는 설도 있다. 하긴 르무엘이란 뜻이 하나님께 속한 자란 뜻이니 하나님을 믿는 아들에게 준 어머니의 교훈인고로 자식을 둔 모든 어머니의 마음이라고 봐도 되리라 믿는다.

교훈하기 전에 저자는 '내 아들아' 불러 놓고도 마음에 차지 않아 '내 태에서 난 아들아'라고 부른다. 그러고도 부족해서 기도해서 얻은 아들, 즉 '서원대로 얻은 아들아'라고 부르며 간절한 훈계를 한다.

이제 갓 태어나서 품에 아들을 안고 있는데 무슨 이런 말씀이 필요하겠는가 생각하는 부모들도 있으리라 본다. 이제 아장아장 걷고 있는 자식을 놓고 무슨 결혼 운운하느냐고 말하는 어머니도 있으리라 믿는다. 그러나 아들을 품에 안고 이 아들이 장차 얻을 색시를 놓고 기도하며 어떻게 가르칠까? 설계해 보는 것도 유익하리라 생각한다. 우리의 속담에도 여자를 잘못 얻으면 일생 흉작이라고 한다. 그만큼 남자에게 결혼이란 중요하다는 뜻이다.

그러니 아들 결혼 전날 어머니로서 어찌 걱정이 되지 않겠는가. 물론 인간적인 걱정을 사람의 생각으로 나열할 수도 있겠으나 성경에선 어떻게 말하고 있는지 미리 알아 놓고 준비하는 것이 필요하다고 본다. 젖을 물고 있는 아들을 내려다보며 '아들아, 난 네가 커서 색시를 얻는 날 밤 이런 교훈을 들려주고 싶구나' 하며 성경 말씀을 가슴에 새기며 생각해 보는 자신의 모습을 한번 상상해 보라. 얼마나 흐뭇한가!

'남자란 술과 여자를 조심해야 한다'는 일반적인 주의가 있고 '벙어리와 고독한 자의 송사를 위해 입을 열라'

는 훈계가 나온다. 그건 그때나 지금이나 똑같이 필요한 훈계이다. 그 뒤에 현숙한 여인이란 어떤 여인인가를 상세히 「잠언」 31장에 기록하고 있다.

종합해 보면 21가지를 나열하고 있으나 더 간결하게 좁혀서 말하자면 현숙한 여인이란 우아하고 경건하며 부지런한 여자를 말한다고 했다. 게다가 남편을 잘 내조하고 훌륭한 어머니가 되며 동정심과 사랑이 많고 재능이 있으며 만인에게 칭찬을 듣는 여인이라고 했다.

현시대와 경제적인 구조가 틀린 시절에 한 훈계이건만 상당히 적극적으로 대응하는 여인상을 그려놓고 있다. 힘이 있고 능력있으며 유능하고 부를 위해 도전하는 용기있는 여인을 현숙한 여인이라고 말하고 있다.

한 가정을 이끌기 위해 험하고 힘든 길을 간 훗날에 자식들은 일어나 사례하고 남편을 칭찬하기를 덕행 있는 여자가 많으나 그대는 여러 여자보다 뛰어나다 라는 칭송을 듣는 여인이 현숙한 여인이라고 어머니는 아들에게 교훈한다. 더구나 외모가 예쁜 여인이 현숙한 여인이 아니라는 점을 강조해 주고 있다.

'고운 것도 거짓되고 아름다운 것도 헛되나 오직 여호와를 경외하는 여자는 칭찬을 받을 것이라. 그 손의 열매가 그에게로 돌아갈 것이요. 그 행한 일을 인하여 성문에서 칭찬을 받으리라.'

영아부 어머니들은 한결같이 아이를 데리고 성경을 읽을 수가 없다고 호소하기에 새벽에 아이가 잠든 시간에 일어나 「잠언」을 1장부터 31장까지 공책에 베껴 오라고 했다. 쓰윽 눈으로 읽는 것보다 직접 말씀을 흰 종이 위에 쓰면 더욱 은혜스럽기 때문이다. 매일 한 장씩 쓰는 것이 힘이 들면 10절씩 써도 된다고 했더니 열심히 쓰기 시작했다. 어머니 자신이 은혜받은 구절 밑에는 줄을 쳐서 먼 훗날 아들이 장가가기 전날 밤, 유산으로 남겨주라고 했다. 재산을 주는 대신 이 공책을 주라고 했더니 그 많은 어머니들 중에 꼭 한 사람만 다 써서 제출했다. 다른 어머니들은 유산이라고 하는데도 아이로 인해 정신을 집중할 수 없어 쓸 수가 없었다나.

여기서 꼭 기억할 것은 「잠언」을 몽땅 노트에 베긴 엄마는 혼자의 힘으로 쓴 것이 아니고 아빠가 아들을 대신 봐주며 어서 쓰라고 독촉해서 완결지을 수 있었다고 한다. 역시 자식을 기르는 일은 엄마, 아빠의 힘을 합쳐야 가능한 모양이다.

결론적으로 현숙한 여자도 남편도 가족들의 이해와 사랑이 없이는 어찌 주어진 긴긴 세월의 임무를 다 수행하리요. 현숙한 여인의 길도 역시 하나님의 도우심 없이는 불가능한 일이다. 하나님과 동행하는 삶이 곧 현숙한 여인의 길임을 다시 한번 깨닫게 된다.

20여 년 뒤에 얻게 될 며느리감을 놓고 지금부터 성경을 연구하고 기도하는 어머니는 분명 아름다운 어머니로 아들의 머리에 남을 것이다.

[[생의 교훈 : 명사 · 명언]] 우리는 모두 영원을 연습하기 위해서 이 현재의 시간을 귀히 여겨야 한다. — R.P.워렌 | '시간을 알면 죽음까지 즐겁다'는 말이 있다. 미국 계관시인 워렌도 그 말에 동의했다.

아가들이 내게 오는 것을 용납하고 금하지 말라 하나님의 나라가 이런 자의
것이니라

― 마가복음 10:14

3
어린이의 순전함을 예수님은 사랑하신다

예수님이 사셨던 시대에 어린이와 여자들이란 계수하
지도 않았을 정도로 미미한 존재였다. 엄마들이 예수님을
따르는 거대한 군중 속을 헤치고 따라오며 그의 손이 아
가의 몸에 닿기를 갈구하는 모습을 조용히 눈을 감고 한
번 상상해 보라. 얼마나 아름다운 그림인가!

수를 헤아릴 수 없는 어른들이 예수님의 말씀을 듣고 영육간의 병고침을 받으려고 앞을 다투고 있었다. 따가운 햇살이 사정없이 내리비치고 군중들의 발끝에서 일어나는 먼지로 시야가 안개 낀 것처럼 흐려있어 제자들은 극도로 신경이 곤두서 있었다. 이런 와중에 사람들을 비집고 아가를 안고 예수님 곁으로 접근해 간 엄마는 제자들에게 꾸지람을 듣고 말았다.

"이 많은 어른도 예수님을 만나기 힘들어서 아우성인데 어떤 아이가 염치도 없이 여길 끼어들어와서 귀찮게 하누!"

"제발 우리 아가의 머리에 예수님의 손을 한번 얹어주세요."

"안된다면 안되는 거야. 어서 꺼져!"

"제발 우리 아가의 몸에 예수님 손이 닿기만 해도 족해요."

"쓸데없는 소리, 어서 물러가요."

이때 예수님은 아이를 안고 울상이 된 엄마의 눈과 마주쳤다. 선한 주님의 얼굴에 살짝 섭섭함이 서렸다.

"어린 아이들이 내게 오는 것을 용납하고 금하지 말아라. 하나님의 나라가 이런 자의 것이니라."

아가를 안은 엄마를 꾸짖었던 제자는 머쓱해서 뒤통수를 긁적였다.

예수님이 계속해서 군중들과 제자들을 훑어보시며 말씀하셨다.

"내가 진실로 너희에게 이르노니 누구든지 하나님의 나

라를 어린 아이와 같이 받들지 않는 자는 결단코 들어가지 못하리라."

그리고 주님은 어미의 품에서 아가를 빼앗아 가슴에 안고 아가의 머리 위에 손을 얹고 축복을 해주셨다.

이 모든 과정을 눈을 감고 깊이 묵상하며 텔레비전 화면처럼 한번 머릿속에 멋지게 그려보자. 엄마의 만족한 얼굴과 천진한 눈으로 예수님을 올려다보는 아가의 맑은 눈동자에 특별히 초점을 두고 상상해 보길 바란다. 분명 아가의 눈은 세상에서 가장 아름다운 눈으로 빛나고 있었을 것이다.

지금도 우리 주님은 아가를 안고 비가 오나 눈이 오나 교회를 찾아오는 엄마들을 반기고 계신다. 그때 예수님 품에 안겼던 아가의 눈빛이 바로 오늘 우리가 안고 성전에 들어선 아가의 눈과 똑같다고 생각하지 않는가. 아직 다리에 힘이 오르지 않아 제 발로 교회를 찾아오지 못하는 아가에게도 성수주일해야 할 의무가 있다. 다만 엄마의 다리에 의존해서 교회에 갈 수 있기에 말은 못해도 간절한 마음으로 주일에 하나님의 집에 가기를 바라고 있다.

아가를 자신의 소유물로 생각하고 교만해서 주일에 마음대로 아가를 집에 놓고 오는 부모는 주님 곁에 서서 엄마를 꾸짖었던 제자와 똑같은 사람이다. 비록 걷지도 못하고 말을 못해도 아가는 엄연한 인격자로 하나님을 경외할 자격이 있는데 부모에 의해서 제지당하고 있는 셈이다. 아무리 작아도 아가는 어느 한군데 나무랄 데 없는 하나님의 형상을 닮은 존재이기에 어른이 방해해서 성전을 못 온다면 이건 주님께 책망받을 짓이다.

지금까지 수없이 우리는 부모가 아가에게 어떻게 영향을 주며 어떻게 길러야 하는가를 강조해 왔는데, 아가가 부모에게 주는 교훈을 말씀 중에서 찾아보기로 하자.

구역예배로 모일 적마다 나는 세살박이와 한살짜리 아가들을 데리고 한번도 빠지지 않고 참석하는 엄마를 만난다. 솔직히 말해서 나는 세살짜리 사내녀석을 안아보는 재미를 구역예배 때마다 만끽하고 있었다. 아직도 기저귀를 찬 녀석이 벌써 오빠가 되었으니 엄마 무릎에 앉지도 못하고 내 무릎에 앉아 있다가 설교하시는 장로님 옆으로 슬그머니 다가가 앉았다. 그때부터 둘러앉은 어른들은 웃음을 참느라고 애를 써야 했다.

장로님은 눈을 질끈 감고 찬송을 부르고 설교를 하기에 앞에 앉아 원숭이처럼 흉내를 내는 아가를 볼 수가 없었다. 그래서 더 웃음이 터져나왔다. 장로님이 찬송에 감동해서 가끔 무릎을 치면 아가도 똑같이 무릎을 쳤다. 장로님이 말씀을 증거하며 너무 감격해서 앞에 놓인 작은 상을 두드리면 아가도 그대로 상을 두드렸다. 그 다음 눈물을 흘리는 기도시간에는 아가가 곤경에 빠져들었다. 엄마가 가르쳐준 대로 두 손을 쭉 펴서 맞잡아야 하는데 장로님은 무릎을 꿇고 열손가락을 깍지 끼었다. 어떻게 해서 간신히 무릎까지는 꿇고 앉았는데 아가는 아무리 해도 깍

지손 흉내를 낼 수 없어 쩔쩔매는 장면에서 모두 폭소를 터뜨리고 말았다. 장로님은 당황해서 쩔쩔매고 아가는 흉내를 못내 안달이고……

그 뒤부터 내 머리엔 아가의 그 순진한 모습이 항상 어른거렸다. 우리 눈에도 이 아가의 모습이 그렇게 순수하고 귀여웠는데 하나님의 눈엔 얼마나 예뻤을까! 하나님은 어른인 우리에게도 이런 아가 같은 순수한 행동과 마음을 바라고 계신 것이 아닐까. 주님도 하나님의 나라가 이런 아가의 것이라고 하지 않았던가.

세 살짜리 아가가 장로님 앞에 바짝 붙어 앉아 흉내를 내느라고 애를 쓰듯이 우리도 예수님이 가신 길을 바짝 따라붙어야 하는 것이다.

아가처럼 예수님의 흉내를 내며 단순하게 따라만 가는 것이다. 어른들처럼 시시콜콜 따지고 의식하고 버둥거리지 말고 가식없는 마음으로 편안하게 주님 곁에 앉아 흉내를 내면 되는 것이다.

하나님의 나라를 이런 자세로 받아들여야 들어갈 수 있으니 부모 된 우리는 아가의 티없이 맑은 눈을 보며 그런 눈과 마음을 닮기를 기도해야겠다.

[생의 교훈 : 명사·명언] 우리가 가장 필요로 할 때 그는 가장 가까이 계신다. — 유대 속담 | 필요 안할 때, 죄와 허물을 보시지 말아야 하는데, 그때도 그는 우리를 바라보며 함께 계신다. 속담은 이렇듯 뒤집어 말한다.

4
장애 아이는 하나님의 벌이 아니다

아가를 데리고 앉아 하나님이 하시는 일이 무엇인가 물어보는 일은 참으로 중요한 교육이다. 눈에 뜨이는 것들의 이름을 일러주어 어휘를 늘여주는 효과와 지능지수를 높이는 이득도 있지만 보다 중요한 것은 창조의 가치관을 아가에게 확고하게 심어주기에 신앙교육에선 빼어놓을 수 없는 과정이다.

아가들과 나눈 대화를 한번 열거해 보자.

1. 하나님은 해와 달을 날마다 관리하신다

2. 바람을 이리저리 불게 해서 이 세상을 자유롭게 돌아다니게 하신다

3. 아가가 엄마 뱃속에서 자라 세상에 태어나게 하신다

4. 강아지, 고양이, 소, 돼지를 매일 태어나게 하신다

5. 비, 눈, 우박, 이슬비, 소나기를 내려 주신다

6. 우리가 죽고 사는 걸 주장하신다

7. 밤과 낮을 날마다 주관하신다

8. 우리에게 축복을 주신다

하나님은 세상의 모든 걸 창조하시고 주관하시는데 그중에 우리를 슬프게 하는 것이지만 장애자들까지 이 세상에서 살도록 허락하셨다. 장애자의 종류는 참으로 다양하다. 눈을 보지 못하는 장님인 시각 장애자, 청각 장애자인 귀머거리, 정신박약아인 저능아나 천치들, 지체 부자유자들인 절름발이, 앉은뱅이, 외팔이 등 참으로 이 세상엔 불쌍한 자녀를 둔 부모들이 많이 있다. 통계에 의하면 이런 아이들은 전체 학령인구의 6.8퍼센트로 68만 9천 5백 50명이나 된다고 한다. 그중 다행히 특수교육을 받는 장애자는 전체의 7.32퍼센트인 5만 4백 91명이라니 특수교육의 대상자인 92.68퍼센트인 63만 9천 59명이 정규

교육에서 제외되어 있는 현실이다.

특히 지능에 장애를 가진 자녀를 둔 부모들의 슬픔과 고통은 어찌 말로 다 표현할 수 있겠는가. IQ 70이하면 정신박약이란 이름을 붙인다. IQ 90 정도면 겨우 초등학교 교육을 마칠 수 있다고 한다. IQ 20~50 사이면 학교 교육을 조금 받을 수 있으나 일기, 편지쓰기를 기대하기 어렵다고 한다. 물론 상급학교에 갈 수도 없는 처지다.

입시에 떨어져서 우는 부모들은 이런 자식을 둔 부모에 비하면 행복한 편이다. 떨어지더라도 대열에 끼어섰다는 것이 얼마나 감사한 일인지 정신박약아를 둔 부모가 아니면 도저히 이해할 수 없는 일이다. 특히 IQ 20이하의 자식을 두었을 적엔 주변 일도 제대로 처리 못해서 누군가가 보살펴주어야 한다.

정상아를 둔 부모에 비해 장애자를 둔 부모는 숨어서 울며 힘들게 자녀들을 돌보고 있다. 그러면 이런 자식을 둔 것을 하나님이 내려준 벌일까. 아니면 저주를 받은 것일까. 무언가 하나님께 죄를 지어 이런 일을 당한 것이 아닐까. 이런저런 회개를 해가며 예수를 잘 믿는 가정에선 장애자 자녀로 인해 더 괴로워하게 마련이다.

그럼 성경에선 장애자를 어떻게 보고 있는가. 유태인들은 죄로 인해 병신이 된다고 믿고 있다. 그 이유는 「출애굽기」 20장 5~6절의 말씀 때문이다.

'나 여호와 너의 하나님은 질투하는 하나님인즉 나를

미워하는 자의 죄를 갚되 아비로부터 아들에게로 삼, 사대까지 하거니와 나를 사랑하고 내 계명을 지키는 자에게는 천대까지 은혜를 베푸느니라'

또「출애굽기」 34장 7절에선 '아비의 악을 자녀손 삼, 사대까지 보응하리라' 했으니 장애자를 둔 것은 부모의 죄거나 자기 자신의 죄로 인한 것이라 믿고 예수님의 제자들까지 질문을 할 정도였다. 그러나 주님은 놀랍게도 이런 해답을 주셨다.

'이 사람이나 그 부모가 죄를 범한 것이 아니라 그에게서 하나님의 하시는 일을 나타내고자 하심이니라'

사실 우리 주변에 장애자들이 널려 있지만 일부러 피하기도 하고 또 관심을 두지 않을 경우가 많다. 부모들은 부끄러워하며 감추고 기르기에 골방에 갇혀 지내기 일쑤다. 내가 만난 부모들 중엔 이런 아이를 둔 것을 비관해서 어둠에 묻혀 슬픔 가운데 지내는 사람도 있고 하나님을 더 굳게 붙들어 오히려 정상아를 둔 집보다 기쁨과 감사가 넘치는 가정도 있다.

저능아를 둔 어떤 어머니는 눈물을 글썽이며 내게 이런 말을 했다.

"하나님은 내 신앙을 착각하시고 이런 아이를 맡기셨어요. 그러니 이 아이 외에는 내게 다른 고난을 더 이상 주시지 않을 것을 믿고 감수하고 있어요."

가장 가까운 친구의 며느리가 딸을 낳았다는데 손가락

이 없이 태어났다. 너무 놀래서 병원의 뜰에 흐드러지게 핀 꽃잎들을 세어보았더니 실수없이 하나님은 창조하셔서 병신 꽃이 없더라나. 그런데 어째서 하나님은 자기에게 주신 손녀에게 손가락을 없애는 실수를 하셨단 말인가. 계속 눈물의 기도를 드리며 하나님께 항의했으나 가슴만 답답했다고 한다.

하지만 우리 주변을 둘러보면 장애자이기에 하나님께 영광을 돌리고 유명해진 사람들이 많이 있다.

헬렌 켈러는 눈 멀고 귀 먹었으나 피아노를 쳤고 타이프를 쳤으며 많은 사람들을 위로했다.

크로스비라는 여자 맹인은 찬송시를 9천 개나 썼다. 잘 알려진 「나의 갈 길 다가도록」이나 「너희 죄 흉악하나」 등 우리가 즐겨 부르는 찬송은 눈먼 여인의 영혼의 노래였다.

다이빙선수였던 조니라는 여자는 연습 도중 목이 부러져 전신마비가 되었으나 입으로 그림을 그려 하나님께 영광을 돌렸다.

태어날 적부터 하반신이 없었던 미국의 소년도 오히려 정상인들에게 위로를 주고 하나님께 영광을 돌렸다.

더욱 감사할 일은 하나님은 장애자들에게 놀라운 숨은 능력을 주셨다는 점이다. 눈이 먼 사람은 기막히게 귀가 밝고, 귀가 어두운 사람에겐 눈이 예민하며, 지체가 부자유한 사람은 시각 · 청각 · 촉각이 매우 발달해 있다. 그러니 어떤 면에선 다른 사람보다 더 뛰어날 수 있는 숨은 재능을 하나님은 선물로 주셨다. 따라서 장애자를 둔 부모는 이런 잔존능력을 적극 살려주고 이것을 하나님이 주신 선물로 감사하게 받아들여야 한다.

성경에 나타난 장애의 원인은 죄의 결과일 수도 있고 하나님의 영광을 나타내기 위해 주신 선물일 수도 있다. 바울의 경우처럼 자고하지 않기 위해 주신 것일 수도 있고, 훈련시키고 하나님의 뜻을 가르치려는 숨겨진 뜻이 있을 수도 있다.

우리는 손가락, 눈, 입, 다리, 발, 팔, 귀, 코, 이빨……수없이 많은 것들을 허락하신 하나님께 감사하자. 혹시 자녀 중에 장애자가 있으면 그런 부모는 이것도 하나님의 하시는 일임을 알고 감사해야 한다.

우리는 모두 하나님의 창조물이기에 어느 것 하나 그의 허락 없이 되어진 일이 없기 때문이다. 오히려 장애자를 둔 부모의 신앙이 더욱 깊고 마치 단련된 정금과 같다.

그러기에 어떠한 어려움에도 넘어지지 않는 믿음을 갖고 있으며 겸손하며 모두를 사랑할 수 있는 포용력있는 분들이 많은 걸 보면 하나님은 너무 좋으신 분이다.

[생의 교훈 : 명사 · 명언] 온 세상이 자식을 버려도, 어머니는 자식에게 온 세상이 된다. ─ 어빙 | 미국 소설가 겸 수필가. 그의 수필은 자연의 위대한 힘으로 어머니를 칭송했다.

5
하나님은 엄마에게 감사하라 하신다

인간의 특징은 감사할 줄 모르는 동물이란 점이라고 한
다. 그래서 인간의 행복은 재산이 작고 많음에 달려 있지
않고 또한 명예가 있건 없건 관계가 없다고 한다. 하반신
이 마비되어 오두막집에 산다 해도 그 마음에 감사함이
넘치면 그 사람이 바로 행복한 사람이 아니겠는가. 여기

에 하나님을 믿는 사람들의 은밀한 기쁨이 숨어 있다.

어느 사업가가 부도가 나서 기업은 망하고 이제 마지막으로 은행에 가서 대출을 해보고 거절당하면 자살하리라 생각하고 은행문을 들어서는 순간이었다. 두 다리가 마비된 거지가 그를 향해 애절한 눈으로 구걸을 했다. 그는 호주머니에 남아 있는 동전을 꺼내주며 세상에서 가장 비참하다고 생각했던 자신의 입장을 다시 돌아보게 되었다.

자신은 그 거지보다 얼마나 나은 조건이란 말인가. 적어도 자신은 두 다리가 성해서 가고 싶은 곳으로 훌훌 나다닐 수 있으면서 죽음을 생각했다니 얼마나 부끄러운 일이란 말인가. 생각이 이에 이르자 두 다리를 가진 것이 너무나 감사하고 아직도 생의 희망이 있다는 사실에 감격해서 재개해 성공했다는 일화가 있다.

그런 예들은 우리 주변에 널려 있다. 헬렌 켈러는 꼭 사흘간만 하나님이 그녀에게 눈을 뜨게 해주신다면 하루는 그를 낳아주신 부모님의 얼굴을 보고, 하루는 그를 사랑으로 가르쳐 주신 선생님의 얼굴을 보고, 나머지 하루는 하나님이 창조하신 이 세상을 보겠다는 바램을 말한 적이 있다고 한다. 우리는 두 눈을 가지고 매일 살면서 그 눈으로 인해 진심으로 감사한 적이 얼마나 있단 말인가.

하반신이 없는 케니라는 소년의 예도 우리를 부끄럽게 만드는 경우다. 그는 두 다리를 가지고도 불행해서 울며 감사할 줄 모르는 사람들에게 회개의 기회를 주었고 용기를 주었으며 감사의 조건을 일깨워준 장본인이다.

우리가 늘 듣는 예화이긴 하지만 하나님이 두 천사에게 소쿠리를 주어 세상에 보내며 한 소쿠리엔 감사하는 마음을, 다른 소쿠리에는 달라고 구하는 마음을 담아 오라고 했다고 한다. 구하는 마음의 쪽지를 넘치게 가지고 한 천사는 곧바로 돌아왔으나 감사의 쪽지를 가지러간 천사는 하루종일 헤매다 겨우 몇 개의 쪽지만을 얻어 가지고 돌아왔다고 한다. 이렇듯 사람은 감사할 줄 모르는 존재이기에 불행한 사람들이다.

「누가복음」 17장에 나오는 열 문둥이의 예도 같은 맥락에서 볼 수 있다. 열 명은 똑같이 나음을 입었으나 아홉은 감사하지도 않고 가버렸고 단 한 사람만이 돌아와서 예수님께 감사한 이야기다. 그때 주님이 하신 말씀은 참으로 우리의 심금을 울린다.

"그 아홉은 어디 있느냐?"

해마다 추수감사절이 오면 주일학교는 떡을 해서 나누어 주기도 하고 어머니들은 곱게 한복을 입고 교회에 나와 감사 찬송을 부르며 잔치 분위기에 들떠 보낸다. 과연 얼마나 많은 감사 조건을 가지고 나와서 하나님께 머리를 숙이고 있단 말인가. 감사 조건이 있어서 감사하는 것은 누구나 할 수 있는 일이라고 한다. 심지어는 타인의 눈에 불행해 보이는 것까지 감사할 수 있는 마음이 깊이 있는 믿음이요, 진정한 감사라고 한다.

「하박국」 선지자의 절규는 얼마나 우리의 마음을 찡하게 하는지 모른다. 무화과나무의 열매는 사막지대에서 사는 이스라엘 민족에게 꼭 필요한 양식이다. 무화과가 무성치 못하다는 것은 생명과 직결되는 생활의 문제가 된다. 포도나무에 열매가 없다는 것은 기쁨의 상징으로 쓰이는 포도주를 만들 수 없다는 뜻이 된다. 감람나무의 소출이 없다니 이건 제단에 밝힐 기름이 바닥이 났다는 뜻이 되며, 어둔 밤을 밝힐 불을 켤 기름도 없고 먹을 기름도 없다는 절박한 상황이다. 밭에 식물이 없고 우리에 양이 없고 외양간에 소가 없으니 완전히 인간생활의 기본이 뿌리채 뽑혀나간 상태이다.

시쳇말로 말하자면 경제 공황이 왔고 사회가 기근으로 인해 죽음을 앞둔 상태라고 보아도 된다. 이런 상황에서도 여호와로 인해 즐거워하고 구원의 하나님으로 인해 기뻐한다고 했으니 얼마나 높고 숭고한 신앙인가. 낙망해서 주저앉아 원망하고 우는 것이 아니고 그 상황에서도 힘을 주시는 여호와로 인해 감사하며 사슴 발을 가진 자처럼 높은 곳을 다닌다고 했으니 영혼의 절정에 선 감사의 표현이 아니고 무엇이겠는가.

영아부에 나오는 엄마들에게 감사 조건을 열 가지씩 말하라고 했더니 그렇게 많이 감사할 것이 없다고 했다. 그래서 예를 들어주고 집에 가서 일주일 동안 감사할 조건을 백 가지 찾아서 기록해 오라고 했더니 몇몇 엄마들이 감사 리스트를 만들어 가지고 왔다.

그 리스트엔 우리가 감히 찾아내지 못했던 것들이 있었다. 예를 들면 달걀처럼 연약한 우리를 눈동자처럼 지켜 주셔서 매일 차를 타고 다닐 적에도 보호해 주심을 감사합니다. 만약 단 한 번이라도 달걀 같은 몸이 깨어졌더라면 어찌 성하게 하나님의 집에 나오겠습니까 하는 감사의 조건도 끼어 있었다. 코끝에 호흡을 주심도 감사하고, 밥맛을 주심도 감사하며, 성경을 읽는 지식을 주심도 감사하며, 걸을 수 있는 다리를 주심도 감사하다는 등등 백 개의 감사 리스트엔 평소엔 잊었던 감사 조건들이 줄을 이어 나열되어 있었다.

추수감사절엔 아가를 재워놓고 하룻밤쯤은 밤을 새워가며 하얀 종이 위에 백 개가 넘는 감사 조건들을 써보는 것도 입으로 하는 기도보다 얼마나 값나가는 감사의 자세일까. 감사 리스트를 직장에서 돌아온 아빠의 밥상 위에 놓아둔다면 부부가 함께 하나님께 감사드리어 평화와 기쁨이 넘치는 천국 맛을 볼 수 있으리라 확신한다.

[생의 교훈 : 명사·명언] 인간은 자신의 적에 의해서가 아니라 바로 자기 자신 때문에 패배당한다. ― **스머츠** | 남아프리카연방 정치가. 그는 자신의 행복을 정치하는 일에 쏟았다.

6
가정은 생명의 요람이다

결혼은 사랑의 종착역이요, 무덤이란 말들을 한다. 그래서인지 열렬히 사랑해서 결혼에 골인한 부부가 시든 꽃처럼 퇴색하여 맥이 빠져 있는 것을 흔히 보게 된다. 특히 아기를 낳으면 예상치 못했던 일들이 쏟아져서 오만상을 찌푸리고 그야말로 무덤 속처럼 악취를 풍기는 가정이 늘어나고 있다.

현대의 위기는 가정을 지키지 못하는 데 있다고 한다. 이혼율이 늘어나고 성적 혁명을 자유의 상징으로 생각하여 난잡한 생활을 영위하는 이들로 인하여 가정은 본래의 신성함을 잃어가고 있다. 따라서 핵가족이 늘어나는 추세인데, 그 중에 이혼한 아버지나 어머니 밑에서 자라나는 자녀의 문제가 사회의 문제가 될 수밖에 없는 무서운 상황에 처해 있다. 병든 가정에서 병든 아이들이 나오기 때문이다.

갓난아기를 가진 많은 부모들이 아기를 위한 좋은 교과서가 무엇인가를 물어온다. 마치 좋은 책을 소개받아서 그것을 통독하고 그대로 행하면 아이를 잘 길러낼 수 있다고 확신하는 것 같은 자세이다.

그러면 나는 언제나 두 가지를 말해 준다. 아가의 교과서는 두 권이 있는데, 한 권은 성경책이고 다른 한 권은 부모님이라고 말이다. 그러면 모두 황당하고 실망한다. 성경은 너무 어렵고 늘 가까이에 있으나 그 두꺼운 책을 언제 다 읽고 행하며, 부모야 아가와 늘 함께 있는데 무얼 그런 상투적인 것을 말해 주나 하는 표정이다. 그러나 진리는 가장 가까이에 있고 가장 간결한 것인 걸 어쩌랴.

「시편」 128편 1~4절에 보면 복 받는 가정의 비결이 나와 있다. 너무나 간결하게 표현되어 있어서 지나치기

쉬운 진리의 말씀이다. 아이란 부모가 하는 대로 똑같이 모방하는 법이다. 여호와를 경외하며 그 도를 행하는 부모 밑에서 자란 아이는 커서도 그 부모를 흉내내며 살 것이며 엄마의 하나님, 아빠의 하나님을 자신의 하나님으로 받아들여 일생 그 길을 더듬으며 살아갈 것이기 때문이다.

내 손이 수고한 대로 먹는 부모 밑에서 자란 아이는 커서도 땀흘리며 살아가는 기쁨을 만끽해서 복되고 형통한 길을 걸어갈 것이니 수고하는 부모의 상은 육안으로 하나님을 보지 못한 아가의 눈에 하나님의 대리인으로 사진찍혀질 것이 너무나 분명하다. 더구나 결실한 포도나무를 아내로 비유한 것을 읽으며 깊은 묵상에 빠지지 않을 수 없다. 결실한 포도나무란 부부화합의 극치를 가르치고 있기 때문이다.

사실 결혼이란 하나님이 심어준 씨앗이다. 부부가 한몸이 되어서 씨앗으로 땅에 뿌려진 것이 결혼식이다. 그 다음부터 씨앗이 싹이 트고 물과 햇빛과 자양분을 먹고 자라는 것이다. 기독교 가정의 두드러진 특징인 사랑을 먹고 이 나무는 자랄 것이며, 부부가 지켜야 할 의무를 서로 존중하며 인내로써 가꾸어 나갈 때 결혼이란 나무는 자라 열매를 맺는 것이다. 부부화합의 기술인 대화까지 화초를 기르듯이 쓰다듬으며 가꾼다면 포도나무인 아내에게서 주렁주렁 열린 포도를 볼 것이며 어린 감람나무 같은 자녀를 길러낼 수 있다.

왜 하필이면 자녀를 어린 감람나무라고 했을까? 감람나무란 비가 9개월 이상 오지 않아도 마른 땅에 뿌리를 박고 강하게 살아가는 나무이며 열매를 주렁주렁 맺는 나무이다. 잔인하도록 잘라내도 그 밑둥에서 죽지 않고 움이 트는 생명력이 강한 나무이기도 하다. 이런 자녀는 믿음이 굳건하게 길러져서 감람나무처럼 건조기가 오거나 뜨거운 모랫바람 속에서 또 사막에서와 같은 추운 밤이나 뜨거운 낮이 엄습해도 꿋꿋하게 살아가는 신앙인으로 자란다는 뜻일 것이다.

세상에서 가장 무서운 일은 자신의 자녀의 인생관에 편견과 부정적 사고방식을 심어주는 것이다. 이 세상이란 마음의 눈을 통해서 그대로 보여진다는 사실 때문이다. 파란 하늘을 검다고 마음속에 결정 짓고 보면 그 하늘은 틀림없이 검게 보이는 걸 어쩌랴.

서정슬 시인은 불구자로 너무나 아름다운 영혼을 노래했다. 이 시를 읽고 난 뒤 가슴에 밀려오는 감사함을 가눌 수가 없어 한참을 멍청히 앉아 있었다. 「오월」이란 시제를 달고 마흔이 넘은 일그러진 육체의 영혼은 극치와 긍정적 삶을 노래했다.

엄마하고 아하하하/ 아빠하고 아하하하
집집마다 아하하하/ 골목마다 아하하하

아가들이 있는 곳엔/ 어디서나 아하하하

피는 꽃도 아하하하/ 별 나비도 아하하하

나무들도 아하하하/ 나는 새도 아하하하

푸른 하늘 흘러가는/ 흰구름도 아하하하

아하하하 아하하하/ 눈부신 세상

아하하하 아하하하/ 찬란한 세상

얼마나 긍정적인 시선이며 기쁨이 충만한 영혼인가. 몸은 뒤틀릴지라도 세상을 이렇게 아름다운 시선으로 보는 이들이 과연 우리 주변에 몇이나 있단 말인가.

엄마와 아빠가 어려운 시련이 닥쳐와도 하나님을 아버지로 두었기에 불구 시인처럼 아하하하, 아하하하 웃으며 긍정적 삶을 산다면 여기서 배운 우리 아이들의 영혼도 비가 오나 폭풍이 불어오나 아하하하 웃을 것이 아니겠는가.

생명의 특징은 계속해서 자라나는 것이어서 긍정적인 시선을 가지고(하나님이 함께 하시기에 이럴 수밖에 없다) 성경을 나침판으로 삼아 끊임없이 자라야 한다. 가정은 사랑이 자라는 곳이요, 생명이 자라는 곳이기에 모두가 노력해서 길러야 한다.

하나님의 선물인 아가가 이런 생명의 요람에서 자라야 그 기본 원칙인 여호와를 경외하여 복을 받는 삶의 길을 터득할 것이니 가정을 이룬 엄마, 아빠가 어찌 고인 물처

럼 썩어가며 신앙생활에 나태해 있을 수 있을까. 엄마, 아
빠는 물론 아가도 생명이신 주님을 닮아가며 매일 매일
자라야 하는 것이다.

[[생의 교훈 : 명사 · 명언]] 사랑할 수 있다는 것은 모든 것을 할 수 있다는 것이다. ―
체홉 | 모든 예술가는 사랑의 힘에게 도달하고자 한다. 그는 러시아 소설가로서 소설
로 사랑에 이르렀다.

7

아가도 참여하는 가족회의는
한 폭의 그림이다

엄마, 아빠와 아가가 함께 앉아 가족 간의 일을 의논하고 시간을 보내는 것은 한 폭의 그림처럼 아름답다. 가족의 일들을 의논하고 결정하는 가족회의는 정보사회 물결 속에서 떠내려가는 가정을 건지는 역할을 할 것이며 가정의 윤활유가 될 것이다. 또한 믿음도 돈독하게 한다.

아가는 의견을 말로 표현 못해도 이런 가족회의에 참석함으로 대등한 관계에 있음을 알고 자신에 대하여 자긍심을 갖고 가족의 일원으로 당당하게 참석하는 존재가치를 갖게 된다.

1) 가족회의가 가져오는 결과는 무엇인가?

1. 소속감을 갖게 한다

현대인들은 고독하다. 가정에도 사회에도 소속되어 있지 않다는 외로움에 자살자가 늘어나고 있다. 엄마, 아빠하고 아가만 참석하는 가족회의를 열어도 소속감을 피차에 갖게 되어 단결력을 끈끈하게 만든다.

2. 필요한 존재로 인정되어진다

가족 공동체에 소속감을 가지면서 가정이 자신을 필요로 한다는 자긍심을 갖게 된다. 아가도 회의에 참석하면서 엄마, 아빠의 장난감이 아니라 대등한 인격체로 대우받고 있다고 느끼면서 동등한 위치에 서게 된다.

3. 가족과 가정에 대하여 관심과 사랑을 갖게 된다

'세상에 이런 일이'라는 프로그램에 보니 4세 된 남아가 외할아버지가 운영하고 있는 음식점에서 일하는 장면이 소개되었다. 손님들이 가져오라는 물병도 나르고 심지어 콜라나 술병도 날랐다. 가히 그 음식점의 마스코트처럼 요정처럼 보였다. 아이의 얼굴에는 만족감이 넘쳤다. 외할아버지를 도와주고 자신이 가정에 관심을 갖고 있다는 아이로서의 최대의 참여였다. 기쁨이 충만한 얼굴에 만족감이 넘쳐흘렀다. 외할아버지를 사랑하여 나중에는 보고 들은 그대로 청소도 하고 빈 그릇도 나르는 모습이 어른스러웠다.

4. 어려움과 기쁨을 서로 알고 함께 나눈다

아이들은 모르게 쉬쉬하면서 엄마, 아빠만 고통을 짊어지는 걸 최대의 사랑으로 알고 있으나 아이도 가정에 참여하여 함께 짐을 지는 것이 가족회의의 목적이다. 명퇴를 당하여 가정의 경제가 마비될 적에 가족회의를 열어 모두의 힘을 모은다면 얼마나 아름다운 가정이 되겠는가. 혼자 짐을 짊어지고 가출하는 현대판 방황자가 되지 말고 모든 가정사의 기쁨과 괴로움을 함께 하는 가족회의가 어려운 정보사회 물결에서 반드시 필요하다.

5. 가족 간의 친밀하고 성숙한 관계를 갖게 한다

만약 엄마가 병들었다면 가족회의를 열어 어떻게 가정을 도와서 꾸밀 것인가를 의논하여 서로 친밀하고 성숙한 관계를 가지는 과정에서 아이도 성숙하게 자라게 된다. 고난 중에 가정이 한몸이 될 수가 있다.

6. 민주주의적 삶의 기본과정을 가족회의를 통해 배운다

대등한 자리에 서서 자신의 의견을 발표하고 반대도 하면서 서로의 의견을 모을 수 있는 가족회의는 나중에 커서 살게 될 사회와 학교에서 협동하는 생활의 기본이 될 수 있다. 또한 자신의 의견을 허심탄회하게 발표할 수 있는 사회의 구성원으로 훈련이 될 수 있다.

7. 가정은 행하는 삶에서 자유를 누리는 걸 배운다

가족회의에서 결정한 것을 행하면서 서로 협동하고 질
서를 유지하는 과정에서 누리는 기쁨이 큼을 경험하게 된
다.

8. 팀워크의 중요성을 배운다

민주주의 사회는 협동을 원칙으로 한다. 미국의 모든
교육이 협동에 초점을 맞추는 것은 이런 이유에서이다.
우리는 아이가 타인을 누르고 일등하는 것을 바라는데 그
보다 중요한 것은 서로 팀워크를 이루는 법을 배우는 것
이다. 결국 한 민족은 서로 협력하면서 살아야 하기 때문
이다.

9. 지도자의 자질을 익힌다

가족회의를 통해 자신의 의견을 발표하고 타인의 의견
을 경청함으로 지도자가 될 수 있는 자질을 훈련받게 된
다.

2) 그렇다면 가족회의에서 어떤 것을 결정하는가?

1. 가정의 공통관심사

생일파티, 휴가계획, 이사, 학교문제, 교회문제, 친척의
대소사, 가구를 사드릴 적에 고르기 등등.

2. 가사분담

청소, 설거지, 상차리기, 쓰레기 버리기, 대문 잠그기,

자기 방 정리하기, 화단 가꾸기, 아빠 비즈니스 돕기 등등.

3. 가훈이나 가정 질서문제

귀가시간, 식탁가의 예절, 가정예배 시의 준수사항 등등.

3) 가족회의 때 어떤 것을 지켜야 하나?

1. 상호존중과 신뢰로 대화를 한다

특히 아빠의 권위주의는 조심해야 한다.

2. 가족 간 동등한 자격으로 참여해야 한다

동등한 위치에서 대화를 서로 존중하고 토론을 해서 의견을 하나로 모아야 한다.

3. 비난하고 비판하고 불만을 토하는 장소가 아니다

4. 공평이 가장 중요하다

5. 설교나 강의식으로 가족회의를 이끌지 말아야 한다

6. 화기애애한 분위기로 이끌어야 한다

이런 가족회의를 한 달에 한번 정도 규칙적으로 열고 어려운 일이 있을 때는 아빠가 임시 가족회의를 소집할 수 있다. 이런 날은 가족들이 둘러앉아 맛있는 음식을 나누며 회의를 진행해도 좋다.

[[생의 교훈 : 명사 · 명언]] 행복의 원칙은 첫째 어떤 일을 할 것, 둘째 어떤 사람을 사랑할 것, 셋째 어떤 일에 희망을 가질 것이다. ― **칸트** | 독일의 철학자. 행복에도 원칙이 있다. 일, 사랑, 희망이 행복을 지킨다.

[행복의 꿈]

항상 기뻐하라 쉬지 말고 기도하라 범사에 감사하라 이는 그리스도 예수 안에서

너희를 향하신 하나님의 뜻이니라

— 데살로니가전서 5:16~18

8
성경의 세 가지 생활모범을 보여주세요

인도네시아 단기 선교여행 팀에 한의사가 한 분 끼었다. 그분의 강의 중 아주 머리 속에 꽉 박히는 표현이 있었다. 「데살로니가전서」의 말씀이었다.

의사에게 병을 고쳐 달라, 오래 살고 싶다 하지 말고 위의 말씀대로 살면 장수한다는 것이다.

즉 「데살로니가전서」 5장을 전(전서에서 따옴)보다 더(데살로니가의 데를 더로 표현) 살(데살로니가의 살)기를 원(5장의 오를 따옴)하느냐. 그러면 하루에 16번 기뻐하고 17번 기도하고 18번 감사하라. 그러면 장수할 것이다.' 라고 외쳤다. 이 방법이 하나님이 우리를 향해서 권하는 하나님의 뜻이라는 것이다.

선교여행에서 돌아와 그가 말한 방식대로 하루에 16번 기뻐하고 17번 기도하고 18번 감사하려고 노력을 한다. 상당한 변화가 옴을 간증할 수 있다.

기뻐하는 것은 슬픈 일도 기쁨으로 바꾸고 웃으라는 뜻이다. 기뻐할 일만 기뻐한다면 하루 종일 단 한 번도 그런 일이 없을 적도 있다. 그러자면 모든 일을 기뻐해야 하는데 이건 긍정적인 사고방식에서 오고 적극적인 사고방식에서 온다.

암에 걸린 목사 부부가 이 말씀에 의지해서 하루에 16번씩 기뻐하기로 했다. 서로 마주 보고 마구 웃어대는 것이다. 적어도 웃음이 30초는 계속되게 서로 손뼉을 치면서 박장대소하여 오줌이 찔끔 나와 팬츠가 젖을 정도로 웃어댔다. 하마처럼 입을 딱 벌리고 손뼉을 치면서 웃는다는 것이다. 하나님이 인간을 창조할 적에 웃기만 하면 진짜로 알고 기쁨의 호르몬을 듬뿍 몸에서 나오게 하는데 그 호르몬은 진통제의 몇 배의 효과가 있다고 한다. 암에 걸렸던 노부부는 웃음으로 암을 치유했다고 간증하는 걸

들었다.

웃을 일이 없어도 하루 종일 아가 앞에서 항상 즐겁게 사는 걸 하나님은 원하시고 계신다. 우리 아가도 그걸 부모에게 바라고 있다. 즐거운 엄마, 아빠를 보는 것이 아가에게도 전염되어 기쁘기 때문이다.

두 번째 쉬지 말고 기도하는데 하루에 17번 기도하자면 식기도 말고도 14번을 기도해야 한다. 순간순간 길을 가다가 일을 결정할 때 책을 보다가 하나님을 생각하면서 기도하는 모습은 아가의 마음을 안정되게 할 것이다. 하루에 17번 기도하자면 수시로 작은 일에도 기도하면서 하나님의 마음을 헤아리는 자세이다. 이래야 건강하게 장수할 수 있다니 잠자리에 들 때나 아침에 일어날 적에도 기도하고 앉으나 서나 기도하는 모습을 아가는 진심으로 바라고 있다. 하나님도 그걸 원하시기 때문이다. 하나님의 손을 잡고 동행하는 모습이기 때문이다.

세 번째로 하루에 18번 감사해야 한다. 입으로 고백하는 감사다. 사소한 일까지 하나님의 줄에 끌려가기 때문에 감사하는 자세가 하나님의 뜻이고 아가들이 바라는 말이다. 감사할 것만 감사하면 하루에 한 번 감사할 일도 없다. 감사하지 못할 것까지 감사하는 마음이야 말로 하나님의 손을 잡고 동행하는 자세이기 때문이다. 인간은 감사보다 불평을 더 많이 한다. 불평이 많은 곳에는 평화가 없고 질투가 있으면 다툼이 있다. 감사하는 곳에는 기적이 있고 평안과 기쁨이 있다.

아가와 하루를 지나면서 손가락을 꼽아가면서 18번 감사해보라. 분명 가정과 식구들 사이에 평안과 기쁨이 넘칠 것이다. 이런 부모를 아가는 바라고 있다.

부모가 아가에게 보여줄 3가지 생활모범은

1. 하루에 16번 기뻐하고
2. 하루에 17번 기도하고
3. 하루에 18번 감사하는 것이다.

전보다 더 잘 살기를 원하는 엄마, 아빠는 하나님과 아가가 바라는 위의 세 가지를 매일 삶 속에서 행하여야 한다.

[생의 교훈 : 명사·명언] 나는 오직 한 가지 외에는 아는 것이 없다. 진실로 행복한 사람은 섬기는 법을 간구하여 발견한 사람이다. **— 슈바이처** | 프랑스의 의사, 신학자. 그는 죽기까지 이웃을 사랑했다. 그 희생은 내일을 향한 소망의 기도 때문에 가능했다.

근심이 사람의 마음에 있으면 그것으로 번뇌하게 되나 선한 말은 그것을 즐겁게
하느니라

― 잠언 12:25

9
엄마 아빠 이렇게 살아요

하나님은 크리스천 가정이 신비스럽고 독특한 인간관계를 맺도록 계획했다. 하나님의 뜻에 따라 결혼하게 하고 행복한 가정을 이루어 하나님께 영광을 돌려 드리기를 원한다. 이 계획에 가족들이 참여하고 특별한 훈련을 받고는 먼 훗날 천국으로 이민을 가는 것이다.

크리스천 가정은 어떤 곳인가?

예수그리스도를 집안의 주인으로 모신 곳이다. 삶의 방식도 하나님의 말씀이 중심이 되어 그 기준에 따라 살아간다. 질병이 들거나 경제파탄이 와도 심지어 죽음의 자리까지 가도 하나님의 나라를 바라보며 끊임없이 기도하는 곳이다. 성령이 거하는 곳이라 거룩하여 이 세상과 구별된 곳이다. 크리스천 가정은 특별한 하나님의 보호를 받는 곳이고 하나님의 줄에 묶여 끌려간다.

이런 가정에 아가를 하나님이 배치하셨기 때문에 아가는 행복한 가정에 태어난 셈이다. 다만 크리스천 가정답게 살기를 아가는 바라고 있다.

그렇다면 크리스천 가정은 구체적으로 어떻게 사는 것일까?

한마디로 예수님 성품으로 가족 관계를 갖는 것이다.

1. 사랑을 주고 받아야 한다
2. 피차 존중하고 존중히 여김을 받아야 한다
3. 격려받고 격려해야 한다
4. 용서받고 용서해야 한다
5. 피차 필요한 존재로 여긴다
6. 소중히 여기고 소중히 여김을 받는다
7. 피차 신뢰하고 신뢰함을 받는다
8. 피차 상대방을 배려한다
9. 하고 싶은 말을 서로 주고 받을 수 있다

아가는 이런 가정에서 살기를 원한다. 가정에 있으면 안정감이 있고 안전하며 따뜻하고 용기가 나고 협력하는 가정으로 평안이 넘치는 곳으로 가정에 폭 안겨 살기를 바란다.

크리스천 가정에서는 언어 사용이나 행동이 자연스럽다. 예를 들면 성령이니 십자가, 하나님의 자녀니, 목사님, 장로님, 집사님, 기도, 찬송, 교회봉사 등 크리스천만이 쓰는 용어를 자유로 구사할 수 있는 가정에서 아가는 살기를 원한다. 이미 아가는 이 세상과 구별하여 이런 언어를 구사할 수 있는 가정에 배치되었기 때문이다.

교회에 나올 때만 크리스천이 되는 것이 아니고 교회에서와 마찬가지로 가정도 작은 교회처럼 이 세상과 구별된 거룩한 곳이기를 아가는 바라는 것이다.

아가가 엄마, 아빠를 향해 부르짖는 말이 있다.

"엄마, 아빠, 이렇게 살아요. 크리스천 가정으로 살아요. 진짜 하나님을 모신 가정에서 살고 싶어요."

아가들의 이 절규를 가슴에 간직하는 부모가 되어야 한다.

〖생의 교훈 : 명사·명언〗 십자가를 진다는 것은 어떤 대가를 치르더라도 그리스도의 편에 서는 것을 말한다. ─ **빌리 그래함**ㅣ세기적인 전도 목회자는 항상 그리스도 편에서 먹고 마시고 말하고 행동했다.

노하기를 더디 하는 것이 사람의 슬기요 허물을 용서하는 것이 자기의 영광이니라
— 잠언 19:11

10
아가도 엄마 아빠에게 하고 싶은 말이 있다

아가도 엄마, 아빠와 다른 한 인격체이기 때문에 생각하고 느끼는 것이 다를 수 있다. 때로는 의견이 달라서 엄마, 아빠가 주는 중압감이 부담이 될 적도 있다. 훨훨 날개짓을 맘대로 못해서 너무 답답해 한다. 의견이 다를 때 못하게 막고 지적받기 때문에 맘 놓고 얘기 못해서 갑갑

해 한다.

아가들이 엄마, 아빠에게 하고 싶은 말이 많이 있다. 어리다고 무시하지 말고 귀를 기울일 필요가 있다.

1. 아기는 엄마, 아빠의 자녀이기 이전에 하나님의 자녀다

소유물로 생각지 말고 잠시 위탁한 하나님의 아들, 딸임을 항시 잊지 말고 대해줘야 한다.

2. 엄마, 아빠를 아가는 진짜 사랑한다

아가들도 모두 엄마, 아빠의 사랑을 갈구한다. 그런데 부모가 사랑하는 대도 사랑을 받고 있지 않다고 느낄 적이 많다. 조건부 사랑이 불쾌하고 부담스럽다. 더구나 동생과 형 사이에 편애와 차별이 억울하다.

사랑에도 민감한 아가의 심정을 부모가 헤아려주길 바란다.

3. 아가도 집안일을 함께 알고 도와주고 싶다

4. 작고 어리다고 깔아뭉개고 경멸하지 말라

5. 엄마, 아빠처럼 거침없이 말하고 싶다

6. 무슨 말을 하든지 진정으로 잘 들어주길 원한다

7. 아가의 답답한 입장을 이해하고 알아주었으면 한다

엄마, 아빠가 벽창호란 생각이 들어서 때로는 아가들이 부정적이고 비관적이며 매사에 자신이 없어진다.

8. 하소연을 들어만 줘도 엄마, 아빠랑 마음을 열고 친해진다

엄마, 아빠랑 대화가 통하지 않아서 조그만 일에도 화가 치밀고 다 때려 부수고 싶고 누군가를 실컷 때리고 싶다.

9. 꾸중만 들으면 나는 못난 아가인 것 같아 걱정된다

아가들은 엄마, 아빠에게 이렇게 절규한다.

"말해봤자 또 지적, 충고, 꾸중을 들을 터이니 말하고 싶지 않다!"

"듣기만 해야 한다. 귀만 달리고 입이 없는 것이 우리 아가들이다. 엄마, 아빠하고는 대화가 통하지 않는다."

10. 아가들의 선택을 누릴 권리를 박탈당할 때 화가 치민다

11. 엄마, 아빠랑 평화스럽고 신이나게 살면 좋겠다

아가에게 추억거리를 많이 주는 것이 좋다. 여행, 나들이를 자주하고 부부가 서로 사랑하고 기쁘게 살아가는 것도 아가를 기쁘게 하는 것이고 아가가 바라는 바다.

"아빠, 엄마! 사랑해요. 저희도 엄마, 아빠와 친하게 지내고 싶어요. 그런데 겁도 나고 짜증도 나요. 답답해요. 지적받는 게 정말 무서워요."

아가들의 이런 절규를 무시하면 3세 이전에 받은 상처를 치유하지 못한 사람으로 자란다. 어른이 되어서도 인격의 일부분이 미숙한 채로 남아서 현실에 살지 못하고 심리적 현실에서 살고 있는 불행을 겪게 마련이다.

30대 중반의 중산층 다복한 환경의 어떤 주부는 심한

우울증을 앓고 있었다. 모든 환경이 완벽하게 좋건만 병은 점점 깊어갔다. 특히 눈이 내리는 겨울이면 증세가 심했다. 3세 전에 엄마, 아빠가 어려운 환경에서 아가를 외할머니 댁에 맡긴 것이 문제였다. 눈이 하얗게 산야를 뒤덮은 한나절 낮잠에서 깨어나니 엄마, 아빠도 심지어 외할머니도 없었다. 울다가 지쳐서 밖을 내다보니 눈이 내려 천지가 하얗게 흰 이불을 덮고 있었다. 왈칵 외로움과 공포심이 일면서 무서워 떨기 시작했다. 그 시절 받은 아픔이 어른이 되어서도 눈이 오는 겨울이 오면 어김없이 찾아오는 우울증을 앓게 된 것이다. 현실과 다르게 아직도 미숙한 상태로 머문 심리적 현실이 여인을 지배하고 있기 때문이다.

심한 경쟁의식을 가진 사람은 가인콤플렉스에 시달리고 있다고 보는 것이 좋다. 사회에 나가서 동료들 사이에서 일등을 해야지 직성이 풀린다. 심지어 내 곁에 있는 사람이 상사에게 칭찬을 들어도 울화가 치밀어 어떤 방식으로든 보복을 해야 속이 편하다. 그런 사람이 집단에 있으면 교회도 늘 요란하고 직장에서도 늘 살벌한 분위기가 된다. 내면세계를 보면 2살 때 본 동생이 문제였다. 어느 날 갑자기 한 갓난아기가 태어나고 엄마, 아빠의 사랑이 모두 그에게 쏠렸다. 질투심으로 몸을 떨었다. 할머니까지 새로 태어난 아기에게 가 있어서 2살짜리에게 관심이 없었다. 어린 시절 해결 못한 질투심이 무의식 세계에 자릴 잡고서 어른이 되어서도 그를 괴롭혔다. 시기심이 많은 마음속의 아이가 어른이 되었건만 현실에 살지 못하고 심리적 현실에 살아서 엄마의 사랑을 쟁취하기 위해 동료들과 싸우고 있는 것이다. 이런 사람은 가정이나 직장이나 심지어 교회까지 분위기를 망치게 마련이다. 이것이 나중에는 지배욕구로 발전해서 말썽을 부리는 것은 자기 존중감이 부족한 것에 대한 역반응이다.

아가가 3세 전에 받은 충격이 이렇게 일생을 망치게 하는 점을 엄마, 아빠들이 깨닫고 아가들이 부르짖는 말에 귀를 기울여 최선을 다 해야 한다.

최근 미국에서는 젖먹이 심리상담이 행해지고 있다. 250달러가 넘는 고액 서비스로 의료보험도 적용되지 않지만 유아심리치료사의 공급이 달리는 실정이라고 한다. 그만큼 영아기에 아가의 정신적 충격이 크기 때문에 일찍 서두는 것이 아닐까. 사실 아가에게 엄마, 아빠는 온 세상이다. 절대권을 휘두를 수 있는 엄마, 아빠가 겸손하게 이 사실을 받아드리고 아가를 양육해야 한다.

[[생의 교훈 : 명사 · 명언]] 부모가 자녀의 인생에 남겨줄 수 있는 최고의 유산은 좋은 습관이다. 그리고 그 못지않게 중요하고 강력한 것이 하나 더 있다면 그것은 아마도 따뜻한 추억일 것이다. — **시드니 해리스** | 칼럼니스트로 유명한 그는 추억도 여러가지가 있는데, 그 중 유년의 추억은 따뜻한 것이 가장 좋다고 했다.

11
엄마의 사랑이 아가의 자긍심을 기른다

스스로를 자랑하는 마음, 즉 자기 가치를 떳떳하게 감정하는 자아상을 자긍심이라고 한다. 엄마, 아빠와의 거리감과 소속감에 따라 자긍심이 높을 수도 있고 낮을 수도 있다고 한다.

자기 가치를 감정하는 자아상의 기준으로 다음과 같은

것이 있다.

1. 나는 하나님의 자녀로 독생자 예수를 보내어 십자가 위에서 죽기까지 피를 흘려 구원받은 귀한 존재다

2. 나는 할 수 있다

3. 나는 가치 있고 쓸 만한 인간이다

4. 내가 나 된 것이 정말 기쁘다

5. 나는 삶이 두렵지 않다

6. 나는 불안하지 않다

7. 어떤 일에든지 도전할 수 있다

8. 사회의 어느 곳에 있든지 노력할 수 있고 좋은 결과를 기대할 수 있다

9. 어떤 일에나 도전할 수 있다

10. 나는 나를 무척 사랑한다

자긍심은 한 마디로 말해서 당면한 문제를 자신있게 감당하고 처리할 수 있다는 자신감을 말한다. 또 실수를 해도 두려움보다는 해낼 수 있다는 확고한 신념을 뜻한다.

이러한 자긍심은 하루아침에 되어지는 것이 아니다. 삶의 순간순간을 통해서 얻게 된다. 엄마, 아빠로부터 듬뿍받은 조건 없는 사랑이 자긍심의 뿌리가 된다. 존귀하게 여김을 받고 자라야 자신을 귀하게 여기는 자긍심을 지니게 된다. 엄마, 아빠의 품에 안겨 안정된 삶을 살면서 소속감에 만족할 때 자긍심은 깊어진다. 아가가 부모를 믿고 의지할 수 있는 마음 밭에서 자긍심은 자란다. 엄마,

아빠의 무릎 위에서 저들의 반응을 체험하면서 확신 있는 자기 존귀함을 체험하는 가운데 아가는 튼튼한 자긍심을 지니게 되는 것이다. 옳고 그름을 부모를 통해 교육 받으면서 건전하고 튼튼한 자긍심이 심어지게 된다.

아가의 일생에 가장 큰 자긍심을 안겨주는 성경 말씀은 「이사야」 49장 15~16절 말씀이다.

'여인이 어찌 그 젖 먹는 자식을 잊겠으며 자기 태에서 난 아들을 긍휼히 여기지 않겠느냐 그들은 혹시 잊을지라도 나는 너를 잊지 아니할 것이라 내가 너를 내 손바닥에 새겼고 너의 성벽이 항상 내 앞에 있나니.'

여자가 자기가 낳은 자식을 잊을 수 없듯이 하나님도 자녀된 우리를 결코 잊을 수 없다는 것이다. 심지어는 우리 각자를 하나님의 손바닥에 새겨서 늘 기억하고 돌보신다는 뜻이다.

이런 말씀을 어려서부터 교육받고 자란 아가는 힘 있는 사람으로 성장하게 된다. 먼 훗날 부모의 품을 떠나서도 자신은 하나님의 사랑받는 존재라는 사실에 고난도 극복할 수 있고 닥쳐오는 시련도 힘 있게 맞설 수 있는 위대한 인물이 되는 것이다.

자긍심은 하루아침에 길러지는 것이 아니다. 날마다의 삶 속에서 자연스럽게 몸과 마음에 고여서 지니게 되는 것이다. 어려서는 하나님을 대신한 엄마, 아빠를 통해 사랑을 받고 부모 품을 떠나서는 스스로 두 발로 서서 직접 위대한 하나님의 손을 잡고 자기에게 주어진 인생길을 힘 있게 걸을 수 있는 힘이 자긍심인 것이다.

자긍심의 근원이 하나님의 위대한 사랑임을 잊지 말고 엄마, 아빠는 최선을 다해서 열심히 자식이 품안에 있을 적에 하나님을 알려야 한다. 마음 밭에 하나님을 새겨줘야 한다.

[[생의 교훈 : 명사 · 명언]] 친구들로부터 따돌림을 당하고 엉뚱한 실수를 저지르기 일 쑤인 레오나르도 다빈치에게 그의 할머니는 항상 이렇게 말했다. "넌 무슨 일이든 해낼 수 있어. 할머니는 너를 믿는다." 위대한 일을 해낸 사람, 누구를 붙잡고 물어 봐도, 그 곁에는 언제나 그를 만들어준 사람이 있었다. ― **이민규** | 심리학과 교수. 그는 그 할머니가 없을 때, 또다른 누가 있음을 발견하라 했다.

12
긍정적인 삶을 아가에게 가르치라

　친구를 사귈 적에 긍정적인 말을 하는 사람을 만나면 괜히 기분이 좋다. 모든 것을 부정적으로 보는 친구가 옆에 있으면 일을 해결할 적에 그 부정적인 반응 때문에 불안하고 자신감이 없어진다. 긍정적인 사고방식은 진짜로 하나님을 잘 믿는 사람만이 가질 수 있는 마음가짐이다.

이런 사고방식도 어려서부터 엄마의 무릎 위에서 교육되어지는 성품이다.

성경인물들 중에서 가장 눈에 띄게 긍정적인 사고방식을 가졌던 인물이 여호수아이다. 모세가 가나안을 정복하기 전에 12명의 정탐꾼을 보냈다. 지금으로 말하면 선발대를 미리 보낸 것이다.

12명 중에서 10명은 부정적인 사고방식을 가지고 돌아와서 이렇게 보고했다.

"우리는 그 백성을 능히 치지 못합니다. 그 백성이 우리보다 강합니다. 그들은 얼마나 신장이 큰지 우리는 스스로 보기에도 메뚜기 같았습니다."

자신들을 메뚜기처럼 보잘 것 없는 존재로 말하면서 결코 이기지 못한다고 장담을 했다.

하지만 12명 중에 2명인 여호수아와 갈렙은 긍정적인 사고방식을 가지고 이렇게 말했다.

"우리가 두루 다니며 탐지한 땅은 심히 아름다운 땅이라. 여호와께서 우리를 기뻐하시면 우리를 그 땅으로 인도하여 들이시고 그 땅을 우리에게 주십니다. 그 땅은 젖과 꿀이 흐는 땅입니다. 하나님을 거역하지 마시오. 그 땅 백성을 두려워하지 마시오. 그들은 우리의 밥입니다. 하나님이 우리와 함께 하시니 두려워 마십시오."

부정적인 사고방식을 지닌 사람은 자신들을 낮춰서 메뚜기 같다고 했고, 긍정적인 사고방식을 가진 사람은 하나님이 함께 하시면 할 수 있다면서 그들은 우리의 밥이라고 했다. 얼마나 큰 차이가 나는 생각인가! 결국 가나안 땅에 들어간 사람은 여호수아와 갈렙 두 사람뿐이었다.

세상 사람들도 이들처럼 12대 2의 비율이니 여섯 사람 중에 한 사람만이 긍정적인 사고방식을 소유하고 있다고 봐도 된다. 모든 부모들은 내 자식이 여섯 중에 하나가 되어 멋진 인생을 살 수 있는 사람으로 키우고 싶을 것이다.

긍정적인 사고방식은 그냥 하늘에서 뚝 떨어지는 것이 아니다. 어려서부터 환경에서 배우고 부모에게서 배워서 습득하는 것이다. 우리 아가들에게 만물을 보면서 세상살이를 하면서 문제에 봉착했을 때 긍정적 반응을 보이도록 가르치는 것은 전적으로 부모의 책임이다.

엄마, 아빠가 아가를 양육하면서 네 가지로 반응한다.

1. 뒤통수치기반응으로 부정적 반응을 한다

아가가 잘못하면 호통을 치면서 무섭게 야단치고 잘못한 것을 잡아내서 꾸중을 한다.

2. 고래반응으로 칭찬을 하면서 긍정적인 반응을 한다

고래반응은 상당히 좋은 것이지만 칭찬만 듣고 자란 아이는 그것에 중독되어 문제가 될 수 있다. 제일 좋은 것은 언제나 격려를 아끼지 않고 힘을 주는 것이 바로 긍정적인 사고방식을 기를 수 있다.

3. 무반응으로 아가를 불안하게 한다

많은 부모들이 너무 바쁜 생화로 인해 아가에게 반응하는 걸 게을리 한다. 이건 아가에게 버려진 기분을 주어서 부정적 사고방식을 갖게 할 수 있다.

4. 잘못이나 문제점을 가능한 한 빨리 정확하게 책망하지 않으면서 천천히 느긋하게 지적을 한다

잘못된 일의 좋지 않은 영향을 알려주고 해야 할 일을 정확하게 이해했는지 확인을 한다. 이런 때는 아가에 대한 지속적인 신뢰와 확신을 표현해야 한다.

제일 중요한 것은 부모가 부정적인 사고방식을 하면서 자식에게 그걸 강요할 수는 없다. 먼저 부모가 긍정적인 사고를 하면서 자식에게 생활 중에 가르치는 것이 중요하다.

긍정적인 사고방식은 하나님을 굳게 의지할 적에 가능하다. 세상을 창조하고 나를 순간순간 인도하시는 하나님의 손에 잡혀 끌려가고 있으니 항상 기쁨으로 긍정적인 사고를 할 수 있는 것이다.

[생의 교훈 : 명사 · 명언] 유쾌하게 지내는 것이야말로 육체와 정신에 가장 좋은 건강법이다. ─ G.상드 | 쇼팽에게 모성적 사랑으로 음악의 영감을 준 프랑스 소설가. 그의 여성운동은 프랑스의 자유정신, 바로 그것이었다.

13
아가에게 텔레비전을 어떻게 보게 할까

현대의 빅브라더는 텔레비전이라고 한다. 전 국민을 획일화시킬 수 있는 힘이 있기 때문이다. 동질성의 압력을 가해서 한 몸처럼 움직이는 사고방식을 주기 때문이다.

도시인이나 시골사람이나 모두 화면을 통해 본 것이 가치관이 되고 국화빵처럼 찍어내는 생활을 하도록 이끌기 때문에 여기에 끼지 못하면 불만스럽고 불행하다는 생각을 할 수밖에 없다. 농촌에 가도 시골스러움이 없고 도시처럼 생각하고 사는 것을 보면서 실망한 적이 많을 것이다.

그럼 텔레비전이 아가에게 주는 나쁜 점이 무엇일까?

1. 세 살 적 버릇이 여든까지 간다고 세 살까지 보고 들은 것이 아가의 일생을 좌우하게 된다고 한다. 아가는 텔레비전을 보고 그대로 스펀지처럼 흡수하는 것이 문제다. 나쁜 것도 그대로 받아드려 머릿속에 입력한다.

2. 본 것을 흉내내고 싶어하는 호기심이 있다. 한때는 아이들이 모두 커서 바보 시늉으로 유명인이 되고 싶다고 해서 부모들의 걱정이 태산 같은 적이 있었다.

3. 현실과 구별할 수 있는 능력이 없어서 사고를 낼 수 있다. 미국 전역이 학교에서 일어나는 총기사고로 골머리를 앓고 있다. 텔레비전 화면에 나오는 것에 익숙해지면 현실과 구별을 못하게 된다. 총을 마구 쏴도 된다는 감각마비가 와서 그대로 해보는 것이다.

총에 맞아 사람이 죽는 것도 다반사로 보니까 현실이 그런 걸 수용하는 것으로 알고 총으로 사살하고 나서 무엇이 잘못인지 모르는 범죄가 난발하고 있다. 죽음이 정확하게 무엇인지 잘 모르게 화면에는 죽음 장면이나 시신이 너무 많이 나온다.

4. 아가들이 보면 좋지 않을 장면들이 수시로 등장한다. 비도덕적이고 선정적이며 폭력적인 장면들이나 비정상적인 관계를 다룬 것이 아가의 일생에 나쁜 영향을 미칠 수 있다.

그렇다면 텔레비전은 악마인가? 아니다. 아가에게 좋은 점도 있다.

1. 좋은 프로그램을 부모가 선택하여 보여줌으로 아가의 상상력과 사고력을 자극하는 교육수단으로 이용할 수 있다.

2. 아가의 지적능력과 감성을 향상시킬 수 있다.

3. 아가에게 옳은 것과 그른 것을 분별할 수 있는 교육을 시킬 수 있다.

4. 현실적인 것과 허황된 것을 구분할 수 있는 교육이 된다.

텔레비전이 시청각교육으로 이용될 수 있다는 말이다. 어떤 가정은 아예 텔레비전을 집안에 두질 않고 사는 집도 있다. 이건 아이들이 친구와 나눌 수 있는 공동의 화제를 없애버리는 것으로 아가를 고립시킬 수 있는 위험이 있다.

득실이 있는 텔레비전을 놓고 부모들이 어떤 방침을 세우는 것이 좋은가?

1. 아가의 시청시간을 정한다. 사전에 아이들과 약속하고 하는 것이 좋다.

2. 부모 자신이 텔레비전 보는 시간을 아가에게 맞춘다.

3. 삶의 진실을 보여주는 다큐멘터리나 역사물을 자주 볼 수 있게 한다.

4. 생각하는 힘과 비평을 길러주기 위해 시청한 뒤에 아이들과 대화를 자주 나눈다.

텔레비전을 아가에게서 무조건 막는 것이 아니고 적절한 기준을 정하고 아이들과 함께 시청하는 것이 중요하다. 갓난아기라도 텔레비전은 상당한 영향을 미치므로 엄마, 아빠는 이 면에 지혜를 지녀야 하리라.

[생의 교훈 : 명사·명언] 좋은 기회를 만나지 못한 사람은 하나도 없다. 다만 그것을 잡지 못했을 뿐이다. ─ A. 카네기 | 미국 산업자본가. 그가 생전에 가장 좋은 기회를 잡은 것은 인류 교육과 문화사업에 헌신하는 일이었다.

성공에는 아무런 트릭도 없다. 나는 다만 어떠한 때이고 나에게 주어진 그 일에 전력을 기울여 왔다. 그랬다. 보통 사람보다 약간 더 양심적으로 노력해 왔을 뿐이다.

— A. 카네기

양운이 몸

제5부

1
잘 들어야 잘 말할 수 있다

　많은 사람들은 말을 잘하는 것이 대화의 기본이며 전부라고 생각하고 있다. 그러나 모두가 말만 한다면 누가 들어준단 말인가. 그러기에 대화란 잘 말하기와 잘 듣기, 반반 양면성을 지니고 있다. 인간은 태어날 때부터 지껄이길 좋아한다. 그러나 들어주는 사람이 많지 않아서 대화에 문제점이 생기게 된다. 자기 이야기를 열심히 들어줄 경청자가 없기에 의사를 부르는 경우도 있다. 대부분의 상담자는 이야기를 들어주고 돈을 받는 직업을 가진 사람이라고 봐도 된다. 경청은 분명히 대화의 한 방법이기에 가만히 앉아 들어주는 침묵은 소리 없는 대화이며 가장 힘이 있는 대화이다.

떠들썩하게 기도하는 사람들 사이에 끼어앉아 열심히 기도하다가 이런 생각을 해본다. 하나님은 이 많은 간구를 다 들어주시니 얼마나 좋으신 분인가! 너도 나도 들어달라고 외치는데 이 모든 걸 침묵하며 들어주시는 하나님은 훌륭한 경청자가 아닌가.

「시편」 기자는 '내 음성과 내 간구를 들으시기에' 하나님을 사랑한다고 고백하고 있다. 그가 귀를 저에게 기울이셨기에 평생에 기도한다고 말하기도 했다. 자기의 이야기를 들어줄 사람이 없어서 병이 든 사람들은 분명히 기도할 줄 모르며 하나님을 모르는 사람임에 틀림없다. 우리가 일방적으로 외치는 대화를 들어주시는 하나님을 아버지로 모신 것은 기막힌 기쁨이요, 우리를 사랑하시는 증거가 된다.

우리가 이웃과 자식에게 줄 수 있는 가장 소중한 사랑은 상대방의 말을 주의깊게 들어주는 마음가짐이다. 하나님도 우리의 기도(대화)에 귀를 기울이시고 있는데 하물며 피조물인 우리가 어찌 이 흉내를 마다하리오. 가정에서 남편의 말을, 밖에 나가서는 이웃과 대화를 나눌 때 과연 얼마나 말을 헤프게 하며 떠들었단 말인가.

상대방의 대화를 잘 들어 줄 수 없게 만드는 방해요인들이 있다. 한번 살펴보자.

1. 편견이 상대방의 이야기를 바로 듣지 못하게 만든다

옷, 목소리, 표정, 몸짓 등 외적인 것에 끌리거나 선입관 같은 것도 문제가 된다. 의사를 전달하는 과정을 분석한 어느 연구가의 보고를 살펴보면 내용 전달 7퍼센트, 목소리 효과 38퍼센트, 표정과 몸짓 55퍼센트라고 했다. 듣는 과정에서 내용보다 목소리와 표정과 몸짓으로 편견을 가질 수 있음을 시사해 주는 보고라고 생각한다.

2. 들은 내용을 반박하고 이의를 제기하려는 태도

3. 우리 자신의 마음속에 고민이 있을 적엔 상대방의 말을 경청할 수 없다

4. 상대방의 말에 너무 몰입해도 객관적인 태도를 취할 수 없다

5. 상대방의 말을 중간에 가로채는 버릇

6. 육체적인 피곤

7. 듣는 척하며 공상의 나래를 펴는 악습

8. 재미없고 딱딱한 대화는 흘려버리려는 마음

타인의 말을 잘 경청할 때는 눈으로 얼굴 표정으로 언어와 태도로써 마음에 받아들여야 한다. 무조건 앉아서 목석처럼 묵묵히 있으라는 뜻이 아니다.

대화할 적에 듣는 습관도 어려서부터 훈련시켜야 할 부모의 임무 중 하나이다. 너무나 많이 지껄이는 사람과 친구가 되는 것이 얼마나 골치 아픈 일인지 모두 경험했으리라.

말을 잘 듣는 사람으로 양육하려면 먼저 부모가 말을 잘 듣는 모습을 생활 속에 보여주어야 하며, 그 이점利點이 무엇인지를 명백히 알아야 한다.

1. 상대방의 진의를 파악할 수 있다
2. 생각하는 힘을 기르게 된다
3. 상대방 설득점을 포착하게 된다
4. 인내력을 기를 수 있다
5. 타인을 사랑하는 마음을 기를 수 있다
6. 자신의 화력을 익히는 데 도움이 된다
7. 상대방에게 좋게 여김을 받는다

루즈벨트 대통령이 반한 말상대는 한 시간 이상 떠들어대는 대통령의 말을 조용히 경청한 사람이었다.

8. 상대방의 기분을 알 수 있다
9. 대응이 가능해진다

질문을 해서라도 대화의 내용을 잘 파악해서 대응할 수 있는 이점을 얻게 된다.

우리는 항상 일방적으로 하나님께 아뢰는 기도를 하고 있고 또 그렇게 자녀에게 교육을 하고 있다. 그러나 대화의 원리대로 따진다면 조용히 묵상하는 가운데 하나님의 음성을 듣는 것도 가장 효과적인 대화법이다. 하나님의 음성을 듣기 위해 깊이 있게 묵상하는 습관과 타인의 말을 잘 들어 줄 수 있는 마음가짐을 가정교육에 어떻게 도입해야 할 것인가? 모든 부모들이 연구해야 할 과제가 될 것이다.

[[생의 교훈 : 명사 · 명언] 사랑의 첫번째 의무는 들어주는 것이다. — **틸리히** | 독일 철학을 바탕으로 한 그의 신학은 존재론적이었다.

2
평화를 만드는 대화는 아름답다

유태인들은 만나면, '샬롬, 샬롬, 샬롬'이라고 인사를 한다. 한 번이 아니라 세 번씩 말하는 것은 그만큼 평화를 원한다는 뜻일 것이다. 지리적인 위치 때문에 하루도 편할 날이 없어 전쟁을 치루고 있는 나라에 태어난 아픔이 인사에 나타난다고 할까.

유태인뿐만 아니라 모든 인간은 평화를 염원한다. 다투고 시기하고 싸우고 전쟁을 일으켜 많은 사람이 죽는 비참한 갈등을 원하는 사람은 아무도 없을 것이다. 그래서 성경에선 '할 수 있거든 모든 사람으로 더불어 평화하라'고 우리에게 일러주고 있다. 참으로 어려운 말이다. 그러나 우리가 유일한 인생을 살아가며 모든 사람과 더불어 화평할 때 누리는 기쁨을 하나님은 우리에게 원하셨던 것이다. 더구나 그래야 주를 볼 수 있다니 하나님은 우리에게 서로 화평하기를 명령하고 계신 것이다.

그런데 중요한 것은 이렇게 화평하는 마음이 내게서 난 것이 아니요, 또한 많이 배워서 유창한 말에서 나오는 것이 아니라는 점에 있다. 위로부터 난 자라야 이런 지혜를 갖게 된다고 했으니 참으로 놀라운 일이다. 더구나 화평케 하는 자는 하나님의 아들이라 일컬음을 받는다고 했으니 어찌 우리가 화평하지 않겠는가!

요즘 주위를 둘러보면 사방에서 티격태격 야단이다. 가정에서는 물론 직장에서, 마을에서, 국가에서 심지어는 교회 안에서까지 불화가 잇따르고 있는 것이다. 하나님 원하시는 것은 서로 화평하는 것인데 그렇게 못하는 이유가 무엇일까? 분명히 하나님의 뜻과 반대로 나가는 행위인데 왜 우리는 서로 불화해서 기쁨을 버리고 가슴 아파하며 슬프게 지내고 있는 것일까?

물론 사회적인 요인도 있다. 변하는 사회에서 서로 다

투어야 살 수 있으니 상대방을 짓눌러야 살아 남을 수 있는 구조적 모순도 있다. 적자생존의 원리가 자연세계에서뿐만 아니라 인간세계에서 지금처럼 처절하게 적용된 예는 없었을 정도로 살벌한 사회로 변하고 있다. 게다가 인간의 원죄가 가장 적나라하게 표출될 수 있는 시대에 우리는 살고 있다. 그러나 우리 터놓고 한번 생각해 보자. 모두가 날뛰는 주요인이 무엇인가를.

그 첫째는 마모니즘에 있다고 본다. 물질만능주의가 모두의 머리에 다툼을 일으켰으며 불화를 초래하고 있고 마음에 병을 몰아오고 있다. 그래서 여기저기에서 신음이 터져나오는 것이다.

둘째는 끝없는 인간의 욕망에 있다고 본다. 절제할 줄 모르는 욕망의 늪이 인간을 타락의 늪으로 몰고가는 것이다.

셋째는 비전이 없다는 데 있다. 왜 사는지를 모르며 무엇을 위해 사는지를 모르는 사람들에게 고차원적인 평화라는 말은 먹혀 들어가지 않을 것이다.

넷째는 가치관의 차이점이다. 특히 기성 세대와 젊은 세대간의 견해 차이와 삶의 방식에서 오는 갈등은 불 같은 불화를 일으키고 있다. 정보사회에 들어와서 기성세대의 가치관을 젊은 세대는 무섭게 질타하고 있다. 신인간이라 해도 좋을 완전한 새로운 사고구조를 가진 저들은 부모 입장에서 이해하고 연구해야 할 단계에 이른 것이다.

우리는 엄마로서 먼저 가정에서 평화를 창조해야겠다. 작은 일부터 시작해서 아가와 화평하고 남편과 화평하고 나가서 시부모, 친척과 화평해야 이웃과도 화평하는 것이 아니겠는가. 우리를 작은 불씨라고 했다. 불씨가 모여 타오를 적에 큰 평화가 창조되는 것이다.

남을 심판하며 욕하기 앞서 나 자신부터 화평하는 자세를 가져 모두가 '나'를 다독거린다면 사회 전체에 평화의 물결이 일 것이다. 그러니 언제나 '나'가 문제인 것이다. 더구나 이렇게 화평하는 마음가짐은 인간 자신의 지혜가 아니라 하나님이 주시는 것이라 불가능한 것이다. 그러니 여기서 전도의 이유가 나온다.

천국은 어떤 곳일까? 분명 평화로운 곳이다. 왜냐하면 모두 통치를 받고 있는 우리가 이 지상에 천국을 세우려면 그 주춧돌인 하나님 위에서만 서로 더불어 화평할 수밖에 없는 것이다.

더구나 화평하는 마음가짐이 대화의 첫걸음임을 누가 부인하겠는가. 영어로 'peace maker'란 말에 그 뜻이 잘 나타나 있는데 대화의 목적이 이런 평화를 창조하는 데 있다면 우리의 대화에 불화를 일으키는 마음은 대화에서 제거해야 할 요소이다.

이런 평화 창조의 대화법은 그냥 하늘에서 뚝 떨어지는 것이 아니다. 믿음의 단계도 우유를 먹는 신앙에서 나중에 돌도 소화할 수 있는 믿음의 단계까지 가듯이 평화를 창조하는 대화법도 순간적으로 습득해지는 것이 아니다. 아가가 말을 배우듯이 그렇게 시간과 노력과 믿음의 성장을 거쳐 이룩되어지는 것이다.

그 중 가장 중요한 것은 엄마의 평화의 자세에서 아가가 기초석을 얻어내서 그 위에 평화를 창조하는 마음이 길러진다는 사실이다. 엄마의 무릎 위가 아가의 최초의 교실이기 때문이다. 엄마의 기도와 앉으나 서나 가르친 하나님의 말씀에 아가가 뿌리를 박아 평화하는 마음을 길러 낸다는 것이다.

그러니 오늘부터라도 집에 돌아가 엄마 자신이 더불어 화평하는 모습을 보여주어야 하리라. 그 이유는 화평하는 부모의 모습이 사랑하는 자식에게 줄 수 있는 기막힌 선물이기 때문이다.

[[생의 교훈 : 명사 · 명언]] 진실을 말할 용기가 부족한 사람이 거짓말을 한다. ─ J.밀러 | 미국 시인인 그는 용기있는 미국 시민의 정서를 잘 그렸다.

3
사람은 학자의 혀를 가진 사람을 좋아한다

오랜만에 동창생을 만났을 적에 가끔 당혹하게 된다. 그 이유는 그다지도 명석했던 친구가 말거리가 없을 정도로 뒷걸음질을 했기 때문이다. 왜 그렇게 되었을까? 톨스토이가 어떻고 까뮈가 어떻고 떠들었던 그 애가 시집을 가자마자 집안일에 빠져들어 좋은 머리를 완전히 묵혀 두었기 때문이다. 시부모 시중들랴, 성격 까다로운 남편 비위를 맞추랴, 줄줄이 사탕으로 매달린 시누이와 시동생들 뒤치다꺼리 하랴, 게다가 쌍둥이를 낳았으니 어떻게 창조력 있는 사고를 할 수 있었겠는가.

친구와 대화를 할 적에도 그렇지만 가정에서 남편과의 대화에서도 화제가 빈약할 적에 서로 답답함을 느끼게 된다. 급변하는 사회의 직장생활에서 남자는 늘 신선한 물을 먹게 마련이다. 그러다가 집에 들어와 날마다 그렇고 그런 물을 대하면 곧 지루하게 느낄 것이 뻔하지 않은가.

예를 들면 여자는 아침 일찍 출근하는 남편을 향해 '언제 들어오시지요?' '일찍 들어오세요.'라는 판에 박은 듯한 말을 한다. 이게 결혼해서 첫 몇 년은 좋은데 끝없이 이런 말을 할 적엔 '저 여잔 말거리가 저렇게도 없단 말인가?' 하고 아내의 지능을 의심한다는 말을 들은 적이 있다. 저녁 식탁가에서도 된장맛이 어떻고 간장맛이 어떻고 늘상 듣는 시시한 말을 하면 그것도 남편을 신경질나게 만드는 대화일 것이다.

자식과의 대화에서도 마찬가지이다. 명석한 사고력이 있고 창조력이 있는 대화를 나눌 수 있는 어머니를 아이들은 좋아할 것이다. 무릎 위에 있을 적엔 세상에서 엄마가 최고이고 거인으로 보였겠지만 조금 커서 밖에 나가면 엄마보다 더 많은 것을 보고 느끼게 된다. 그때부터 아이는 엄마를 앞질러 달리게 된다. 그러다가 언젠가는 엄마를 밥이나 해주고 빨래나 해주는 파출부 같은 여자로 생각하게 되는 것이다. 부모와의 대화 단절은 정보사회에 살고 있는 가정의 엄청난 비극이다.

이런 것을 염두에 두고 항상 부모는 풍부하고 신선한 화제를 가지도록 노력을 해야 한다. 말거리란 절로 터득되는 것이 아니다. 명석한 사고력은 머리가 좋아야 되는 것도 아니다. 더구나 재치 있는 말이나 막힘 없이 술술 재미있게 하는 말을 뜻하는 것도 아니다. 이런 말은 처음에는 담박 반응이 오지만 오래가지 못한다. 마음속으로부터 나오는 말이 아니고 겉치레의 말이거나 말솜씨 좋은 것으로 끝나기 때문이다.

그러면 어떻게 해야 풍부한 화재를 가질 수 있을까?

1. 관찰력을 가져야 한다

신문이나 방송, 텔레비전을 통해 화제거리를 생각해야 한다는 뜻이다. 저녁에 지쳐서 들어온 남편에게 그렇고 그런 진부한 말거리를 안겨주는 것보다 정치, 경제, 사회 면에서 떠들썩하게 문제가 된 것을 들고나와, 자신의 의견을 피력하고 남편의 의견도 묻는다면 얼마나 대화의 방향이 바뀌겠는가!

2. 독서를 통해 말거리를 얻어낼 수 있다

수필이나 소설, 수기를 읽고서 그걸 화제로 삼을 수 있다. 소설 주인공의 삶을 통한 간접체험이라든가, 어떻게 저축을 해서 집을 마련했다는 수기, 또는 예수님을 만나게 된 간증을 읽고 이런 걸 대화에 올리면 화제는 더욱 윤택해질 것이다. 특히 수필을 읽으면 한 사람의 인생관과 가치관, 사고력까지 엿보게 된다. 따라서 열 권의 수필집을 읽으면 열 사람의 인생살이를 간접체험해서 말거리 삼아 자신의 창조적 사고도 덧붙일 수 있으니 얼마나 풍부한 대화를 나눌 수 있겠는가!

3. 경탄의 자세로 겸손하게 사물을 대해야 한다

왜 이런 일이 일어났을까! 긍정적으로 보면 어떠할 것이며 부정적 시선으로 처리하면 어떨까! 등등 사물의 다면성을 보고 창조적인 생각을 해보는 것이다.

4. 잡담은 대화가 아니다

잡담이란 생리적 욕구를 충족시키려고 떠드는 것이어서 아무리 오래 말해도 상호간에 얻는 것이 없다. 대화란 서로 얻어지는 것이 있고 사고력을 길러서 서로 더 깊이 있는 목표에 도달하게 되는 것이다. 그러므로 풍부한 화제는 잡담을 하는 것을 뜻하지 않는다. 어디까지나 서로 도움이 되는 내용으로 승부를 거는 대화를 나누어야 한다.

5. 질이 다른 사람과 교제하여 새로운 세계에 눈을 뜨고 자신의 맹점을 반성해야 한다

존경하는 사람이나 정상에 오른 사람에게서 겸손히 배우는 것도 풍부한 화제를 얻어내는 지름길이다.

6. 성경에서 가장 많은 화제를 얻어낼 수 있다

성경은 그냥 읽어서 내용만 파악하면 되는 것이 아니다. 성령의 감동으로 씌어졌기에 읽을 적마다 영적으로 깨닫는 바가 다른 것이 특징이다. 하나님께서는 학자의 혀를 우리에게 주셔서 곤핍한 자를 도와줄 말을 입에 넣어 주신다고 했다. 아침마다 우리의 귀를 깨우치셔서 학자같이 알아듣게 하신다고 했으니 얼마나 놀라운 진리인가! 성경을 통해 하나님이 주신 선한 말은 그야말로 꿀송이처럼 마음에 달고 뼈에 양약이 된다고도 했다. 하나님의 진리의 말씀을 깨우쳤을 때 우리 입에서 터져 나오는 말이 곧 풍부한 화제가 아니고 무엇이겠는가.

학교 문 앞에도 가보지 못한 할머니가 성경을 백 번 읽고 학자보다 더 유식한 말을 하는 걸 보고 놀랐다. 링컨도 어린 시절 성경을 무척 즐겨 읽었다고 한다. 그는 대통령이 되었을 적에 가장 어려운 것을 성경에서 얻은 지혜로 처리했다고도 한다. 성경은 가장 많은 말거리를 우리에게 주며 학자같이 깨닫는 귀를 주고 학자의 혀를 주다니 성경은 화제의 보고寶庫가 되는 셈이다.

[생의 교훈 : 명사·명언] 넘어짐을 통해 안전하게 걷는 법을 배우게 된다. ─ **영국 속담**│속담은 그 나라 국민성을 기른다.

사람이 만일 무슨 범죄한 일이 드러나거든 너희는 온유한 심령으로 그러한 자를

바로잡고 네 자신을 돌아보아 너도 시험을 받을까 두려워하라

— 갈라디아서 6:1

4
상처를 입히지 않는 말로 충고하라

우리 생활은 싫든 좋든 사람들과 어울려 살아야 하기에 말로 인해서 상처를 받게 마련이다. 특히 충고를 해서 오랫동안 미움의 앙금을 상대방의 가슴에 남겨준 기억을 누구나 가지고 있을 것이다.

주부란 집에서 식구들하고만 사니까 별로 충고할 것이

없으니 내겐 이런 충고법이 필요없다고 할 어머니들도 있을 것이다. 그러나 사회생활을 하지 않고 집에서만 살아도 자식에게 남편에게 시댁식구들에게 충고해야 할 때가 상당히 많이 있다.

어떤 경우의 충고라도 심지어 자식에게라도 누구나 충고받기를 싫어한다. 대부분 충고를 받으면 고마워하는 것이 아니라 반발하거나 코웃음치고 증오한다. 성격에 따라서는 우는 사람도 있고 합리화하며 변명을 늘어놓기도 한다. 과격한 사람은 정면으로 대들며 반격을 가하기도 하고 가재도구를 마구 다루어 소란을 떨기도 한다. 내성적인 사람은 의식적으로 태만한 꼴을 보여 충고한 사람의 속을 끓여놓기도 한다. 아무튼 충고는 여러 가지 파문을 일으키기에 현대인들은 충고를 피하고 있다.

그러나 두 손을 가슴에 얹고 생각해 보자. 내 주위에 진정으로 나를 충고해주는 사람이 있는가? 없다면 진실한 친구를 가지고 있지 못한다는 뜻이다. 어떻든 충고해 주는 사람을 한 사람이라도 가지고 있는 사람이 행복한 사람이다. 그건 지극히 사랑하는 친구를 가졌기 때문이다.

내 경우도 충고를 했다가 된통 당한 적이 있다. 정말로 사랑해서 말해 주었는데 온통 난리를 쳐서 일생 원수가 될 것처럼 날뛰는 걸 보며 많은 걸 생각했다. 결국 사랑의 충고라도 상당한 연구가 필요하다는 결론에 이르렀다.

그럼 어떻게 충고해야 피차 상처를 받지 않고 바른 충

고를 할 수 있단 말인가?

우선 충고의 본질이 무엇인가 생각해 보자. 충고의 본질은 이성적으로는 받아들이고 감정적으로 반발하는 것이 특징이다. 한번 흘려버리고 끝나는 것이 아니라 애정과 관심을 가지고 상대가 고쳐질 때까지 결과를 지켜봐야 한다는 데 문제의 심각성이 있다.

부모나 직장의 상사가 무사주의이고 무관심하며 호인이라는 평을 들으면 그런 사람은 건강한 자식이나 성실한 부하를 거느리지 못한다고 한다. 그런 부모나 상관은 무능력하고 무책임하며 애정이 결핍돼 있다는 뜻이기 때문이다. 윗사람은 어느 경우에나 충고를 해야 하는 자리에 있기 마련이다. 그런데 충고란 사람이 사람에게 대하는 전인적인 승부요 자신과의 조용한 투쟁이기에 부모라는 자리와 어른이라는 위치에 우쭐해서 되어질 것이 아니다.

자식에게나 남편에 충고하기를 앞서 많이 기도하고 그다음 실천하고서도 깊은 반성이 따라야 한다. 그리고 충고할 적엔 사실을 정확히 알아서 입증할 자료가 있어야 한다. 언제나 충고할 적엔 많은 사람들 앞에서 심지어 형제간들 앞에서 하면 실패한다. 1대1의 원칙을 지키고 시기를 생각하며 장소를 잘 택해야 한다.

반드시 본인에게 충고를 해야지 타인에게 해서 돌아 들어가게 하면 오히려 생각지도 못한 오해를 사게 된다.

더구나 대중 앞에서 으쓱해서 어느 한 개인을 놓고 지

껄인 충고가 얼마나 상대방에게 큰 충격을 주는지 한 예를 들어보자.

산골 초등학교 선생인 내 친구는 상당히 극성스럽게 학생들을 지도했다. 그런데 어느 여학생이 매일 지각을 하더라나. 속이 상한 여선생은 한번 단단히 꾸중해서 고쳐주리라 벼르다가 어느 날을 잡아 호된 꾸중을 했다.

"넌 지금 5학년이야. 그 나이에 등교 시간도 못 지키는 멍텅구리는 사회의 실패자다. 얼마나 윗사람들 속을 끓여주겠니. 아침에 조금 일찍 일어나서 등교할 수 없겠니? 내일도 늦으면 아예 학교를 그만 두어라."

"……"

"왜 대답을 못하느냐? 그래 계속 지각을 고집하겠다는 뜻이냐?"

"……"

다음날 아이는 학교에 오지 않았다. 잔뜩 화가 난 여선생은 산을 두 개나 넘어야 갈 수 있는 그 아이 집을 찾아 나섰다. 아이를 찾아낸 여선생은 얼마나 많이 울었는지 얼굴을 들 수가 없었다고 한다.

아버지는 돌아가시고 어머니는 가출해버렸고 할머니는 중풍으로 앓아누워 똥을 싸고, 어린 동생은 다섯이나 되는 환경이었다. 농사일 보랴, 동생들 밥해 먹이랴, 할머니를 돌보랴, 아이는 정말 기막힌 상황에서 공부를 하겠다고 늦게라도 책가방을 걸머지고 왔는데 그 사정도 모르고 그저 신나게 사람들 앞에서 으쓱해서 선생이란 사람이 소리를 친 셈이다.

그걸 변명하지 않고 울먹이며 삭여듣고 돌아선 아이의 마음에 얼마나 큰 못이 박혔을까 생각하니 너무 가엾고 자신의 모습이 너무나 초라해 보였다. 과연 강단에 계속 서야 할 것인가 하는 회의를 느꼈다고 한다.

상대방이 처한 상황을 완전하게 파악 못하고 신바람나게 자신이 내린 결론을 가지고 하는 충고는 자신의 눈 속에 있는 들보를 보지 못하고 형제의 눈 속에 있는 티를 보고 우쭐대는 것이나 마찬가지다. 충고란 그만큼 상대방의 입장을 충분히 생각해 보고 자신을 그 사람의 자리에 놓아보고 해야 효과가 있는 것이고 그것이 곧 사랑이 아닐까. 이런 마음가짐은 온유한 심령이 되지 않으면 절대로 불가능한 일이다.

육체적으로 거대하기에 그리고 나이를 먹었다는 이유로 연약한 하나님의 아이들을 맡아 기르면서 우리는 어떤 자세를 취하고 있는가. 우쭐대며 매일 가정에서 생각없이 말을 뱉어내고 충고하고는 돌아서서는 까맣게 잊어버리는 부모들임을 반성해야 한다.

[[생의 교훈 : 명사·명언]] 지도자란 희망을 파는 상인이다. — 나폴레옹ㅣ '내 사전에는 절망이란 없다. 오로지 희망뿐이다.' 그는 희망을 팔아 영웅이 되었다.

5
기도한 다음 구체적인 충고를 하라

아이들은 치과에 가는 걸 제일 싫어한다. 이빨을 빼는 공포증도 있겠으나 이빨을 가는 소리는 머릿속에서 이상한 음으로 둔갑해서 누구나 몸서리를 치기 때문이다. 요즘 의학은 예방의학의 방향으로 가고 있다. 그래서 치과 의사들도 치료 중심에서 예방에 더 신경을 써야 한다고 한다.

그럼 어떻게 아이들에게 이빨을 곱게 가꾸도록 교육할 것인가. 세 가지 방법이 있다고 한다. 첫 번째는 불안감을 조성해서 공포심을 주어 매일 이빨을 잘 닦게 하는 방법이다. 두 번째는 부드럽게 설명해서 이빨을 아침 저녁 닦아야 한다고 일러주는 방법이다. 세 번째는 구체적인 그림을 보여주며 이성에 호소해서 충고해 주는 법이 있다.

이 셋 중에서 과연 어떤 것이 가장 효과가 있을까. 통계에 의하면 첫 번째 방법은 겨우 8퍼센트의 효과만 얻었다고 한다. 극악한 범인을 사형시키는 그 옆에서 똑같은 범죄를 저지르고 있는 사람이 있다는 걸 참고해 보면 같은 원리라고 할까. 두 번째 방법은 부드럽게 타이르는 방법인데 앞에서는 끄덕이며 알아듣는 척하지만 결과는 겨우 22퍼센트였단다. 앞의 방법보다는 효과는 있었지만 만족할 것이 못된다. 그러나 마지막 방법은 구체적인 예를 보여주며 상세하게 조목조목 설명해 주니 그 결과가 70퍼센트였다니 주목할 일이다.

교통사고 대책 방안에서도 무섭게 추적하거나 공포를 주며 단속하면 별 효과가 없고 상세한 교통정보를 주면 효과가 있다는 교통순경의 체험담을 들은 적이 있다.

역시 충고법도 이와 같은 원리를 따라야 한다. 공포증을 주는 충고법은 효과가 약하고 부드럽게 충고해 주고 끝나도 원하는 목적을 달성하기엔 멀다. 그러나 구체적인 것을 제시하며 해주는 충고는 상당한 수준에 이를 수 있으니 충고는 구체적인 것이 좋다.

충고하기에 앞서 많이 생각하고 기도해야 한다. 충고를 성공시키기 위한 발판은 용의주도한 준비와 기도에 있다. 그후에 용감하게 실천하고 깊게 반성하는 것이 기본이다. 그때 중요한 것은 사실을 정확히 알고 충고해야 한다.

충고란 이성으로 긍정시키는 일이기에 입증할 자료가 없으면 낭패다. 왜 그런 상황에 이르렀는지 원인을 포착해서 충고할 시기까지 배려하고 장소를 택해야 한다.

사실 충로란 그 내용보다 충고하는 방법에 반발하는 것이 보통이다. 그리고 충고는 반드시 본인에게 직접해야지 타인을 통해서 들어가는 충고는 인간관계를 끊는 것이 보통이다.

그럼 구체적으로 어떻게 충고할 것인가?

입에서 나온 말은 없이 할 약이 없다고 한다. 그런 자세로 임해서 독이 되는 말을 우선 금하는 마음가짐이 중요하다. 글을 쓰는 사람이 첫줄을 어떻게 쓸까 며칠을 두고 고민하듯이 충고도 그렇다. 첫마디가 상당히 중요하다. 그래서 먼저 자신을 낮추는 말을 하는 것이 좋다. 예를 들어 본다.

"나 역시 많은 실수를 했지."

"한번 같이 생각해 보자."

"나도 조심하고 있는데……."

"나도 그래서 늘 주의하고 기도중인 일인데……."

이렇게 서두를 꺼낸 뒤 구체적 방법을 제시해 주어야 한다. 방법이 없는 충고는 기분만 상하게 하는 법이다. 방법이란 상대방을 위해서 깊이 있게 기도하고 사랑하면 그 사람에게 적절한 방법을 하나님께서 지혜를 통해 주신다. 고도의 기도 없이 덤벼드는 충고는 상세한 방법론을 구상할 겨를도 없는 법이다.

그 다음 시종일관된 충고를 해야지 말과 행동이 다르고 어제 해준 충고와 오늘 한 충고가 다르면 신뢰감을 잃어 이미 실패한 케이스에 속한다. 일관된 기준 아래 충고하는 것이 중요하다.

대부분의 사람들은 충고할 적에 감정적으로 하고 받는 쪽은 이성적으로 받기에 문제가 된다. 그래서 조용하게 알아듣도록 유도해야 한다. 그 예도 한번 들어보자.

"누구에게나 잘못은 있는 법이다."

"나 역시 큰소리칠 수 없지."

"자네 능력이면 다음엔 잘 할 수 있지."

또 비교 충고를 해서 모두 낭패를 맛본다. 예를 들면,

"달팽이 쪽이 훨씬 빠를 거야."

"나는 네 나이였을 적에 그런 짓 한 적이 없어."

"뒷집에 ○○○는 그런 짓을 한 적이 없어."

"네 동생을 봐라."

"○○○집사람은 얼마나 잘 하는데 당신은 뭐야."

충고받는 쪽이 속으로 혹은 직선적으로 대들 대화를 생각해 보자.

"그럼 달팽이에게 시키지 그러세요."

"그런 분이니까 겨우 요런 자리에 앉았지요."

"그럼 뒷집 아이 데리고 사세요. 나란 놈은 보잘 것 없으니까요."

"그럼 동생을 큰아들 삼으세요."

"그 사람 데리고 살구려."

비교 충고란 감정을 극도로 자극해서 반발만 일으킬 뿐이다.

자녀교육의 실재도 이런 비교 충고에서 나오고 부부간에도 비교 충고에서 틈이 갈라진 예가 허다하다. 아무튼 비교 충고는 강한 반발을 일으킬 뿐이다.

또 충고를 하면서 딴 말을 하는 경우가 있다. 인간성을 들먹이며 인간 자체까지 부정하는 말을 늘어놓기 쉽다.

"인간 쓰레기나 하는 짓을 하고 있어."

"넌 옛날부터 그랬어. 타고나길 그 모양으로 태어났으니 할 수 없지."

"어쩜 그렇게 돌대가리냐. 니 부모들이 한심하다."

게다가 어떤 사람은 추가 충고를 하는데 충고에서 본론을 떠난 긴 말은 역효과가 난다. 과거의 잘못까지 늘어놓으며 끈덕지게 굴면 상대방을 짜증나게 할 뿐이다.

"말하는 김에 생각나서 그러는데 전에도……."

"이왕 말난 김에 털어놓겠는데……."

이렇게 나가면 현재 충고하고 있는 것이 약해져서 이것도 저것도 다 포인트가 흐려진다.

충고란 참으로 어려운 일이다. 그러나 충고를 하지 않으면 그건 참된 부모요, 크리스천이 아니다. 말에 실수가 없으면 온전한 자임을 시인하고 낮은 자리에서 사랑과 인내심을 가지고 성실하게 충고해 주어야 한다. 공포에 호소하지 말고 사후 처리까지 할 수 있는 사랑을 가져야 한다.

누구나 충고를 들으면 상처를 받게 마련임으로 충고하기 전보다 더욱 사랑을 표시하며 진짜로 더 사랑해 주어야 한다. 충고의 효과를 지켜보며, 때맞춰 반복해 주고 또 기회를 주어 충고시에 받은 충격을 완화시켜 주는 자세가 필요하다.

우리가 가정에서 생각없이, 기도 없이 남편과 자식에게 또 이웃에게 행했던 충고가 얼마나 아픈 일이었는지 반성해야 하리라.

[[생의 교훈 : 명사 · 명언]] 우리에게는 남을 책망할 수 있는 권리가 없다. ─ 톨스토이 러시아 소설가. 그는 자연 사랑을 바탕으로 한 문학에서 '사랑을 위해 나를 희생하는 나무는 행복의 열매를 맺는다'고 했다.

6
아가는 보고 들으며 느낌으로 대화한다

영아기는 정서적으로 안정을 요하는 기간이다. 수유기이기에 안아주고 뽀뽀해 주고 맛있는 걸 주며 몸과 마음을 함께 쏟으며 피부 접촉이 가장 중요한 역할을 하는 시기이다. 모든 인간의 발달엔 결정적 시기가 있는 법인데 영아기인 젖먹는 기간엔 신뢰감이나 불신감을 심어주는 때이다.

하나님에 대한 사랑과 믿음은 수유기에 가장 많은 영향을 미친다고 한다. 생후 일 년 동안은 엄마와 가장 밀착된 기간으로 호흡을 같이 하고 엄마가 느끼는 걸 아가도 느끼며 이 시기에 하나님을 믿는 마음도 엄마의 신앙을 따라 생기게 된다고 한다.

생후 일 년 반이 되면 대소변을 가리는데 이때는 수치감도 생기고 자율감을 가지게 되며 자유의지가 길러지게 되는 시기이기도 하다. 이 시기에 부모의 통제가 심하면 수치감을 형성하게 되고 지나치게 간섭하고 통제하면 자기 조정능력을 잃고 의심이 생기고 불안감을 갖게 된다.

사회적 이유기인 3세까지의 영아기의 대화법은 어떻게 가지는 것이 좋을까? 사람이 아닌 양도 껍질 벗겨진 흰 가지를 보고 얼룩덜룩한 것과 점이 있고 아롱진 것을 낳는다면, 어릴수록 아가도 가장 예민하게 영향을 받는 시기일 것이다. 짐승도 태아기에 본 것에 의해 모양이 결정되는 걸 보면 임신기도 중요하고, 태어나서 영아기를 어떻게 보내느냐 하는 문제도 가장 예민하게 다루어져야 할 과제이다.

영아를 안고 이 아가는 말도 못하니 무슨 대화법이 있으랴 여기겠지만 그 시기의 아가는 감각의 시기이기에 보고 듣고 느끼고 냄새 맡고 맛보는 것이 대화가 된다.

이런 시기의 대화법은 특이하다.

예를 들면 젖먹이는 시간은 아가와의 대화를 나누는 가장 중요한 시간이다. 젖을 먹이는 엄마의 영혼이 평안하면 아가도 행복에 잠기게 되고 엄마가 슬퍼서 울면 아가도 함께 슬퍼하며 젖을 먹는다. 젖꼭지를 물고 올려다본 엄마의 얼굴과 그 때의 심정이 그대로 아가에게 전달되므로 번거롭게 대화법을 연구할 것이 아니라 바로 수유시간이 아가와의 대화 시간인 것이다.

태어나서 삼 개월만에 아빠가 암으로 죽게 되었을 때 아가는 그걸 전혀 모른다고 생각하는가. 전혀 그 반대이다. 아빠는 병원에서 임종을 맞고 있는데 할머니가 아가에게 우유를 먹였다고 한다. 아가는 배고플 시간인데도 도리질을 하며 그렇게 서럽게 오래오래 울어서 아마 이 시간이 임종인가 하고 할머니는 시간을 확인해 놓고 나중에 맞춰보니 바로 그 시간에 임종했다고 한다.

기저귀를 갈아주는 시간이 또한 다른 패턴의 대화 시간이다.

"아이쿠! 우리 아가, 얼마나 축축했니. 기분 나빴지. 자, 이 엄마가 보송보송하게 기저귀를 갈아줄께."

엄마가 혼자 중얼대며 기저귀를 갈아도 아가는 전부 알아듣는다. 말로 알아듣는 것이 아니고 엄마의 다정한 사랑의 손길과 부드럽게 울려 나오는 음성과 몸에서 나는 엄마 냄새로 아가는 속으로 대화를 나누고 있는 셈이다.

이 시기에 아가가 입으로 내는 유일한 대화법은 우는 일이다. 참으로 재미있는 일은 엄마는 아가의 울음소리를 듣고 그것이 배고프다는 울음인지 응가를 해서 기저귀를 갈아달라는 외침인지 아니면 안아달라는 보챔인지 모두 분별할 수 있다. 아가가 이유없이 계속 우는 것은 정서적 불안이나 가정에 닥쳐올 불행을 느끼고 있기 때문이라고 한다. 그만큼 아가들은 영적으로 예민한 상태에 있다.

위에서 열거한 세 가지를 터득한 엄마는 아가와 대화를 나누며 하나님의 자녀임을 가르칠 수 있다. 꼭 너 이 다음에 커서 하나님을 잘 믿어야 된다고 수없이 아가의 귀에 말하라는 뜻이 아니다. 엄마가 아가를 안고 조용조용 기도하는 음성이나 성경을 펴들고 읽고 있는 모습이 아가의 머리에 그대로 인각이 되어서 자연스럽게 거룩하고 경건한 종교의 분위기를 몸에 익히게 된다.

매일매일 아가를 안고 부르는 찬송도 빼놓을 수 없는 아가와의 대화법이다. 엄마가 영으로 하나님과 대화하는 걸 아가는 자연스럽게 익히게 되는 것이다.

아가가 엄마의 품에 안겨 창조주 하나님을 함께 의식하며 경험하는 소중한 시기가 바로 이 시기다. 젖을 빨며 바라본 엄마의 얼굴, 기저귀를 갈아주는 엄마에게서 봉사와 사랑을 배우게 되는 것이다. 말을 못하는 아가의 울음을 알아듣는 엄마에게서 타인을 이해하는 넓은 마음을 배우게 되는 것이다.

아가와의 대화의 기초는 온 가족이 아빠를 위시해서 모두 하나님께 속한 자녀임을 알고 감사하며 한몸으로 뭉쳐 기쁨과 화평이 넘칠 때 가장 좋은 대화를 아가와 하고 있는 것이다.

아무리 호화로운 옷을 입히고 좋은 우유를 먹이고 좋은 집에 아가를 뉘어놓았어도 부부가 불화하고 하나님을 떠나 방종하고 교만하게 살아서 지옥 같은 분위기라면 그건 아가와의 대화에선 빵점을 맞은 거와 같다. 하나님을 가정의 중심에 모시고 감사에 넘치는 가정 분위기가 바로 아가에게 가장 좋은 말을 해주는 것이고 아가는 그걸 감사해서 평안한 얼굴로 가족에게 예쁜 웃음을 선사할 것이다.

영아기의 대화법은 하나님 보시기에도 너무 예쁜 가정을 이루어 기도와 찬송소리, 말씀이 충만해서 웃음이 끊이지 않는 분위기를 기초로 해서 이뤄질 수가 있다고 본다.

[[생의 교훈 : 명사·명언]] 영혼은 사는 곳에 있는 것이 아니라 사랑하는 곳에 있다. ― H.G.본 | 영국 형이상학파 시인. 그의 시는 '사는데 힘을 잃고, 사랑하는데 힘을 낸다'고 했다.

죽고 사는 것이 혀의 권세에 달렸나니 혀를 쓰기 좋아하는 자는 그 열매를 먹으리라

— 잠언 18:21

7

어떤 말을 아가에게 가르칠까

「잠언」은 말이 얼마나 중요한가를 많이 기록하고 있다.

「잠언」 15장 23절 '사람은 그 입의 대답으로 말미암아 기쁨을 얻나니 때에 맞는 말이 얼마나 아름다운고' 「잠언」 16장 24절 '선한 말은 꿀송이 같아서 마음에 달고 뼈에 양약이 되느니라' 「잠언」 18장 21절 '죽고 사는 것이

혀의 권세에 달렸나니 혀를 쓰기 좋아하는 자는 그 열매를 먹으리라'

　입술훈련은 죽음의 자리까지 해야 하는 것이다. 우리 몸에서 가장 늦게 성화되는 것이 혀이기 때문이다. 입술훈련은 영아시절부터 필요하다. 갑자기 되어지는 것이 아니다. 물방울이 돌에 떨어져 구멍을 내듯이 그렇게 오랜 세월이 걸리는 것이다.

　아가에게 어떤 말부터 훈련시킬까?

　"감사합니다."

　"고맙습니다."

　"미안합니다."

　"죄송합니다."

　위이 말은 어려서부터 훈련되어야 하는 가장 중요한 말이다. 백화점의 슈퍼마켓은 사람들로 언제나 붐빈다. 뒤에서 쇼핑을 잔뜩한 카트가 내 뒤 발꿈치를 거세게 들이받았다. 얼마나 아픈지 눈물이 찔끔 났다. 그런데 정작 잘못한 당사자인 청년은 나를 개 보듯 이상한 눈초리로 흘끔 보고는 그냥 지나쳤다. 그때 그 청년이 내게 이렇게 말했으면 얼마나 좋았을까.

　"죄송합니다."

　딱 이 한 마디를 아끼는 그 청년이 정말 밉살스러웠다.

　영아시절부터 자신의 잘못을 솔직하게 시인하는 말을

부끄럼 없이 하는 것도 훈련되어져야 한다.

"잘못했어요."

"이건 제 실수였어요."

미국을 여행할 적에 딱 두 마디만 알아도 된다고 어느 여행 가이드가 한 말이 생각난다.

"Thank you."

"Sorry."

한 달에 한두 번씩은 아가와 함께 해 뜨는 동녘이나 해 지는 서녘을 향해 서서 이런 말을 자주 해주자.

"야아! 하나님은 참으로 위대한 분이다."

행동으로 보여줘서 말하게 해도 좋다.

예쁜 장미꽃, 아름다운 들꽃을 보고 이렇게 감탄한다.

"하나님이 이걸 만드셨구나! 놀랍다, 놀라워."

텔레비전은 아가와 대화할 수 있는 시간을 앗아간다. 귀가하여 잠들 때까지 화면 앞에 앉아있는 엄마, 아빠는 아가와 가장 귀중한 시간을 보내면서 대화할 시간을 바보 상자에게 빼앗기고 있는 셈이다.

이웃이나 영아부의 친구들 이름을 반복해서 불러 기억 하게 한다. 모든 사물에 이름이 있다는 사실에 아가는 신 기해 할 것이며 머리도 똑똑해진다.

고전음악을 은은하게 틀어놔서 집안에 평안한 멜로디 가 흘러넘치면 아가의 영혼은 편안을 누린다. 찬송가나 복음성가를 배경음악으로 집안 거실에 깔아도 좋다. 험악한 텔레비전 소리보다야 훨씬 나을 것이다.

누구를 만나든 엄마, 아빠가 먼저 인사를 한다.

"안녕하셨어요."

아가도 따라서 누구를 만나든 인사를 잘 하는 아가로 자랄 것이다. 대화의 주도권은 인사를 먼저 하는 사람이 잡게 마련이다.

엄마, 아빠가 아가 앞에서 잘못을 솔직하게 시인하여 말하는 것을 아가는 배운다.

"이건 엄마가 잘못한 거야. 미안하다."

"아빠가 실수했다. 미안, 미안."

영아부에 온 아가가 늘 뒷짐을 지고 걸었다. 아빠가 아가를 데리고 가려고 왔는데 아가처럼 뒷짐을 지고 걷는 것이 아닌가. 그대로 닮은꼴이었다. 기저귀를 찬 아기가 다리를 꼬고 손을 턱 밑에 괴고 요상한 모습으로 앉아 있었다. 엄마가 왔는데 의자에 앉은 모습이 아가와 똑같은 자세였다. 아가가 엄마의 이런 자세를 배우려고 얼마나 고생을 했을까 하는 생각을 지울 수가 없었다.

아가는 영아부에 와서 엄마, 아빠가 싸운 흉내를 재현하기도 한다. 무서운 모방성이다. 이런 아가들 앞에서 말을 가르치는 부모는 좋은 롤 모델이 되어야 한다.

[[생의 교훈 : 명사 · 명언]] 오늘 하루는 내일의 이틀만큼이나 가치를 가지고 있다. — 벤자민 프랭클린 | 평생 자유를 사랑한 그는 전형적인 미국인의 사고 규범이 되었다.

그러므로 피차 권면하고 서로 덕을 세우기를 너희가 하는 것 같이 하라
— 데살로니가전서 5:11

8
칭찬보다 격려를 더 많이 하라

『칭찬은 고래도 춤추게 한다』는 책이 무척 많이 팔렸다고 한다. 누구나 칭찬받는 걸 좋아한다. 하지만 칭찬은 마약과 같아서 중독이 된다고 한다. 칭찬을 듣기 위해 스트레스와 긴장 속에 갇혀 살기 때문이다. 자칫 잘못하면 아가와 엄마, 아빠 사이에 칭찬의 구속을 받을 수도 있다.

칭찬받기 위해 거짓말을 하거나 거짓 행위를 할 수 있다는 뜻이다. 칭찬중독에 걸리면 자기중심적이고 비교의식이 강하며 일이 잘못되어질 적엔 남을 탓하게 된다. 남보다 뛰어나야 하기 때문에 자기능력 이상의 것을 기대하다가 좌절하기도 한다.

칭찬하는 것이 좋다니까 마구 난발해서 아가의 영혼을 좀먹을 수도 있다. 확실히 칭찬난발은 하는 부모 쪽에서도 힘들다. 칭찬은 성취했을 적에 해줘야 하는데 어디 그게 그렇게 자주 일어나는 일인가. 성취 못했을 적에 실망하게 되고 이상한 성격으로 변할 수도 있다. 반면 격려는 아기에게 용기를 주고 힘을 줄 수 있다. 신나는 삶을 살도록 이끄는 격려는 가장 믿을 만한 투자가 된다.

그럼 격려는 어떻게 하는 것일까?

격려는 인간성장에 도움을 준다. 격려의 말은 심정을 알아주고 아가의 처지와 상황을 이해하여 주는 기초가 된다.

1. 말없이 눈으로 웃어주고 안아주고 만져줌으로 아가는 격려를 받는다.

"수고한다."

"감사한다."

"기쁘다."

"사랑한다."

"마음이 든든하다."

"멋있다."

이 한 마디 말로 아가는 격려를 받는다.

2. 격려는 어느 때 어디서나 어느 상황에서도 잘했거나 잘못했거나 성공했거나 실패했을 때도 언제라도 할 수 있다.

"오늘은 잘못했지만 앞으로 잘 할 것으로 안다."

"난 네가 결정한 것에 무엇이나 찬성한다."

3. 격려는 성취의 결과에만 집착하지 않고 노력, 연구 과정을 중요시하며 사소한 일이라도 발전을 알아주고 인정한다. 집에서 하는 평상적인 일, 크고 작은 일에 협조하고 있는 것을 알려주고 감사하고 있음을 알려준다.

"휴지를 쓰레기통에 넣었구나. 수고했다."

"신발을 현관에 예쁘게 벗어놔서 참 보기 좋구나."

"엄마 아픈데 수저를 놔줘서 고맙다."

"빈 그릇을 설거지통에 넣었구나. 수고 많았다."

"엄마가 바쁜데 동생하고 놀아줘서 고맙구나."

4. 인정하고 알아준다.

"네가 좋아하니 나도 좋다."

"장난감을 잘 정돈해서 난 네가 자랑스럽다."

"그래 나도 그렇게 생각한다."

5. 격려할 때 평가적인 용어나 낙심되는 말을 말꼬리에 붙이지 말고 남과 비교하지 말아야 한다. 아가만이 갖는 특성이나 자질을 인정하는 것이 중요하다.

"쓰레기를 잘 치워서 고맙지만 저 구석에 아직도 휴지가 남아있구나."

"넌 빨리 달릴 수 있어 보기 좋지만 옆집 돌이는 너보다 더 빨리 달린단다."

위의 말은 격려를 받았다고 하기보다 상처를 입게 마련이다.

6. 낙심할 때 긍정적으로 보게 하여 나도 할 수 있다는 기대를 갖게 격려한다.

"원하는 대로 되지 않아서 실망이 컸겠구나. 다시 도전해 봐라. 너는 할 수 있다."

격려를 자녀에게 많이 하는 엄마, 아빠가 되어야 하는 것은 격려는 삶의 에너지가 되기 때문이다.

[[생의 교훈 : 명사·명언]] 잘못을 부끄러워하라. 그러나 잘못을 회개하는 것은 결코 부끄러워 말아라. ─루소 | 프랑스 사상가, 소설가. 그는 '인간이 아파하는 진실을 부끄러워하지 말라'고도 했다.

사람의 영혼은 여호와의 등불이라 사람의 깊은 속을 살피느니라
— 잠언 20:27

9

칭찬은 병든 정서를 고친다

'Praise Junkies'란 말이 있다. 난발한 쓰레기 같은 칭찬을 두고 하는 말이다. 칭찬을 잘 해야 하는데 어떻게 하는 것이 좋은가. 그동안 많은 학자들이 칭찬을 하라고 하도 많이 주장해서 그러다 보니까 칭찬을 많이 듣고 자란 아가에게서 발견되는 독이 아주 독하다는 걸 알고 조심하

라고 경고하고 있다.

그렇다면 어떤 칭찬을 해야 아가에게 안전하고 좋은 것인가?

1. 과장된 칭찬은 하지 않는 것이 좋다.

아하! 엄마, 아빠가 어떤 목적이 있어서 이런 칭찬을 하는구나 하고 아가가 알아챘을 경우 이런 칭찬은 독이 된다.

2. 엄마, 아빠가 아가를 기분 좋게 하려고 두루뭉술하게 칭찬을 하면 혼란이 온다. 조목조목 하나씩 짚어주면서 하는 칭찬이 좋다.

3. 너는 참 똑똑한 아가고 예쁜 아가라고 딱지를 붙인 칭찬은 도전의식이 없어져서 제자리걸음만을 할 뿐이다. 아가를 한 자리에 놓고 못을 박은 결과가 된다.

4. "넌 천재야. 아주 머리가 좋구나."

이런 말을 자주 듣고 자란 아가는 그런 말을 들어야 되는 이상한 버릇이 든다.

5. 칭찬 받는 것만이 엄마, 아빠의 사랑을 받는 것이라고 생각이 들지 않도록 조심해야 한다.

아가가 어른이 되어서도 남들이 하는 칭찬이나 기대에 맞춰서 살려고 하는 가치관을 가지고 있으면 굉장한 스트레스와 근심걱정에 휩싸인다. 칭찬을 받기 위해 무엇이나 하기 때문에 상황판단을 하여 일을 하기보다는 다른 사람 마음에 들고 인정받으려고 하는 생각에 초점을 두기 때문에 그 일이 불공정한 일이 될 수도 있다.

반장입후보로 나가서 두 사람이 경쟁을 하는데 엄마, 아빠의 칭찬을 듣기 위해 표를 위조하여 넣었다고 하자. 그 결과는 얼마나 무서운가! 칭찬만을 듣기 원하는 아가로 컸기 때문에 나온 결과가 된다.

칭찬은 자신이 어느 면에서 능력이 없다는 걸 용납하지 못하고 남보다 뛰어나야 함으로 자기능력 이상의 것을 기대하고 날뛰다가 좌절하면 정신질환을 일으킬 정도로 넘어져버린다.

어쩌다가 그런 칭찬 중독증이 걸리도록 아가를 키웠을까? 이런 엄마, 아빠는 되지 말아야 한다.

우리 엄마, 아빠들은 칭찬하는 일에 아주 익숙해 있다. 그러나 격려하는 것이 칭찬보다 성숙한 인간으로 아가를 키운다는 점을 인식하고 도움이 되는 격려를 많이 해야 한다.

[생의 교훈 : 명사·명언] 인간의 절망은 하나님의 기회이고, 인간의 끝은 하나님의 시작이다. **— 톨스토이** | '인류 곁에는 항상 하나님이 함께 한다.' 그는 문학의 신에게도 이 말을 했다.

10
식탁은 교육의 광장이다

정보사회의 물결로 인해 아빠도 엄마도 모두 바쁘게 살고 있다. 직장에 나가지 않는 엄마도 무슨 일이 그렇게 많은지 늘 쩔쩔매면서 산다. 이로 인해 자녀와의 대화가 원만하지 못하게 되어서 부모와 자녀간의 갈등을 일으킨다.

옛날에는 밥을 먹으면서 입을 열면 버릇없다고 늘 야단

을 맞았다. 특히 할머니나 할아버지가 밥상에 함께 앉았을 때는 벙어리가 되는 것이 식탁예법이었다.

"웬 말이 그렇게 많으냐. 밥 다 먹고 이야기해라."

"반찬과 밥알이 튀어나온다. 입 안에 든 음식이 다 보인다. 입을 다물어라."

늘 이런 지청구를 들었다.

정보사회에서는 이런 식탁예법은 바람직하지 못하다. 온 가족이 모일 수 있는 유일한 곳이 식탁인데 이 시간을 이용해서 할 말을 모두 해야 한다. 식사를 하면서 가족의 화합을 확인해야 하고 교육도 시켜야 하고 엄마, 아빠가 하고 싶은 말도 해야 한다.

그러기 위해서 식탁에서 이뤄질 일들을 열거해보자.

1. 식사할 때는 즐겁고 감사한 마음으로 먹도록 한다.

2. 음식에 대한 경건한 마음을 가진다. 이 음식을 준비한 엄마에게 감사를 표하기도 한다.

3. 식사시간에는 텔레비전을 절대로 켜지 말자.

4. 아빠는 주로 신문을 보는데 이것도 금한다.

5. 식기도할 적에 하나님께 먼저 감사하고 엄마, 아빠에게도 감사한다.

6. 특히 온 식구가 모인 저녁 식탁에서는 절대로 서두르지 말고 음식을 음미하며 이런 저런 대화도 나누고 오랫동안 식사하여 대화의 광장으로 삼는다.

7. 생일이나 특별한 날에는 친지들을 초대하여 함께 식

사를 하면서 교제하고 대화의 광장을 넓힌다.

8. 명절에는 전통음식을 차려 전통적인 예절을 가르치는 것이 좋다. 추석에는 송편을 엄마, 아빠랑 둘러앉아 빚고 토란국도 끓이고, 설에는 만두도 만들고 떡국도 끓이며 세배를 드려 자연스럽게 전통예절을 가르친다.

9. 식사하는 동안 큰소리로 웃고 떠들면서 속에 있는 것을 다 털어 내놓게 한다. 그래야 식구들의 문제점을 알수 있고 아가도 이런 분위기에서 자연스럽게 전통예법을 배우게 된다.

10. 식사하는 것을 일종의 종교의식으로 생각하여 식탁을 제단으로 삼는다. 가능하면 엄마, 아빠가 성경말씀을 인용하는 것이 좋다.

11. 엄마가 의료선교사의 사명을 가지고 음식을 만들어 공해가 심한 현대를 살아가면서 식탁을 질병을 예방하는 자리로 삼는다. 이런 음식을 대화에 올려 인스턴트 음식을 먹는 피해를 자연스럽게 설명해준다. 질병을 예방하는 음식교육의 현장이 되기도 한다.

눈코 뜰 새 없이 바쁘게 돌아가는 정보사회 물결에서 식탁을 대화의 광장으로 삼아 교육하는 것이 필요하다.

[생의 교훈 : 명사·명언] 인간은 자연으로부터 멀어질수록 질병에 가까워진다. — **괴테** | 시인으로 자연연구가였던 그는 유한한 생명에게서 자유하는 문학을 했다.

내 이름을 경외하는 너희에게는 공의로운 해가 떠올라서 치료하는 광선을 비추리니
너희가 나가서 외양간에서 나온 송아지 같이 뛰리라
— 말라기 4:2

11

책이 아가를 치료한다

책이 사람을 치료할 수 있다는 것을 깨달은 흔적이 역사의 여기저기에 남아있다. 그 대표적인 예로 고대 그리스 테베도서관 입구 돌판에 '영혼을 치료하는 곳'이라고 인각된 것이 발견되었다고 한다. 그 뿐인가. 이집트의 알렉산드리아도서관에는 '마음을 위한 약'이란 글자들이

남아있어 책이란 무엇인가 하는 여운을 남겼다. 중세기 스위스의 St. Gall 수도원의 도서관에는 '영혼을 위한 약 상자'라고 돌판에 새겨놓았다고 하니 책이란 확실히 인간의 병을 치료하는 능력이 있음을 옛날 사람들도 이미 알고 있었다는 뜻이다.

18세기 프랑스의 어떤 의사는 약을 처방할 적에 약과 함께 책을 한 권 줘서 읽어보게 했다고 한다. 영혼의 문제가 육체의 병을 일으키고 있다고 이 의사는 믿었기 때문일 것이다.

최근에는 책을 읽혀 병을 치료하려는 시도를 병원, 소년원, 감옥에서 시도하고 있다. 독서치료법이라는 용어를 달고 사서와 간호사 혹은 의사가 함께 의논하여 택한 책을 환자에게 처방하는 병원과 학교들이 미국에서 늘어나고 있다. 우리나라 종합병원에서도 책을 카트에 싣고 다니면서 권하는 것을 보면 환자가 스스로 골라서 읽고 치료의효과를 보라는 뜻이다.

이런 독서치료법은 학교에서도 하고 있다. 교사도 못하고 상담교사도 부모도 못하는 문제아를 한 권의 책이 거뜬히 해낼 수 있다. 예를 들면 불량소년이 깡패소굴에 빠져서 도저히 빼낼 수 없어 걱정하고 있을 때 그런 계통의 늪에 빠졌다가 탈출한 사람의 자서전을 문제학생의 손에 쥐어주었다고 하자. 아하! 나도 이런 길을 가면 나중에 이렇게 되겠구나 하는 간접경험을 통해 슬그머니 가고 있던 잘못된 길에서 돌아설 수가 있다는 뜻이다.

　다른 예를 들어보자. 초등학교에 다니는 한 여학생이 급우들을 너무 괴롭혀 아무래도 다른 학생들을 위하여 퇴학을 시켜야 한다는 여론이 들끓었다. 고아원에서 다니는 이 학생은 짝꿍이 예쁜 옷을 입고 오면 칼로 옷을 자르거나 새 가방을 들고 오면 더러운 칠을 해내놓기도 했다. 선생님이 아무리 꾸중을 해도 고칠 수가 없었다. 어쩔 수 없이 담임선생은 『키다리 아저씨』란 책을 손에 쥐어주었다. 고아원에 돌아가 이 책을 읽은 여학생은 완전히 변화되었다. 그 책의 주인공이 고아였는데 어떻게 성공했는가를 읽고 자신도 그런 사람이 되기로 작심한 것이다. 선생도 못해낸 일을 『키다리 아저씨』란 책이 해낸 셈이다.

　미국의 싱싱 감옥에서는 죄수들에게 독서요법을 하기 위해 죄수용 도서관을 운영한다고 한다. 정신병원에서도 의사와 간호사가 환자의 상태를 놓고 토론한 뒤에 면밀히 검토한 책을 환자에게 읽혀 치료효과를 보기도 한단다. 이러기 위해서 사서가 심리학과 책의 내용을 분석하고 꿰뚫어 볼 수 있는 능력을 지녀야 하며 의사도 책의 내용을 전문사서의 도움을 받아 환자의 병에 맞춰 연구해야 한다는 조건이 따른다.

　책은 역사를 바꾸어 놓는 위대한 힘을 지니고 있다.

　『검둥이의 설움』이란 책이 미국의 남북전쟁을 일으키

는 스파크 역할을 했고, 히틀러의 『나의 투쟁』이란 책은 얼마나 무서운 역사의 소용돌이를 일으켰는가. 괴테의 소설 『젊은 베르테르의 슬픔』이란 책을 읽은 유럽의 젊은이들이 자살을 하자 이걸 무마하기 위해 나온 책이 바로 『독일인의 사랑』이다.

중국 속담에 '책 속엔 만종萬種의 곡식이 있으며 황금의 가옥이 있다' 라고 했다. 그만큼 책 속에 숨겨진 보화가 많다는 뜻이다.

이런 책을 아가에게 어떻게 소개할까?

제일 먼저 부모가 어떤 책을 소개하여 아가에게 읽힐 것인가 하는 것이 중요하다. 책의 홍수시대에 올바른 선택이 중요하단 말이다.

좋은 책을 선택하는 지혜란?

1. 우선 저자가 누구인가를 살핀다. 알려진 저자이거나 믿을 만한 학력을 소유했는가 책표지나 안내 글에서 읽어본다.

2. 믿을 만한 출판사인가 본다. 좋은 책을 낸 출판사는 이미 익히 들어서 알고 있고, 또 그 출판사에서 어떤 책을 내놓았는지 조사해야 한다.

3. 위의 2가지 정보를 가진 뒤에 직접 책의 내용을 검토한다. 차례를 훑어보는 것이 좋다. 지질紙質도 보고 활자도 눈을 피곤하게 않는지 검토한다. 각 페이지에 백지의 여분을 얼마나 남겼는가 하는 것도 눈의 피곤을 덜기

위해 중요하다.

4. 아가 책은 그림도 중요하다. 색채도 본다.

5. 이 책이 아가에게 맞는 것인가 하고 잠시 멈춰 생각해보는 것이 좋다. 아가의 환경이나 성격에 따라 고르는 책이 다를 수 있기 때문이다.

6. 아가의 일생에 영향을 주는 것이 책의 내용이니 기도하면서 고르는 것이 중요하다.

7. 책 중의 책인 성경은 진짜 약이다. 구약과 신약이 전부 아가에게 약이 된다. 성경을 통해 가장 많은 치료의 역사가 일어났고 앞으로도 계속 일어날 것이다. 아가에게 맞는 성경그림책을 골라 늘 읽히는 것도 중요하다.

부모가 아가를 무릎 위에 앉혀놓고 책을 읽어주는 동안 아가의 영혼을 위로하고 힘을 주고 치료하는 놀라운 역사가 일어날 것을 확신하기 바란다. 또 자식이 책을 가까이함으로 평생 살아가면서 책을 통해 치료받을 기회가 많을 터이니 책이란 참 좋은 약인 걸 잊지 말기 바란다.

[[생의 교훈 : 명사 · 명언]] 시간을 지배할 줄 아는 사람은 인생을 지배할 줄 아는 사람이다. ─ J.S.바흐 | 촌음을 아끼는 작곡가로서 그는 음악으로 시간을 지배했다.

12

베갯머리 이야기는 꿈을 이룬다

유태인들은 세계적으로 유명한 사람들을 많이 배출했다. 노벨상 수상자들 중 유태인이 많고 미국의 구석구석에서 일을 잘하고 있는 유명인사들 거의가 유태인들이다. 정치가 키신저도 유태인출신이고 오스트리아의 유명한 작가 카프가도 유태인이다. 「변신」이란 작품도 카프카가 유태인이기 때문에 나올 수 있는 작품이었다. 학자나 부자들 특히 은행가들 중에 유태인이 꼭 끼어있다. 왜 이 민족에게 이런 유명한 사람들이 많이 나오고 있는 것일까? 성경과 탈무드가 있기 때문이지만 더욱 중요한 것은 엄마나 아빠가 아가들이 잠들기 전에 들려준 베갯머리 이야기 Bedside Story를 듣고 자란 탓이라고 한다.

아가가 잠들기 전에 엄마나 아빠가 베갯머리에서 책을 읽어주는 것이 습관이 되면 어떤 이점이 있는가. 우선 부모의 체취와 목소리를 통해 재미있는 이야기를 들으면서 상상의 날개를 펴서 피상적이고 감각적인 것보다 추상적인 세계를 접하는 유익이 있다. 물론 책을 사랑하게 되니 학교에 다니면서 공부하는 걸 좋아하게 된다. 그 외에도 책을 읽어주는 부모와 관계를 잘 갖게 되고 일생 엄마, 아빠를 사랑하고 존경한다는 장점도 있다.

유태인은 토론과 논쟁에 아주 뛰어난 민족이다. 또 유머를 어찌 잘하는지 필자도 미국에서 공부할 적에 반에 유태인 여학생이 한 사람 있었는데 항상 모두를 웃게 하는 유머를 해서 재미있게 공부한 기억이 새롭다. 그 시절에는 좀 특이한 여자라고 생각했었는데 어쩌다가 만나는 유태인들도 즉석에서 만들어내는 유머감각이 아주 유별나다는 점을 알게 되었다.

유머감각이 뛰어나고 토론과 논쟁에 우수한 것은 그만큼 어려서부터 그 분야의 교육을 잘 받았다는 뜻이다. 유태인 부모들이 침대 가에서 읽어주는 책의 내용은 주로 성경과 탈무드라고 한다. 유태인 랍비들이 저술한 수천 페이지에 달하는 탈무드가 지혜와 유머 등 추상적 상상력의 보물창고가 된 셈이다.

예를 들면 술을 마시는 것이 왜 나쁘냐 하는 것도 탈무드에서는 아주 재미있게 이야기해준다. 포도나무를 기를 적에 거름으로 맨 먼저 양의 피를 주었다가 그다음에 원숭이 피를 마지막에 돼지 피를 주는데 그런 이유로 술을 마시면 처음에는 양처럼 순하다가 더 마시면 원숭이처럼 묘한 흉내를 내면서 익살을 떨다가 마지막에는 돼지처럼 시궁창에 나동그라지게 된다는 것이다. 어려서부터 이런 이야기를 잠들기 전 베갯머리에서 듣고 자면 나중에 어른이 되어서도 아하! 술을 많이 마시면 그렇게 되는구나 하는 생각을 무의식의 세계에 깔아주게 되어 효력을 발생한다고 한다.

아이가 물고기를 달라고 하면 그냥 주는 것이 아니고 잡는 법을 가르쳐주어 스스로 구하는 것도 탈무드의 지혜에서 나온 이야기이다. 게다가 성경에 나오는 요셉이나 다윗, 다니엘, 모세, 요나, 아브라함 등 수많은 성경 인물들을 잠들기 전 베갯머리에서 읽어주면 그들의 지혜와 상상을 통한 추상적인 세계를 경험하게 된다.

꿈을 잘 꾸는 요셉의 이야기를 들으면서 아가는 엄청난 상상을 하게 된다. 아버지의 편애로 형들의 미움을 사게 된 요셉을 노예로 파는 과정에서 아가는 분노와 미움을 경험하게 된다. 그 장면을 상상하면서 아마도 요셉이 불쌍해서 울기도 할 것이다. 하지만 이집트의 총리대신이 되어가는 과정과 많은 꿈들을 해석하는 요셉의 지혜에 박수를 보낼 것이다. 하나님의 손을 잡고 이렇게 성공한 요셉을 보면서 아하! 일생동안 하나님을 의지하는 것이 중요하구나 하는 믿음이 마음 깊이 뿌리를 내릴 것이다. 요셉의 어린 시절 꿈처럼 형들이 요셉 앞에 엎드려 절하고 요셉이 그런 형을 볼 적에 정을 이기지 못해 안으로 뛰어들어가 통곡하는 장면에서는 감정이 풍부한 아가는 따라 울 것이다.

또한 자신을 종으로 팔아먹은 형들을 용서하는 아래와 같은 말은 극치에 달할 것이다.

"형들이 나를 이곳에 종으로 팔았지만 근심하지 마세요. 한탄하지 마세요. 아직도 5년간의 무서운 기근이 계속될 터인데 하나님이 형들 가족의 생명을 기근에서 구하시려고 나를 형들 앞서 보내셨습니다. 그러니 나를 먼 나라 애급에 보낸 것은 형들이 아니요 하나님이십니다."

고난과 역경, 미움과 분노를 딛고 일어선 승리자의 말이다. 용서와 사랑을 할 수 있는 요셉의 마음이 어디서 온 것일까? 혼자 버려진 소년시절 너무나 외롭고 무서워서 얼마나 울었을까! 또 형들이 얼마나 미웠을까! 이런 여러 가지 생각을 잠들기 전에 부모가 읽어주는 요셉의 이야기를 통해 듣고는 이것저것 생각하다가 잠이 들었을 것이다. 아가의 상상의 크기가 아주 넓어졌을 것이 확실하다.

구체적으로 베갯머리 이야기는 어떻게 해야 하는가?

1. 아가를 잠자리에 누이면서 엄마나 아빠가 책을 읽어준다.

2. 하루도 빠지지 말고 매일 밥 먹듯이 잠들기 전 침대 머리에서 책을 읽어주는 일을 일과로 삼아야 한다. 책 읽는 소리를 들으면서 꿈나라로 가는 버릇을 들이면 으레 잠자리에 들면 부모의 다정한 목소리와 재미있는 이야기를 들어야 잠을 잔다고 생각하게 된다. 커가면서 책읽기에 재미를 붙이면서 책 속으로 빠져 들어가기 시작한다.

3. 이야기 내용은 주로 성경이나 건전한 책으로 부모가 잘 선택하는 것이 중요하다.

4. 베갯머리 이야기를 자녀교육의 기초며 부모의 의무로 인식해야 한다.

5. 이야기를 읽어주면서 아가의 느낌이나 질문을 대화에 올리면 사고력과 표현력을 길러줄 수 있다.

6. 아가의 상상력과 창조력을 존중하며 키워주게 된다.

7. 독서란 눈으로 읽는 것만이 아니고 귀로도 듣는 것임을 엄마, 아빠가 알아야 한다.

많은 부모들이 자식을 훌륭하게 키우려고 애를 쓴다. 자식교육에 돈을 투자하고 학교가 끝난 뒤에 수십 가지의 과외도 시킨다. 이런 모든 것보다 더 중요한 것이 바로 베갯머리 이야기이다. 침대 가에서 책을 읽어주면 공부를 잘 할 수 있는 기반을 닦아주는 것이고 머리를 좋게 하는 지름길이다. 베갯머리 이야기가 천재를 키우는 길이라고 하면 억지가 될까.

아무튼 갓난아기를 안고 무엇을 먹일까 무엇을 입힐까 걱정하지 말고 무슨 책을 읽힐까 고민하는 부모가 되기를 바란다.

〖생의 교훈 : 명사·명언〗 소년시절을 갖는다는 것은 하나의 삶을 살기 전에 무수한 삶을 산다는 것을 말한다. — **릴케**ㅣ독일 시인의 소년에 대한 헌사는 시대를 초월해서 유효하다.

요셉이 그들에게 가까이 오기 전에 그들이 요셉을 멀리서 보고 죽이기를 꾀하여

서로 이르되 꿈꾸는 자가 오는도다

— 창세기 37:18~19

13

베갯머리 이야기의 꿈은 크다

스티븐 스필버그는 유태인 출신 영화감독이다. 그가 제작 및 감독한 영화들은 우리가 익히 알고 있는 것들로 『ET』『쥐라기 공원』『조스』『쉰들러 리스트』『라이언 일병 구하기』『새』『인디애나 존스』 등등 작품이 나올 때마다 히트를 쳤다.

어떻게 이렇게 유명한 흥행 영화들을 제작할 수 있었을까?

물론 타고난 재능이라고 말할 수 있다. 하지만 그를 길러낸 어머니의 교육에 있었다고 본인은 고백한다. 어려서부터 괴팍한 아들을 길러내는 엄마가 단 한 번도 '안 돼.'라는 말을 하지 않았다고 한다. 그의 어머니는 유태인 엄마들이 다 그렇듯이 잠들기 전에 언제나 베갯머리 이야기를 들려주었고 아들이 꾀병을 앓는 것을 알면서도 들어주는 끈끈한 대화 줄이 팽팽했던 결과라고 한다.

스티븐 스필버그의 어머니 리아는 아마추어 피아니스트였고, 아버지 아놀드는 컴퓨터를 설계하는 전기기술자였다고 한다. 이런 가정에서 자란 그가 전 세계인들을 열광하게 만드는 최고의 흥행영화를 제작 감독할 수 있었던 이유가 무엇일까?

스필버그의 어린시절 기록을 보면 걸핏하면 학교에 가지를 않았다고 한다. 공부도 못했고 운동에도 소질이 없었으며 용모에도 자신이 없을 정도로 키가 작았다고 한다.

12세에 영화감독이 되겠다고 결심을 하고 학교에는 가지 않고 공상과 상상의 세계를 고집하는 아들에게 어머니가 한 말은 무엇이었을까?

"너에게 무조건 학교에 가라고 하지 않는다. 대신 무엇을 하든 열심히 해라. 억지로 학교 다닐 필요는 없다. 나는 네가 남들과 똑같은 것을 배워 똑같은 사람이 되는 것을 원치 않는다. 네가 좋아하고 정말로 잘 할 수 있다고 생각되는 일을 해라. 너는 너만의 특이한 일을 해낼 것을 이 엄마는 믿는다."

얼마나 멋진 말인가! 우리나라 엄마들이 이런 말을 할 수 있을까. 국화빵처럼 똑같이 되어서 도토리 키 재기로 길러내는 일에 익숙하고 동질화의 압력에 끼어서 안달하는 부모에게 과연 이런 말이 가능하냐 말이다.

스필버그의 어머니는 열등감에 사로잡힌 아들에게 자상한 배려와 사랑으로 감싸안아주고 특히 격려의 말을 많이 해주었다. 어려서부터 베갯머리 이야기를 들려주면서 자식의 개성과 독창성을 인정하여 밀어준 것이 세계적으로 유명한 영화감독을 탄생하게 만든 것이다. 아마도 스필버그는 어머니가 들려주는 베갯머리 이야기를 통해 요셉처럼 꿈꾸는 사람이 되었을 것이다. 우주만큼 큰 비전을 지니게 되었을 것이다. 꿈이 많은 사람은 어려서부터 자칫 잘못하면 자라지 못하고 꺾일 수가 있다.

엄마, 아빠가 원하는 길로 가지 않는다고 자녀를 노엽게 하는 부모들이 스필버그의 부모가 한 교육을 참고할 필요가 있다고 본다.

기독교 교육에서는 특히 베갯머리 이야기를 기초로 해서 펼치는 독서훈련이 필수적이다. 그 까닭은 천국까지 인도해주는 나침반인 성경을 읽으려면 독서를 하지 않고는 불가능하다. 성경은 상당히 어려운 책이다. 성경을 읽기 위해서 영아시절부터 베갯머리 독서를 해서 글을 읽는 습관과 능력을 길러줘야 한다. 책을 읽을 수 있는 사람만이(이건 독서를 많이 한 사람을 뜻하기도 한다) 성경의 깊이를 이해하고 하나님의 뜻과 그분의 마음을 알 수 있으니 말이다.

[[생의 교훈 : **명사 · 명언**]] 제대로 쓰면 시간은 언제나 충분히 있다. — **괴테** | 시인으로 자연연구가였던 그는 유한한 생명에게서 자유하는 문학을 했다.

14
뱃속에서 아가는 책 읽는
엄마의 마음을 본다

아가에게 언제부터 책을 읽힐 것인가? 엄마가 임신했다고 의사가 알려줄 때부터이다. 뱃속에 아가를 배고 책을 읽으면 아가에게 그게 전달된다고 한다.

41세의 석녀였던 친구가 임신을 하게 되었다. 기도모임에서 임신을 위해 기도했기 때문에 모두 기뻐했다. 이 친구는 임신한 아가를 위해 늘 이런 찬송을 불렀다.

'예수님 찬양, 예수님 찬양, 예수님 찬양합시다'

아기가 태어나자 우리는 모두 아기를 보러갔다. 갓난아기는 아직도 얼굴이 새빨갛고 예쁘지 않았다. 그런 아기를 향해 엄마가 열심히 예수님 찬양을 불러댔다. 세상에! 갓난아기가 엄마가 불러주는 찬송을 따라 벙긋벙긋 웃고 몸을 신난다는 듯 움씰거렸다. 아기는 뱃속에서 이 찬양에 대한 교육을 이미 받았다는 뜻이다.

필자도 첫아들을 임신했을 적에 고등학교 독일어 선생이었다. 일주일 내내 독일어를 가르치는 엄마 뱃속에서 자란 아들이 고등학교 3학년 때 드디어 그 효험을 본 셈이다. 대학입시에 응한 아들이 남들이 택하지 않는 독일어를 선택과목으로 택하여 시험을 보겠다고 했다. 왠지 모르지만 독일어가 익숙하고 쉽다는 것이다. 결국 독일어 선택해서 만점을 맞고 대학에 쉽게 입학했다고 내 앞에서 자랑하는 걸 들으면서 임신했을 적부터 뱃속의 아기를 위해 책을 읽혀야 한다는 확신을 갖게 되었다.

북스타트bookstart는 영아독서운동으로 1992년 영국에서 시작하여 미국과 일본에서도 각광을 받고 있다. 2003년 우리나라에도 이 물결이 들어와서 시험케이스로 보건소를 통해 생후 6개월 된 영아에게 책을 무료로 배포하는 운동을 벌린 적이 있다.

이 프로젝트는 아가에게 책을 읽혀주므로 부모와 자녀

간의 유대관계를 높이고 화목한 가정을 만드는 역할을 하는 걸 일깨워주는 일종의 가족문화운동이라고 했다. 영상문화로 생각하는 힘이 약해지고 있는 자녀들을 위한 시민사회운동의 일환이며 책과 함께 성장한 북스타트 세대를 키워냄으로 한국사회를 지적으로 한 단계 도약시키려 한다고도 했다.

이 운동은 이미 유태인들이 베갯머리 이야기로 시작했으며 이것은 자연스럽게 이뤄져야 한다. 엄마, 아빠가 책을 좋아해서 벽면에도 어디를 봐도 책들이 있는 것이 먼저 우선되어야 한다.

박사 부부의 세 자녀가 모두 박사가 되었다. 그 이유를 묻는 기자의 질문에 부모들이 자녀 앞에서 항상 책을 읽고 집안은 온통 책으로 도배를 하듯 책 속에 있으니 자녀들도 엄마 아빠를 따라서 공부한 것이 가족 모두가 박사가 된 것이란 기사를 읽은 적이 있다. 그렇다. 북스타트운동은 엄마 아빠가 먼저 책을 좋아하여 늘 읽는 부모가 되어야 한다. 부모는 전혀 책을 읽지 않고 자녀들에게만 책을 읽으라고 하면 겉으로는 하는 척하지만 속으로는 그대로 부모를 닮게 마련이다.

왜 이렇게 영아시절부터 책을 읽혀야 하는가? 연구결과 문자, 인지 능력 등이 북스타트운동에 참여한 아가들이 훨씬 앞선 것으로 조사되어 있다. 엄마, 아빠 품안에서 정다운 목소리로 이야기를 들으며 자란 아가들은 안정되고 심성 고운 사람으로 성장하여 사회성이 좋았다는 조사가 대대적인 북스타트운동을 일으키게 했다는 것이다.

구체적으로 아가에게 어떻게 책을 읽혀줄까?

우선 책 선택이 중요하다. 입으로 무엇이나 가져가는 아가들의 안전성을 위해 헝겊으로 된 책이 좋다. 더러워지면 빨아 쓸 수 있도록 선진국에서는 북스타트운동에 이런 책을 제작하여 쓰기도 한다.

100퍼센트 펄프로 제작하고 형광제를 빼고 코팅도 하지 않아 인체에 무해, 콩기름 잉크로 인쇄한 것이 좋다고 한다.

아기가 너무 어려 아무것도 모르는데 어떻게 독서가 가능한가? 라는 의심을 가질 것이다. 어떻게 읽어줄까 하는 질문이라고 생각한다. 아기를 앞에 놓고 어른처럼 대화하는 엄마, 아빠는 없다. 아기가 알아듣도록 의성어를 쓰면서 아기짓을 하는 부모로 돌아가면 된다. 아기곰, 강아지, 아기원숭이 등 동물을 등장하여 재미있게 울음이나 표정, 몸짓 등 비언어적 행동으로 의사소통을 하게 된다. 아기는 뜻을 이해 못해도 엄마, 아빠의 목소리와 리듬을 즐긴다. 데구루루, 첨벙첨벙, 휘이이잉, 엉금엉금, 멍멍, 꺄륵꺄륵, 삐약삐약 등 의성어, 의태어를 활용하면 좋다.

다윗, 모세, 요셉, 예수님, 노아, 아브라함 등 기독교 서점에 가면 아기용 그림책이 많이 있다.

교회 영아부를 운영하면서 배운 점은 6개월서 8개월이

되면 한 박자 느리게 찬양을 따라 몸을 들썩이는 걸 본다. 태어나서 1개월 때부터 나왔으니 그간 머리에 각인된 것이 그제야 나오는 것이다. 그런 점에서 많은 책이 필요하지 않다. 책 한 권을 가지고 몇 개월을 읽어주어도 된다. 아가의 머리는 단 한 번에 결정나는 것이 아니고 바위에 물방울이 떨어지듯 꾸준히 계속하여 반복하면서 머리에 새겨지는 것이다.

영아부를 나온 아기들이 고등학교에 들어간 뒤에 만나는 부모들이 이구동성으로 하는 말이 무엇인가 다른 아이들과 다르다는 것이다. 믿음생활을 잘하고 공부도 잘하고 태도도 반듯하다는 것이다. 그렇다. 태어나서 첫 3년간의 교육이 그만큼 중요하다는 뜻이다.

북스타트운동의 성공여부는 엄마, 아빠에게 달려있다. 책을 읽지 않는 부모에게서 이 운동의 성공을 기대하기 어렵다. 부모가 먼저 책 읽는 사람이 될 때 북스타트운동은 성공할 것이다.

〖**생의 교훈 : 명사 · 명언**〗 당신의 마음속에 식지 않는 열과 성의를 가져라. 그러면 인생의 빛을 얻으리라. │ **─ B. 프랭클린** │ 평생 자유를 사랑한 그는 전형적인 미국인의 사고 규범이 되었다.

그가 대답하되 나는 히브리 사람이요 바다와 육지를 지으신 하늘의 하나님
여호와를 경외하는 자로라 하고

— 요나 1:9

15
책이 아이의 미래를 꿈꾸게 한다

어릴 적 엄마, 아빠의 무릎 위에서나 베갯머리 이야기
에서 들은 이야기가 아가의 일생을 좌우한다. 3세 전에
들은 이야기들이 머리에 축적되어 일생 사고력의 근저를
이룬다는 뜻이다.

필자의 경우에도 어릴 적 할머니 무릎 위에서 들은 이

야기로 인해 60이 넘은 나이에도 고통을 받고 있다. 할머니는 언제나 나를 안고 귀신 이야기를 해주었다.

지금도 잊지 않는 이야기의 내용은 '산속 폐가에 길을 잃은 어느 나그네가 잠을 자러 들어갔는데 한밤중에 키가 구척인 검은 옷을 입은 귀신이 방안에 불쑥 들어와 입에서 퍽퍽 뿜어내는 불덩이가 바로 금덩어리였다……' 다른 부분은 다 잊었는데 지금도 어둑한 밤길을 혼자 걷자면 어김없이 구척장신 귀신이 앞을 가로막을 듯한 공포심을 느낀다.

우리 집엔 책이 많았다. 부모님이 모두 공부를 많이 하신 분이라 그 당시 귀했던 『소년』이란 잡지도 신청하여 읽은 기억이 난다. 아버지의 2층 방안엔 책으로 가득차서 마치 도서실 같았다. 그 시절 어머님이 사다주신 책이 『그림자 잡아먹는 귀신』이었다. 아마도 일본책을 그냥 번역한 것이 아닌가 생각한다. 그 귀신이 얼마나 무서웠던지 밤에 혼자 다니질 못한 적이 있었다. 달빛에 따라다니는 내 그림자를 그 귀신이 와서 잡아먹을까봐 겁이 나서 어머니와 함께 달 밝은 밤에 길을 걸을 적에도 내 그림자가 제대로 나를 따라오고 있는지 보기 위해 자꾸 확인을 했던 기억이 아직도 생생하다. 어른이 된 지금도 꿈속에서 가끔 그런 공포심으로 인해 땀을 흘리기도 한다.

한국 전래동화에 『해님과 달님이 된 오누이』가 있다. 떡장사 나간 어머니도 호랑이에게 잡혀먹고 오누이도 호랑이에게 속아 문을 열어주었다가 도망쳐서 나무 위에 올라갔다. 호랑이에게 처음에는 기름을 바르고 올라왔다고 오빠가 말했는데 누이가 순진하게 도끼로 찍어가면서 올라오라고 일러줘서 죽게 되었을 때 저들이 하늘을 향해 기도하자 하늘에서 밧줄이 내려와 저들을 끌어올렸단다. 그걸 본 호랑이도 그렇게 했는데 하늘에서 썩은 밧줄이 내려와서 그만 떨어져 죽었는데 그 밑에 수수밭이 호랑이 피로 붉어져서 지금도 수숫대가 불그레하다는 것이다. 하늘로 올라간 오누이는 해님과 달님이 되었단다.

전래동화는 민족성에도 영향을 미친다. 위의 동화는 그래서인지 이 민족이 하늘에서 뚝 떨어지는 걸 너무 많이 기대한다. 풍수지리가 그렇고 이 나라의 기복신앙이 자릴 잡을 수 있는 것도 그렇다. 노력을 하지 않고 하늘에서 뚝 떨어지는 큰 것을 바라는 마음이 전래동화에도 녹아 있어서 이 이야기를 듣고 자란 아기들은 커서도 이런 생각의 지배를 받는 것이 아닐까. 하늘에서 뚝 떨어지는 큰 것을 노력 없이 꿀떡 삼키려는 경향이 짙은 민족이 되었다.

그 반대로 서양동화에도 비슷한 상황이 나온다. 늑대가 오누이를 잡아먹었는데 외출했던 어머니가 돌아와서 잠든 늑대의 배를 가르고 두 아이를 꺼내는 것으로 끝난다. 이건 아무리 어려운 일이라도 어머니는 해낼 수 있다는 진취적인 해결방법을 아가에게 제시하여 투쟁적인 삶을 제시하고 해결방안을 추구하는 가치관을 심어준 셈이다.

우리 부모들이 무심코 읽어주는 동화도 아가가 일생 지녀야 할 가치관을 형성한다는 점을 알아야 한다. 그런 점에서 아가들에게 성경에 나오는 인물들을 놓고 반복하여 이야기해준다면 일생 하나님을 의지하는 것이 무엇인지 배우게 되고 그런 창조의 가치관을 가지게 될 것이다.

예를 하나 들어보자. 구약 인물 가운데 요나를 이야기해보자.

요나의 이야기는 아주 극적인 효과를 기대할 수 있다. 뒤에 깔린 배경이 아주 다양하여 아가의 상상력을 자극할 수 있다. 그건 엄마의 목소리와 의성어나 의태어가 얼머나 효과적인가에 달려있다. 요나가 하나님의 명령을 무시하고 도망가는 장면에서 아기가 커가면서 질문을 할 수 있다.

"왜 요나는 도망을 갔어요?"

"하기 싫으니까. 너도 가끔 교회 가는 것이 싫을 적이 있잖아. 요나도 그런 거야."

그러나 엄마, 아빠는 그 이유를 알고 있어서 먼 훗날 이런 질문에 대비해야 한다. 요나가 도망친 이유는 편협한 민족주의와 적대국에 가서 외칠 적에 오는 위험, 그리고 해외에 나가있는 동안 국내의 기득권 상실이 두려웠던 것이다. 우리 아가도 일생 살아가면서 요나와 똑 같은 이유로 하나님이 원하시는 것을 물리치고 요나처럼 도망칠 수 있다. 이런 때 하나님이 강권적으로 행하는 물고기 뱃속과 박넝쿨 벌레 이야기는 아기의 일생이 하나님의 줄에 끌려가고 있다는 확신 있는 강한 믿음의 줄을 당길 수가 있고 믿음의 뿌리를 내릴 수 있는 계기가 될 것이다.

재미있는 이야기도 아가의 일생의 밑거름이 되는 인격과 가치관형성에 미치는 영향이 크다는 점을 엄마, 아빠가 알고 가능하면 성경 인물을 주제로 다룬 책을 많이 읽어줘야 할 것이다.

[생의 교훈 : 명사·명언] 금은 불에 의해서 시험되고, 용기는 역경에 의해 시험된다.
— **세네카** | 고대 로마 철학자로서 인간 실존을 꿰뚫어 보는 지혜가 깊었다.

두려워 말라 내가 너와 함께 함이니라 놀라지 말라 나는 네 하나님이 됨이니라 내가
너를 굳세게 하리라 참으로 너를 도와주리라 참으로 나의 의로운 오른손으로 너를
붙들리라

— 이사야 41:10

16
아가의 상상 바닷속에 새가 날게 하라

인간은 지렁이와 같은 존재이나 하나님이 함께 하셔서 도와주시면 이가 날카로운 타작기계가 될 수 있고 산들을 쳐서 부스러기로 만들 수 있으며 작은 산들도 겨 같게 할 수 있는 힘을 소유하게 된다.

우리 아가를 이 세상이 필요로 하는 귀한 인물로 키우

려면 6가지 성품을 지니도록 무릎 위에 아가가 있을 적에 교육해야 한다.

첫째로 꼽을 수 있는 것이 적극적인 사고를 할 수 있는 아가로 키우는 것이다. 많은 사람이 좋아하는 성경 구절을 들어보자.

'두려워 말라 내가 너와 함께 함이니라 놀라지 말라 나는 네 하나님이 됨이니라 내가 너를 굳세게 하리라 참으로 너를 도와주리라 참으로 나의 의로운 오른손으로 너를 붙들리라'

기독교인이면 누구나 암송하고 있는 이사야서 41장 10절 말씀이다. 나와 동행하면서 함께 하는 하나님을 믿는 믿음을 심어주면 나는 할 수 있다는 강한 신념을 갖게 되는 것이다.

두 번째로 꼽을 수 있는 것이 좋은 인간관계를 가질 수 있는 성품을 지닌 아가로 키우는 것이다.

태어난 지 한 달 되면서부터 출석하는 영아부의 아가들과 좋은 관계를 맺는 생활을 훈련받고 집에서는 형제자매와 부모와 좋은 인간관계를 맺는 법을 자연스럽게 익힐 수 있다.

세 번째로 꼽을 수 있는 것이 사회적 지능지수를 가진 아가로 키우자는 것이다.

이건 더불어 살아가는 지혜를 말한다. 협력할 수 있는 아가로 기르는 것은 어려서부터 훈련되어야 한다. 먼저 가정에서 부모와 형제자매를 서로 돕는 데서 시작한다. 다음에 교회에 와서 친구들과 어려서부터 서로 돕는 협력자의 자리에 서게 하는 것이다.

우리나라의 가장 큰 교육의 문제점은 어떻게 해서라도 타인을 짓밟고 일등을 하고 앞서려는 교육풍토에 있다. 공존이 아니라 독불장군이 되어 혼자 살아남으려는 교육을 지향하고 있다. 일등은 한 사람뿐인데 모두가 일등이 되려고 하니 거기에서 나오는 독소는 이 사회를 질식하게 만들고 있다. 함께 협력하면서 살아가는 공동체를 이루기 위해 서로 양보하고 돕는 교육이 절대적으로 필요하다.

미국에서는 그룹 스터디group study를 많이 한다. 어려서부터 함께 토의하고 자료를 조사해 와서 연구 토론하는 것이다.

필자가 미국에서 공부할 적에 제일 놀란 것이 이런 공부방식에 길들여져 있지 않아 고생을 한 것이다. 무조건 암송하고 강의내용을 몽땅 삼키고 임했는데 그게 아니었다. 12명이 공부했는데 한 학기 동안에 읽을 책을 전부 분배하여 한 사람 앞에 3권씩 배정되었다. 그걸 읽고 와서 한 사람씩 차례로 강의하도록 되어 있었다. 한 학기를 공부하면 자신은 3권을 읽었지만 36권의 책을 읽은 효과를 보는 셈이다. 교수는 한 쪽에 가만히 앉아서 틀린 부분을 고쳐주고 질문에 응하며 마지막에 결론을 맺어주는 것이 전부였다.

그 시절 한국식으로 나는 논문을 써올 터이니 발음이 나쁜 내 강의는 사양한다고 하자 그 교수는 이렇게 말했다.

"동양인인 네가 미국사람처럼 말하면 징그럽다. 동양인 특유의 억양으로 말하는 걸 우리는 좋아한다. 더구나 이 클래스는 36권의 책을 서로 협력하여 읽어내는 것인데 혼자만 빠지면 협력이 되지 않아서 이 과목에서 넌 점수를 딸 수가 없다."

교수는 협력이란 단어에 강한 힘을 줘서 말했다.

앞으로 이 나라의 구성원이 협력하는 사람들로 채워질 때 평화가 오리라 믿는다.

네 번째로 꼽을 수 있는 것이 내면의 독립성을 지닌 성품의 아가로 키워야 한다는 것이다.

이건 어려서부터 생활에서 경제면에서 모든 면에서 차츰 독립적인 삶을 살 수 있도록 교육하는 것이다. 나이 들어서도 부모를 의지하는 사람은 이런 교육을 받지 못했기 때문이다. 아기는 똥 오줌도 가리지 못하고 서지도 걷지도 못한다. 차츰 커가면서 교육 받은 방식으로 독립을 한다.

고등학교에 다니는 부잣집 아들이 우리 집에 와서 석 달을 유한 적이 있었다. 구두끈을 묶을 줄도 몰랐고 일상생활의 아무 것도 할 능력이 없었다. 아니 그런 교육을 받은 적이 없었다. 말만하면 득달같이 달려오는 가정부나 할머니, 또 부모의 사랑을 독차지하고 자란 외동아들은 그야말로 쓸모없는 사람이었다. 지나친 사랑이 자식을 망친 예가 될 것이다. 어려서부터 혼자 단추를 끼우고 신발을 신고 운동화 끈을 매며 밥도 혼자 먹을 수 있는 훈련은 장차 위대한 인물로 키우는 지름길이 된다.

다섯 번째로 들 수 있는 것이 힘찬 창의력을 방해받지 않고 키워야 한다는 점이다.

아기의 창의력은 대단한 것이다. 그들의 상상 속에는 바다에서 새가 날 수 있고 하늘에서 고기가 헤엄칠 수 있는 자유로움이 있다. 이런 우주처럼 넓은 창의력이 부모나 교사의 고정관념과 편견으로 제한을 받는 것이다.

마지막으로 들 수 있는 것은 성경을 가까이 하는 아기로 키우는 것이다.

링컨은 어려서 학교를 다닌 인물이 아니다. 오직 성경만을 읽고 성장한 사람이다. 그래도 성경에 근저를 두고 나중에 변호사 공부를 하고 독학하여 미국의 대통령 자리에 올랐다. 그만큼 성경이 지닌 힘은 큰 것이다. 거기에는 인생을 살아가는 방법과 지혜가 다 들어있다.

적극적인 사고를 하며, 좋은 인간관계를 가질 수 있고, 사회적 지능지수가 높고 내면의 독립성이 강하며 힘찬 창의력을 지녔어도 성경을 아는 지혜가 없다면 뿌리 없는 나무와 같다. 성경을 읽을 수 있는 능력을 갖도록 어려서부터 독서지도를 하고 지식의 근본인 하나님을 알려주는 성경을 좋아하며 일생 가까이 할 때 이런 아가는 자라서 위대한 인물이 될 것이다. 성경을 가까이 하게 양육하는 부모만이 아가를 세계적인 인물로 키울 수 있다. 아가를 양육하면서 빼어놓을 수 없는 성경 사랑은 부모에게 필수 품목이 될 것이다.

[생의 교훈 : 명사·명언] 꿈을 단단히 붙들어라. 꿈을 놓친 인생은 날개가 부러져 날지 못하는 새와 같다. ― 랭스턴 휴즈 | 미국의 대표적인 흑인 시인. 그의 시는 흑인들에게 용기와 희망을 주었다.

이건숙 문학전집 21

엄마의 꿈은 힘이 세다

1쇄 발행일 | 2023년 11월 06일

지은이 | 이건숙
펴낸이 | 윤영수
펴낸곳 | 문학나무
편집 기획 | 03085 서울 종로구 동숭4나길 28-1 예일하우스 301호
이메일 | mhnmoo@hanmail.net

출판등록 | 제312-2011-000064호 1991. 1. 5.
영업 마케팅부 | 전화 | 02-302-1250, 팩스 | 02-302-1251
ⓒ이건숙, 2023

값 16,000원
잘못된 책은 바꾸어 드립니다
지은이와 협의로 인지는 생략합니다
무단 전재 및 복제를 금합니다
ISBN 979-11-5629-169-5 03810